ON THE
ROAD

ON

THE

ROAD

ON THE ROAD

张昕宇
著

侣行 III

中国新格调：爱到极致，行到极端

江苏凤凰文艺出版社
JIANGSU PHOENIX LITERATURE AND
ART PUBLISHING, LTD

目录

CONTENTS

第三章

“巴铁”奇遇

第四章

阿富汗：看不见风筝

目

录 III

CONTENTS

第五章

喀布尔，不一样的烟火

第六章

巴米扬，我们来了

第七章

死亡悬赏“关照”

第八章

这里是伊拉克

第九章

古巴比伦：文明之光，文明之殇

目录 III

CONTENTS

第十章

叙利亚：被战争毁灭的天堂

第十一章

最好的时代，最坏的时代

后记

序

十年“侣行”

因为种种原因，这部书稿迟了很久才付梓和大伙儿见面。现在想想也是好事儿，我多了一些时间来思考和厘清 2015 年我们在阿拉伯世界里那一路不可思议的际遇。

不知不觉，时间已经走到了 2018 年，这是我和梁红“十年之约”的最后一年。

2008 开始“侣行”计划，五年准备、五年行走，我们已经到了这个重要的时间节点。回想过去的十年“侣行”，有些节点的记忆已经模糊，有些现在想起或依然心有余悸，或依然热血澎湃，或依然热泪盈眶。

随着我们走得越来越远，走的地方越来越多，遇见的人和事也越来越多，我们的认知和心境也一直在变。

刚好借着这篇序，和大伙儿聊聊这十年我内心世界的变迁。

见山是山，见山不是山，见山还是山。我这样总结我们这十年经历的三个阶段。

见山就是山，这是我和梁红刚开始侣行时候的状态。那个时候刚刚割离开原来的生活模式，开始在路上的生活状态。那时候的我们，所见即所在，一切都是真实的、新鲜的。

混乱无序的索马里、冰天雪地的奥伊米亚康、无声恐怖的切尔诺贝利、热烈澎湃的马鲁姆火山……这个世界把我们此前未曾见过的景象和人，十分真实地铺陈在我们面前。我们来到了，我们看到了，一切人、一切事，都是最真实的模样，我们为推开一扇新大门、见识一个此前不知晓的世界而欣喜，而激动。

这些模样里，有摩加迪沙难民营里的无助和乐观，有极寒小镇里生活的无奈和满足，有核爆炸后人们心里永不磨灭的伤痕和逐渐回来的生机，有火山口天堂之门的绚丽和入口的恐惧……

那时候的我们，像饥饿的狮子一样，迫不及待地想去见识这个世界的更多样子，想去更近距离地触摸这个世界的更多真实。

到了 2014 年，我们离开陆地，把脚步迈向海洋。那时候我们对困难有一定的心理预估，同样，对两万海里的航行体验，也有着足够的期待和憧憬。

远海的波澜壮阔、海天一色确实会让我们感叹和沉醉，沿途补给、休养时候的人和事，依然会给我们感动和新鲜。但是随着行程的深入，我开始迷惑和动摇。

很多事情似乎不是我看到的、我想象的那个样子了。

在阿图岛的废弃基地里竟然能够得到各种补给，在美国竟然得到“For Dream”的落地签，西海岸有人看见五星红旗居然问我们是不是来自加拿大，墨西哥的丛林深井里藏着几千年前的文明……太平洋沿美洲海岸还发生了许多我无法理解的事情。

更大的自我否定和质疑，还是发生在船上。

七个月的航行，两万海里的风雨飘摇，船上的人病倒大半，梁红晕船到休克，甚至在圣地亚哥还面临队员的放弃、离去。那个时候我开始动摇了，觉得开船去南极结婚是不是一个不切实际的梦想，这一切是不是只是我张昕宇个人一厢情愿的梦想，却自私地带着所有人冒着生命危险前往？我为何要带着朋友、爱人来遭这非人的磨难？

我有几次精神崩溃、失声痛哭。在汪洋大海上，在眼泪婆娑里，我觉得什么都模糊了。眼前的天空大海似乎不那么美了，面前的人脸轮廓似乎不那么熟悉了，心里的信念不再坚定不移了。

彼时，我眼前的山，不再是山。我开始不相信自己的所见，开始怀疑自己的所往。

这种情绪一直延续到我们开车穿越中东的路上。

重走丝绸之路，千年后中国人的再次西行；我心所向，是揭开阿拉伯世界的神秘面纱。

行走在沙漠和山岚里的世界，确实与我们此前熟悉又陌生的阿拉伯世界不一样。此前关于他们的世界，我们有太多猜测、误读和想象。但是彼时的那个阿拉伯世界，近半数的人和土地，被裹挟进了战争和恐怖主义的阴云。

这一路必将是我们“侣行”路上最为压抑的一次行程。硝烟、枪弹、炮火、鲜血、尸体、废墟、难民……几乎我们遇到的每一个人，背后都有一段让人悲伤的故事。

被不知道从哪儿飞来的炸弹夺去家庭和家人、被抓进人口市场进行贩卖、被迫背井离乡成为难民、被厚厚的布卡（Burkar）遮住面庞不见天日……这一路的很多时候，看到、听到这些人的经历，我陷入了失语的状态。

在战争阴霾下，在持续数百年的派别纷争中，在恐怖主义猖獗滋生的环境里……在这个世界我们见到了太多的流血不断、生离死别、民不聊生、文明崩塌、暗无天日；全是昨日伤痕、今日悲伤、明日仍然无望。

那个时候，伴随着失语，我满心全是无力感。对这一切的无能为力：不要说去战争或解开结扣，我们甚至无法帮一个孩子平安上学，无法帮一个妇女露出脸来，也无法帮一个难民给家里打一个电话。

见山，不是山。曾经我们所理解的一切，曾经我们关于 21 世纪这个时代的认知，完全崩塌。中东之行，既让我们看到了文明之光，又让我们看到了生灵涂炭。我不知道是这个世界一直如此，还是我们此前无知，或是该感慨我们没有生活在一个和平的时代，只是很幸运地生活在一个和平的国家?

在离开已成为废墟的科巴尼之后，在等待着亚述局势的消息的时候，好几个夜晚，我都关上灯坐在椅子上，陷入了沉思之中。无力感给人带来的，是动摇和自我怀疑。

那一刻，我的脑海里闪现了很多 2008 年我在汉旺灾区救援时候的场景。那一刻，我眼见的一切山川、河流、大地和阳光，都是悲伤。

离开战区，在迪拜结束西行之旅的时候，我在阳光海滩旁、在静谧的咖啡长廊里，再去回顾那四个多月在黄沙里奔驰的日子时，似乎又豁然开朗了一些。

见山，好像又是山了。这个世界本来就是不平的，我们的行走，就是去发现那些未知，去感知那些不平！我们走在路上，去遇见不一样的人、事；我们去参与陌生的生活；我们试图有所为，给他们的生活带去一些影响和改变。

我们没法扭转乾坤，我们给出怜悯或同情没有任何意义。我们走在路上，和他们站在一起，站在战争里，站在艰难里，站在阴云下，用同理心去面对、去解读、去思考这一切，将其如实呈现出来，带出去，传播开。这些，就是我们的有所为！

曾经的文明辉煌是真实的，眼前的苦难悲伤也是真实的，眼前的这个世界展现的一切都是真实的。我们在路上的方向从不曾改变，只是心里的方向曾出现过一些偏差。有些怀疑和过分解读，反而会出现认知的迷雾。

见山，依然是山。我们的前路依然很长，我们将要去面对的这个世界，依然如实存在。

张昕宇

2018.5

侣行 III

中国新格调：爱到极致，行到极端

ON THE ROAD

第一章 PART 1 / 踏入罗布泊

1. 武装到牙齿的大伙伴
2. 我们的“西游记”
3. 你好，罗布泊
4. 死亡之海的答案
5. 与沙尘暴赛跑
6. 九九八十一难
7. 楼兰古城的新发现

1. 武装到牙齿的大伙伴

“砰砰砰”枪声连吼，子弹离膛呼啸而出，划过静谧的北京晴空，钻进靶子里，迸出碎屑。

这是京郊昌平区的一个射击场。我领了一队人来这里，不过不是来玩枪的，而是专门来听枪声。接下来几个月，我们将与枪炮为伍。没错，这一次我们要去阿拉伯世界，去战区，枪与火随处可见的地方。

我们不是武装团队，并不配备武器。我和梁红早年都受过专业的枪械训练，而且也钻过索马里的枪林弹雨，但是我们此行的队伍，都是“生兵蛋子”。战区里真实的火药味儿，远比电影上的音效让人恐慌、战栗。

所以我组织了这么一次团建，其实是一堂心理建设课，让大伙儿来射击场听听那夺命呼啸，先习惯习惯那突然破空而来的尖锐声，不至于到时候真遭遇上了荷枪实弹的冲突而惊慌失措。

这几年和梁红一路走下来，闯索马里、跑寒极、进鬼城、下火山，还有帆船穿越太平洋去南极，鬼门关口来回溜达了好几回，朋友们都说我心大胆儿肥。其实并不然，我是个胆子特别小的人，我所做的这些事情，容不得犯错，也不能有侥幸心理，一点儿忽略和意外，就可能让人命丧旅途。

所以每次出行前，我的心完全是被忧惧占据着的，这种心态和处女座的特性，一起逼迫着我必须超冷静地思考问题，全方位地考虑各种因

强大的团队是我“西游”最坚强的后盾。

素，预设各种困难，然后做好万全准备，设定应急预案。我们无法规避危险，但是我们可以通过前期的准备工作，尽量把危险降到最低。哪怕霉运真的来临了，心里有底，遇事不急。

身赴险途，不能只凭爱和勇气。

头衔从“船长”变成“队长”，不变的是我肩上、心头，都扛着对大伙儿的责任。我把大伙儿带出去，还得给毫发无损地捎回来。于我自己也是，妻子梁红守候相伴，家有老母翘首以盼，我可没有资格去做一个莽夫。

有人问，既然如此危险，那你们为什么还要选择做这些事呢？

此前我已经说过关于改变的往事，而这种生活就是我改变的选择，并且我乐在其中。当然，其中伴随的压力和恐惧，也是一种让人欲罢不能的体验。怎么说呢？无论是“侣行”还是挑战，都会让人上瘾。

这个团队，并不只有人，还有几个将一路为我们保驾护航的“大家伙”：“大白”和“小白”——两辆奔驰越野车，还有一辆载物资的特制拖车。我有点儿想念曾伴随了我们 7 个月，此刻停在马尔维纳斯港口吹海风的老伙计——“北京”号了。

工欲善其事，必先利其器。给“白家兄弟”做改装的时候，我可真是煞费了一番苦心。

“大白”“小白”是梅赛德斯 - 奔驰 G500 款，曾经在 30 多个国家的军队服过役，简历上的这一笔，让我们毫不犹豫地选择了它们。这款车也载过不少“牛人”，罗马和东正两位教皇在座驾上不谋而合都选择了 G 系，俄罗斯前总统叶利钦也对这一款情有独钟。

这一次的行程实在是太过凶险，翻山越岭过沙漠，蹚河爬堑穿战火，都得靠它们俩。我必须得把哥俩武装到牙齿。进可当坦克，退可做堡垒。

■ 改装“大白”和“小白”，让它们成为我的“左膀右臂”。

■ 定做的拖车，看似“拖油瓶”，其实它是我的“堡垒”。

提高底盘、加装油箱、改换钛合金越野前杠、增配防撞角、换装防弹玻璃……还在车尾安装了烟雾发生器，如果有人跟踪，这招喷雾障眼法，可是遁形利器。一系列大刀阔斧的改装后，我又加上了六只维森高照度灯，增加聚光泡，完美！能达到 360° 无死角照明，在路上如果遇到山清水秀的地方，这车的灯光足够支撑办一台我的个人演唱会。

另外一个大家伙，就是拖车了——装载着我们此次三万千米远行的所有物资、设备，堪称移动后勤供需处。底盘我挪用了退役军用拖车的，然后再加钢架。连接拖车和“小白”的地方，我采用了坦克的扭力轴，绝对大制作，硬通货。

梁红念叨着拖车需要收纳的物品清单，就生活用品类：单人睡袋睡垫八套、大型帐篷四顶、折叠餐桌两张、气炉头两个、气罐四个……食材、厨具、餐具、压缩饼干、速食米饭、卫生纸……正所谓一车在手，吃喝拉撒睡不愁。

此外，它还辟出了一间设备储藏室：摄像机、各种镜头、航拍飞行器、三脚架、拍摄轨道、摄影灯、电池，若干组移动硬盘等，再配上打印机、电脑，我们几乎把整个工作室塞进去了。防弹衣、防弹板、防沙帽、头盔等安全设备，也占了一角。当然少不了车队维修中心了，千斤顶、法兰盘、各种规格的扳手、大力胶、充气泵、抽油泵、发电机……门上还背了四个轮胎，齐活儿。

拖车的底部还藏着一个钛合金包裹的大油箱，“白家兄弟”的应急口粮就藏在这儿了，可储备 900 升燃油。

这一顺溜捋下来，我都不由自主地想给它竖起大拇指。当然，如此“肚量”的拖车重量必然少不了，重达五吨，负责背它的“小白”得受累了。

2. 我们的“西游记”

700 多年前，欧洲的皇帝和贵族们，对遥远的东方一无所知。有的人认为那里是蛮荒之地，有的人认为那里有凶禽猛兽。马可・波罗用了 17 年的游历，给欧洲人带回了一个全新的世界。

在和梁红做“十年之约”的计划时，我们俩不约而同地想到了一个地方，中东。《新闻联播》节目里、互联网上、身边的人嘴里、历史课本上，我们常常都能听到关于中东的故事；迪拜的繁华、巴格达的混乱。可是细想，我们发现自己了解得又并不多。两河文明、古巴比伦、海湾战争、“飞毛腿”，我们知道几个词语，却又好像对阿拉伯世界一无所知。

似乎很熟悉，又无比陌生。

攻略都是浅尝辄止，玩玩看看从来都不是我们想去了解世界的目的。《马可・波罗行纪》和《大唐西域记》记录的实在遥远。铺开地图，我和梁红敲定了一趟“西游记”的行程。

从北京出发，过罗布泊，进入阿富汗，穿越中东 16 国，包括伊拉克和叙利亚战区，最后经埃及，在摩洛哥的卡萨布兰卡结束。北非谍影，一趟艰苦的旅程，我们想要一个浪漫的终点。

这活儿我们夫妻俩干不了，必须得有帮手。这一次我没有从身边薅人，我想把机会给那些跟我们有着同样兴趣的人。他们必须渴望去见识这个熟悉又陌生的世界，他们必须渴望跟我们一起去揭开阿拉伯世界的神秘面纱。

网络招募队友的事儿很快就敲定了。我和梁红事先有了个心理预设。

性别：男的。没有歧视，这事儿姑娘真做不来。大半年的颠沛流离、风餐露宿，而且还要途经战区，一般女孩儿真扛不住。当然和大航海一样，梁红永远是那个例外。没有我的旅行,永远只有我们的旅行。无侣,不行。

特殊技能,一定要有。毕竟这确实不是一趟普通的说走就走的观光,团队资源有限，每颗螺丝钉，都得拧得上，要能随时发光发亮。

最重要的，就是热情。对于这趟行程，对于我们将要去的地方的爱和勇气。带着长久以来的梦想、疑问，还有探究精神，打心底想去干这件事情，干成这件事情。

选拔过程中，最难的不是选上谁，而是放弃谁。

很欣慰的是，这件事儿让我们知道，国内有如此众多的人，怀着跟我们一样的梦想，想去走走中东，想去了解阿拉伯世界。虽然很多人困于工作和生活，无法留下一封“世界那么大，我想去看看”的辞职信，潇洒地说走就走，但是他们通过网络平台，给我们送来了鼓励与祝福。

毫无疑问，这是一份额外的动力。我们不是只身上路，而是带着大伙儿的期盼和目光，一块儿去探究这片黄沙热土。

除了我和梁红，最终坐在我家里的，还有六个人。他们是网络招募最终的——他们自称是幸运儿，我想说的是勇士的人。

一支穿云箭，五湖四海来相见。他们来自全国各地，之前互相并不认识，因为这次“西游”聚到一块儿了。

球球依然在列,他是跟我一起开帆船去南极的成员之一。小伙子说,第二季的大航海是他的成人礼。回来后他就办理了退学手续，他说在路上的感觉让人欲罢不能，他还想跟着我们再走一趟。在路上，这就是他的大学。

叶尔夏特,一个胖嘟嘟的小伙子。从他的身形大伙儿完全看不出来,其实他跟我一样，是个灵活矫健的胖子。他学过散打、自由搏击，当过新闻记者，对国际战争局势了如指掌，更棒的是，他英文说得超级顺溜，还会说一些阿拉伯语。

王鹏，摄影师，队里人管他叫师父，是这个年轻团队里的老资历。我和梁红不在的场合，他就是那股凝聚力。

金星，90 后。在队里担任无人机飞手，负责此行的航拍。他平时嘻嘻哈哈的，可到干活儿的时候，又总是一副酷酷的认真劲儿。

小权，权煜棋。表面身份是摄影师，实际上是多功能师，还身负如下技能：电焊、机修、造船。我这个机械达人，这一路可以偷懒打打下手了。

方鹏，也是摄影师，兼任供需官，负责大伙儿的饮食起居和统筹。他是个沉默寡言的人，当然这也代表着冷静，是关键时候的定海神针，如果我不幸出了什么岔子，他能顶上来。

健豪，有点儿“壕”。家境好，留过学，对枪械特别感兴趣，在队伍里担任安保警戒的职责。当然，正因为他对武器的兴趣，让我有点儿担心——怕他在外面看到武器的时候会冲动，会兴致勃勃地去跟人聊武器，而让人认为我们是个准军事化的团队，这可能会带来一些麻烦。

最终，我给健豪的名分是待定成员。先带着走一段看看，再决定后面的行程捎不捎上他。

在嘉峪关，我们全体成员拍了一张全家福。雄姿英发，整装待发。

3. 你好，罗布泊

2015 年 4 月 21 日，赶上了个风和日丽，我们出发了。

国内路段，从北京正阳门出发，经河北省进入内蒙古，过阿拉善旗和包头，然后穿过甘肃省，进入新疆，抵达库尔勒。

这一段公路畅通，顺风顺水，权且当自驾游了，顺便锻炼锻炼队伍，让大伙儿进入状态。一路上大的意外没有，小磕碰不断，都是车的问题，刚好让团队练练手。出门在外，我的信条就是必须协同作战，到了万不得已，才能允许孤胆英雄的出现。

其实这一段，最让我担心的是梁红。“大白”“小白”两辆车，我开着“小白”带着拖车，另外一辆还需要个人掌舵。最初小权自告奋勇，但是梁红也举手了。她的理由是，要跟我并肩作战。以前我开坦克她只能坐着观光，我开船她只能在舱里躺着，我上气球她只能在直升机里。她说，这是我们夫妻两人的计划，除了陪伴，还要并肩作战。

我对梁红的车技很放心，但是路途太长，后期路况复杂，一个疲惫的哈欠，一瞬走神的恍惚，都可能出意外。梁红反过来说服我：“你就把心收回肚子里去吧，毛主席早就说了，妇女能顶半边天。”

出了北京城，开了 3000 千米的高速公路，蓝天白云带着和风，好山好水伺候着，人还是开得困乏。梁红说：“也就是搁现在交通发达我才愿意到处跑，放古代我肯定不喜欢旅行，肯定也是一宅女。去哪都靠走，那会儿还没车，玄奘他们太狠了。”

然而，柏油公路也到尽头了。

在库尔勒，我们去马兰基地办理了进入罗布泊的许可证，然后抵达吐鲁番。没空去尝葡萄、看姑娘了。迅速检查车况，做最后一次物资补给，我们要进入越野路段了。

后面等着我们的，是罗布泊。

“亚洲大陆魔鬼三角洲”“死亡之海”……罗布泊的骇人名头不用赘述了。提起这个地名，随之跳入脑海的，就是“神秘失踪”“离奇死亡”等关键词。

在北京勾勒这次阿拉伯行纪的路线图的时候，看着地图上的“大耳朵”罗布泊，我就毫不犹豫地把这儿定作了第一站。梁红在边上问了一嘴：“你确定？”

我点头，确定。地球上的几个无人区，包括罗布泊、可可西里、羌塘、百慕大等几个地儿，都在我未来的计划之内。这一次，就先和罗布泊来一次偶遇吧。

梁红说：“你可想清楚了，咱们带着五吨重的拖车呢。”

我说：“嘿，没挑战性我还不去呢。罗布泊咱们必须过，咱们的队伍，无论是人还是车，如果折在罗布泊了，后面的两万多千米压根儿就不用走了。能过去，后面的雄关漫道，我心里就有底儿了。”

从鄯善县进入戈壁，过龙城雅丹，经楼兰古城，穿罗布泊湖心，到若羌出来。我画出来这么一条路线。

梁红看出了门道，说：“别人进罗布泊都是走的由东向西路线，无人区少点，相对安全。你这条路是从北向南，几乎是最长路线了，还覆盖了所有的无人区，危险系数也最高。”

我点头，要做就做到极致。

为了应对罗布泊，在出发之前，我还把队伍拉到河北天漠，模拟训练了两个礼拜。

我们要挑战罗布泊，但绝不能只凭一腔热血。做好各种准备，然后带着敬畏，我们才能从容地去走近罗布泊，走进罗布泊。

■ 我的心中有些小兴奋，因为罗布泊就在眼前了。

■ 看似很近的路，却走了很久，很久……

4. 死亡之海的答案

起起伏伏的土丘，胡乱散布着的杂草丛，一眼望不到头的苍黄。罗布泊，我们来了。后面的路，没有救援，没有补给。一切，都得靠我们自己。除了可预知的危险，还得奢望老天别赠一个坏天气，更不要撞上那些传说中的种种“未解之谜”。

看客总希望看见惊险刺激，而当事人只祈求平安第一。

进入戈壁，仿佛连天都阴暗了下来，平添了一股肃杀的味道，让人的心情一下子就紧张了起来。

我拍了拍巴掌，喊了两嗓子：“这就是罗布泊了，大伙儿打起精神，咱们上门去一探个究竟。”

上车，开拔，出发。

戈壁的路确实不好走，颠簸不堪。可以说哪儿都是路，或者说根本没有路，我们要蹚出一条自己的路。

需要全神贯注地驾车，因为路不平方向盘容易反打，在戈壁里开车确实对反应和身体的要求都很高。我更加担心跟在身后的梁红了，尽量开得稳一点，让她跟顺一点。

这个想法很快被现实打破：进入沙地后，车跑起来后面就像是人工扬沙机，沙尘滚滚的，没法跟，只能并行。

罗布泊很快就给了我们一个下马威，陷车了。

沙地不实，而且容易打滑。我后面拉着五吨重的拖车，沿途凿出来深深的辙，终于还是陷住了。“小白”拉着拖车进戈壁，怎么形容呢，就像是我背着个大胖子过沼泽地，不陷才奇怪。

“大白”拉“小白”，“小白”扯拖车。费了九牛二虎之力，总算给

■ 在沙漠中最可怕的事情发生了——陷车。

■ 露宿在戈壁滩，体验“天为帐，地为席”别有一番滋味。

拉出来了。我示意绞盘、拖绳也别收了，这一路估计还要陷好多回。

开出去大约 200 千米，天就完全黑了下来。黑暗中的罗布泊更加神秘莫测，我决定先停下来扎营，天明再走。

我们找了个平坦一点的地方，把车停好作为一堵防风墙，从拖车里卸下锅碗瓢盆，安营扎寨，生火造饭。

夜间的戈壁非常冷，接近0℃，所有人都添上了衣服。寒风中，大灯下，一锅煮面条，一锅炖羊肉。这感觉就像是一个周末，拉上一帮朋友去郊外篝火，这次我们宿营到了罗布泊。

吃饱喝足，支帐篷、拉睡袋。睡前大伙儿还扯了会儿闲篇，毫无意外的，主题就是这片土地的传奇往事。

小权先讲了一个，那是 1949 年，一架从重庆飞往乌鲁木齐的飞机，在鄯善县上空失踪。直到整整十年后，飞机遗骸才被发现，机上人员全部死亡……

我讲了科学家彭加木的事儿，1980 年他在罗布泊科考失踪，当时国家几乎动用了难以想象的搜索力量来营救，然而 35 年过去了，依然没有任何消息。他仿佛像一滴水一样，在这里被蒸发掉了。

梁红说了个最近的，20 世纪 90 年代上海的探险家余纯顺孤身深入罗布泊探险，后来偏离预定路线 15 千米，干渴而死。尸体被发现时，他的头朝向东边的家乡。

还有一些进来探宝的、寻矿的，最后都莫名死亡，有的甚至汽车完好，不缺食物不缺水，人却离奇死亡。

到最后，双鱼玉佩、诅咒、仙湖的事儿，都聊起来了。寒风中，这些话语入耳，让人不禁打了个寒战。

这是一片白骨累累的土地，这也是一片没有答案的土地。然而也正是因为它的神秘，才吸引着国内外的许多人，不惜冒着生命危险，不断地向这里发起挑战，索求答案。

“小权，你今晚好好守夜啊，别打瞌睡。”钻入帐篷前，我不忘再叨叨一嘴。

5. 与沙尘暴赛跑

梁红早起，生火煮了一壶奶茶。

清晨的罗布泊，看着清爽了很多，空气里一切都是新鲜的，没有雾气，天空透彻湛蓝。虽然依然有风呼啸，眼前仍是一望无际的荒凉。

灭掉火苗，袅袅白烟奔天而去，颇有“大漠孤烟直”的感觉。旧时候的那些边塞诗人，不仅道出了戈壁的荒凉孤苦，其实也描尽了它的别样之美。山水如画是人间风景，黄沙茫茫的粗犷，也是人间一色。

接下来一段路相对好走一点，龟裂的地面反而踏实。但是很快让人不踏实的消息来了，留在北京给我们做气象预报的烟斗打来电话，发出了沙尘暴预警。

在我们的右后方和左前方有两股沙暴，其中一个是 20 年不遇的大家伙。它俩明天交汇，而它们的“碰头”点，就在我们前进的路上。

我们能做的，就是停下来等，等它们过去。说话间，风就大起来了，紧接着遮天蔽日的黄沙，从四面八方扑过来。我号召大家，赶紧趁着风暴到来前，下车加固行李和装备。

待在车里等着，烟斗那边始终没有好消息传来，而且沙暴的路线也随着风力在变动。烟斗的建议，就是我们不要妄动，老老实实地原地待着，别往前蹿了。

其实在我的理解里，在无人区里最恐怖的就是等待。本来不测风云就是未知的，躲着可能偏偏就赶上了，往前走两步可能就绕开了。这样无声的等待，更增添了大伙儿心里的紧张感。就像许许多多沙漠里的故事，前方可能是沙暴，可能什么都没有，也可能是绿洲。而待在原地，就只有沙漠。

这不是我第一次遇到风暴，之前开帆船去南极的时候就遇到过不少回。沧海一孤舟的境地，我们屡屡逃生。我并不想感谢上天眷顾，更多的是我们团队在危急时刻的坚韧和不放弃。

现在我们不在海里，踩在大地上，车能挡风，有食物有储水，我们没理由止步等着。我做了一个决定，不等了，迎风前进。

这个不测很快就又被赶上了，我们在一个斜坡上再次陷车。这回陷得有点儿深，折腾了半天拉不出来。烟斗的警报又过来了，如果还待在原地，再过半个小时，沙暴中心就跟我们遭遇上了。我们得赶紧把拖车拉出来，否则人都可能被吹走。

跟时间赛跑，梁红驾着“大白”拉，其他人全员下车，推的推，拉的拉，填的填，车终于爬出了陷坑。说实话，那会儿我心里挺高兴的，不仅仅是因为车拉出来摆脱困境了，而是我扎扎实实地感受到了队伍在练级路上的进步。

每个人都能动起来，不急不躁，找到自己的位置。我伸手知道递什么工具，皱个眉知道哪儿出故障了。互补互助，协同作战。没有人抱怨，没有人泄气。一把灰抹一把汗，埋头就是干。

那段路我们也在跟沙尘暴赛跑，拖车不断地陷住，我们紧急而按部就班地上绞盘、拖绳、牵引、拉拽，一次次地停下，前进，停下，前进。

■ 和风暴赛跑，就是和生命赛跑。

■ 万径人踪灭的罗布泊天空竟然出现了一只飞鸟！

在不停地辗转腾挪了四个小时之后，烟斗那儿终于传来了好消息，我们终于错开沙尘暴的路线了，它们往远处走了。

所有人都长舒了一口气，紧绷了大半天的神经一下子都放松下来了，脸上挂满了各种奇形怪状的笑。我乐和一声：“大伙儿辛苦了，晚上一人加一只鸡腿儿。”

球球嘟哝：“不行，我得加俩。”

我下车去“大白”那儿看了看梁红，她已经累瘫了，长长地伸了个懒腰，靠在座位上。我有些心疼，伸手擦了擦她额头的汗，说：“多亏你了媳妇儿，要是没你拉着，这罗布泊我真走不过去。”

梁红疲惫的脸上挤出笑，把手伸出窗外，朝着大伙儿点了个大拇指：“小伙伴们都是好样的，干得不错。”

沙尘暴“老师”今天给大伙儿上的这一课特别扎实：真遇到事儿的时候，慌乱和埋怨，只会把人推向深渊。害怕无用，先想解决问题的办法。事后回想的时候，可以后怕，当然那也会更有味道吧。

莽夫和懦夫，没法行万里路。

6. 九九八十一难

一夜整顿。越过沙尘暴和蓬松的沙地之后，罗布泊开始向我们展示它温柔静好的一面。

地面开始出现绿色的植被。耐寒的骆驼刺望着我们前行；远处还有芦苇迎风摇摆，向我们打着招呼；还有零星的红毛柳，抓紧展示自己的妩媚。

远处偶尔还会闪过几个黑点，那是伫立着的野驴，它们好奇地看着我们这些这片土地上难得一见的客人。

我借着个机会，在对讲机里跟大伙儿补了一节地理课：“罗布泊可不是不毛之地，这儿生长着很多植物，除了课本上提到过的胡杨柳之外，还有柽柳、沙拐枣、肉苁蓉等。动物除了咱们刚才看到的，还有难得一见的双峰驼、雪豹和棕熊。”

这是进入罗布泊四天后难得的一段轻松惬意之旅。渐渐地，植被彻底消失了，我们进入了雅丹地貌区域。

雅丹还有一个通俗的名字，叫“魔鬼城”。这有点儿不太贴切，在我看来，茫茫荒漠上，林立的风蚀脊，它们不仅是站在风中，更是站在时光中，它们身上的道道凹痕，都记录了一段段我们未曾有机会参与的历史风云。

站在风蚀脊面前伫立静思，似乎在与古人对话。开车穿梭其中，徜徉历史变幻，感觉整个人都变得宽广和浩瀚起来。

顺利通过龙城雅丹，我们的前方，就是楼兰。

此时队伍接近一个临界点，不是物资紧缺，不是装备罢工，而是人乏了。

从进入罗布泊开始，睁眼闭眼，就是一色黄沙。路上大伙儿的精神又一直紧绷，吃不好睡不好就算了，一路还在颠簸摇晃。而且洗脸、刷牙这种之前生活里最基本的习惯，在这里都没法做到。每天一身灰，却又不能洗澡。时不时地来一次野外紧急抢修，还都是体力活儿。

我和梁红经历过海上孤单而艰难的七个月，这些心理磨难我们是能经受住的，但是这些小年轻们，他们之前甚至都没有过野外生存的经历，这一回却直奔拔高极限好几倍的罗布泊而来，确实难为他们了。

我没有做过多的激情煽动演说，只是淡淡地说了一句：“等我们成功地走出罗布泊之后，你们才能体会到现在这些挫折的快感。”

还好大伙儿的疲态只是体现在沉默不语上，行动上并不消极。

进入罗布泊五天后，我们终于见着人烟了，偶尔有其他车辆从我们视野里掠过。楼兰科考成熟后，现代过硬的交通工具，再加上专业的向导，已经可以让越来越多的人接近楼兰了。

路再次变得难走起来，这里曾经是罗布泊的湖底，干涸之后地面变得像曾经水面的波浪一样，崎岖不平。

全程我们一直在左摇右晃，时而上下颠簸，有时候拖车甚至颠得腾空而起，再轰隆坠地。意外还是发生了，在路过一个坑地减速的时候，拖车没刹住，冲断了扭承轴，直挺挺地撞上了我的“小白”。

又是一番紧锣密鼓的抢修，终于让拖车和“小白”恢复了联系，再次牵连上了。当然“小白”后背被撞击留下的那个重重的“吻痕”，是清理不掉了。

进入黑山口后，路面又变了，遍地是断面像刀片一样的风凌石。我们开始减速，尽量走得慢一点儿，防止轮胎被刺穿。仿佛蹚水过河，千小心万注意，还是湿了“鞋”，拖车的右前方轮胎，被风凌石给刺穿了。

这次爆胎可难倒了我们，因为轮毂被压得变了形，想卸下轮胎换上备胎，可是拖车本身重量太沉，再加上地面下陷，气泵、千斤顶都使上了，甚至用绞盘往外拉的招都使上了，可轮胎根本卸不下来。

这事儿麻烦了，一堆人忙活一圈之后，发现都是在做无用功。如果拖车折这儿了，相当于我们这趟的行程，这儿就是终点了。

蹲在路边续了三根烟之后，我想了个歪招：轮毂变形拆不下来，咱们就转动轮胎，让拖车的重量把它重新给压圆了，再卸。

这招奏效了，费了一番周章，终于装上了备胎。

继续上路，后面的路依然在如玄奘西行般，累积着九九八十一难。又陷了三次车，拖绳断裂过一次，最严重的，拖车直接拉断了“小白”的后保险杠。

无论如何，这些事儿都还在我们能够摆平的范围之类。无论发生什么，我们的车头始终向着前方。

度尽劫波，罗布泊终于给我们送来了礼物，我们和一群罗布泊野骆驼遭遇上了。这动物可是稀罕物，珍稀物种，数量比大熊猫还少，而且是陆地上唯一能以淡水为生的脊椎动物。当然更难得的是，因为它们嗅觉灵敏，能察觉几千米以外的危险，所以人类很难靠近它。无数人曾专门来罗布泊寻找它们，都寻隐者不遇。甚至直到 20 世纪 80 年代，才有人第一次拍到它们。

这一群野骆驼三大两小，远远见着我们后，撒开蹄子就跑。放以前到一个地儿，我们是不会去惊扰当地的“居民”的，可是想要碰上“害羞”的野骆驼，真的靠缘分，一辈子可能就一回，我也不管不顾了，下令车队撒欢地追上去，想要近距离接触。

在戈壁上狂奔了几千米之后，地形没人家骆驼熟，越追越远。终于我们放弃了，停车端起望远镜，远远看看它们远去的屁股，留个偶遇的念想。

7. 楼兰古城的新发现

楼兰近了。

出行第十天，进入罗布泊第六天，我们抵达了楼兰工作站。

这不是我第一次来楼兰，但是这一次意义不同。梁红是头一回来，我给她准备了一份礼物，楼兰古城半日游，和历史约个会，算是这趟艰苦的罗布泊之旅的一个小惊喜吧。

我们把拖车扔在了工作站，前往楼兰古城遗址的一路，这“大家伙”过不去，只能暂时分开一阵儿了。找了一个向导，我们几个人全部驾着“大白”“小白”，轻装前往。

这段 38 千米的路，却是整个罗布泊区域里最难走的一段。坑坑洼洼，爬丘下壑，力求稳妥，我们腾挪蠕动般前行。

古城遗址并不壮观，准确地说那里也只剩下一地枯黄。黄色的土坷垃，黄色的残垣，黄色的胡杨躯干。

这些胡杨木，曾经盖起了楼兰古国的一座座房子、城门楼子、祭塔、府衙、宫殿。传说胡杨千年不死，死后千年不倒，倒下千年不腐；满地的胡杨遗骸，似乎就记录着这个地方几千年的故事。它们静静地或立或躺在荒漠里，它们的记忆里，就藏着曾经的楼兰王国往事，藏着千年风云变幻无际，藏着沧海桑田、绿洲变荒漠的徙转变迁。

遗址并不大，我和梁红在里面兜兜转转。希冀或许有一个不经意的发现，能和那个遥远古国，有一次意外的邂逅。

梁红在地上捡到一小块金属，我接过看了看，那是一枚古钱币上残留下来的屑角，应该是 1300 年前唐朝的商人留下的。他们或许是前往西域买马，或许是丝绸之路上的淘金者。

我的脑海里，浮现出千年前脚下这片土地的繁华。

云母、陶罐碎片，还有动物的骨骼碎末……我们夫妻俩捡破烂般“扫荡”着楼兰古城遗址。当然，都是捡起来看看，然后放回原地。这里的一切都有着历史的印记，我们只可以在其中轻快漫步，在脑海中形成穿越时空的画面：一个繁华故国在浩牒历史中傲然崛起；一座壮丽城郭于绿洲间威严矗立；一栋森严的府衙里官兵进出；一条人声鼎沸的街道车水马龙；一户快乐人家在安详地吃饭……

徜徉神游，我们只留下脚印，然后带走记忆。你好楼兰，再见楼兰。

这里是丝绸之路上的一颗明珠，千年前，无数来自汉地的商人在这里歇脚饮马；玄奘法师也曾带领着队伍经过这里，然后继续往西域前行。风云际会，在不同的时空、相同的空间里，我们在这里与他们见面，然后沿着丝路足迹，继续前行。

回到工作站接上拖车，我们继续踏上迤逦征程。在罗布泊区域的探险，我们只剩下最后一段路了，穿越罗布泊湖心，就将再次回到生机人间。

湖心路段是一望无际的盐壳，看着踏实，其实不定哪里就埋着雷：气眼，就是假地表，下面可能是巨大的空洞，车如果不幸开上去就是天崩地陷，迅速被黄沙吞噬，一点儿营救的可能都没有。

这一段路我心一直提在嗓子眼儿，紧紧地盯着前方，不敢有一点儿疏忽。梁红也是，手掌着方向盘，额头上全是汗。我们都是在探着走，见着低凹地段就绕，感觉路面蓬松就退，谨小慎微，蜿蜒前行。

经历了两次陷车，天又黑了下来。走到这最后的路段，所有人的神经都是既有紧绷着的紧张，也有临近极限的困乏。行百里者半九十，我决定今天不扎营了，一鼓作气，夜出罗布泊。

在罗布泊湖心碑留下一张全家福，算是到此一游的证据。后面的

■ 爱人在侧，山河遥远。

■ 曾经的辉煌永远尘封在黄沙之中。

路就相对踏实了，队员们的神经也终于能松弛一些，纷纷睡去。我和梁红还不能睡，罗布泊的漫天黑幕下，静谧无声，两辆车，两道光柱，在深一脚浅一脚地前行。

我们仿佛是牵着手在走这一段路。路途艰辛，爱人在侧，山河遥远，携侣同行，那就没有越不过的天堑，没有迈不过的鸿沟。

ON THE ROAD

第二章 PART 2 / 跨越帕米尔

1. 冰山上的来客

若羌。一觉睡到自然醒，甚至让人忘记了在罗布泊那几天的疲惫，以及穿越出来那一刻的欣喜。无论如何，我们做到了。

其实在出发之前，我们的罗布泊之行有很大的阻力。首先是技术方面，人们质疑我带着五吨重的拖车，不可能过得了戈壁和沙漠；其次是人员方面，我们的团队太年轻，别人不认为我们能够经受得住“魔鬼”的考验。

还是曼德拉那句话：任何事情在被完成之前，总被认为是不可能的。

罗布泊的滚滚黄尘留在了身后，我拥抱了团队里的每一个人，我们一起完成了这个不可能。这也让我的心里变得异常踏实，后面的两万千米长路，我们一定能顺利通过。

刷牙、洗澡、换袜子、补觉、加餐、添补给。在若羌我们短暂休整了一番，就赶往喀什，那是我们在国境线以内的最后一站。

车终于又跑在柏油路上了，经历了罗布泊的颠簸，奔跑在 315 国道上，让人感觉就像是我们在海上漂了一个多星期，终于踩着实地了。路变好了，但是依然不好走。我们赶上了风沙，黄沙滚滚而来，遮天蔽日，能见度也就两三米的样子。路边停了很多车，不敢跑了，可是我们耽搁不起，后面又是一段要与时间赛跑的路程。

除了球球和健豪，小权他们四个的签证即将到期，而我们前方还有

400 多千米的高原路要走。更重要的是我们必须要在喀什对“大白”“小白”和拖车做一次全面的检修。

这个劳动节，我们注定没法安歇了。

我们终于穿越了风沙狂暴之路，抵达喀什。这地儿我熟，在早年勤劳致富的年纪，我没少跑喀什，在这儿做银饰生意。在这儿我们还有新队员加入，摄影师王恒。他是从北京飞过来等着我们的，还带来了一些设备和补给。

顾不上嘘寒问暖、逛街叙旧了，我们连夜把车送往修理厂。

罗布泊把“白家兄弟”折腾得不轻，磕磕碰碰，伤痕满身。因为是改装车，修理厂师傅动工的时候，我必须得在边上盯着。这次是个大工程，修理时间预计需要一天一夜。但是签证即将到期的四位队员等不了了，他们还有不到 48 小时。按照目前的状况，他们肯定赶不上了。

无奈之下，我做了一个决定，让他们搭车去红其拉甫口岸，先行过关，在巴基斯坦那头等我们。这确实是无奈之举，进入巴基斯坦他们就得和向导、安保部队碰头了。而安保部队在没亲身接触过之前，我始终不太放心。之前在索马里我们就被安保部队出卖过，也听过不少故事，有些个人或者团队，抵达中东后，转身就被向导卖给了地方组织。

要么脱队，要么先行前往。“相信中巴人民的牢固友谊吧，你们四个先去，在那头等我们。”我拍了拍脑袋。

从修理厂出来的“大白”“小白”，神采奕奕，又容光焕发了。它俩必须得好，我们大家才能好。

收拾妥当，准备出发去跟先头部队会合，又出岔子了，健豪的护照丢了。刚装好的行李，被拆卸下来，翻箱倒柜地找，始终不见。一边时间紧急，一边因为这种小疏忽兴师动众，我有点儿生气。健豪闷头找了半天放弃了，对我说：“老大，真找不见了，要不然你们先走吧，我从喀什坐飞机回家。”

“闭嘴，赶紧找去。”生气归生气，但是我们是一个团队，对队长来说，“不抛弃、不放弃”就是原则。更何况我们刚刚患难与共，蹚过了罗布泊。

终于从一个角落里搜罗出来了，大家重装行李，火线出发。

上了喀喇昆仑公路，我们一路往高海拔上爬，进入世界上最庞大的山地中心——帕米尔高原。

路不太好走，两边要么悬崖峭壁，要么怪石嶙峋，偶尔还能遇到一些撞毁后被丢弃在路边的汽车。道路险峻，但是路边的高原风景挺不错，缓解了一些人的紧张和压力。

光秃秃的山坡，下半段匍匐着一些憨憨的牦牛和呆萌的山羊群；而上半段则是另一番风光，皑皑白雪，孤寒绝顶。此情此景，梁红在手机上共享了一首歌应景——《冰山上的来客》。

傍晚时分，我们抵达卡拉库里湖，边上就是盛名在外的慕士塔格雪山。

古冰山的流水裹着岩石，在这高原上形成湖泊，边上一座绝美冰山守望，头顶风云交合际会。“美，太美了，不跑了，今晚咱们在这儿扎营，篝火烤全羊。”我把车开下了公路，在湖边停下了。

湖面湛蓝通透，水平如镜，明明寒风吹袭，水面却荡漾不起一丝涟漪。对岸的巍峨雪山在静静地陪伴着，注视着脚下这颗明珠。高原天冷，几乎 0℃，我和梁红依偎在湖畔。我说：“美吧？值吧？”

梁红傻乐：“美，值，以后咱们跑不动了，可以来这儿养老。”

■ 卡拉库里湖风景如画，梁红兴奋地翩翩起舞。

■ 月光下的卡拉库里湖如一幅生动的油画，让人如痴如醉。

2. 边境线上的亲人

依湖和雪山而眠，一夜好梦简直要上天。

路上的风景不能流连，只能记忆存储，我们还要继续赶路。终于爬到了海拔 4000 米以上，有点儿缺氧了，人开始困乏，新鲜的空气和怡人的风景也有点儿醉人。

强撑着眼皮到了塔什库尔干，中国最西边的县城，我们要在这里通过红其拉甫海关出境。

因为装备繁多，海关检查费了点儿时间，但还算顺利，盖戳放行。中间发生了个小插曲，边境的官员认出了我和梁红："你们是开帆船去南极那两口子吧？"这事儿让人心情舒畅，这就是在路上的感觉和收获。莫愁前路无知己，天下谁人不识君。

不过边防武警同志也给我们提了个醒："你们是今年第一支通过这儿进入巴基斯坦的自驾团队，那边的局势并不安全，祝你们好运。"

穿越一段 120 千米的边境通道，中国和巴基斯坦的国境界碑出现在眼前，还有国门塔楼。那里等着一群人，全副武装，都端着枪，一脸大胡子。但是他们看上去都不是凶神恶煞型，甚至颇有点儿民兵的感觉。

一个面相相对憨厚的中年汉子走上前来，伸出手自我介绍，他是阿克巴（Akbar），就是我之前通过邮件联系的向导，服务我们团队巴基斯坦和阿富汗路段，剩下的那些人就是我们的安保部队。

阿克巴是普什图人，算是一位颇有经验的向导，之前为很多进入巴基斯坦的战地媒体和民间团队提供过帮助。我们通过邮件沟通了几个月，此刻算是见着真身了，他和每一个人热情地握手，然后给了我一个拥抱："Snake，巴基斯坦欢迎你们。"Snake，是我的英文名。

说实话，有了前车之鉴，在与向导和安保深入接触，建立信任之前，对他们，我都是有些怀疑和戒备的。但是碰头后出发前，一件小事，让我心里的安全感增添了不少。

阿克巴对我说，能不能给他 5 分钟，他要在旁边做个礼拜。我愣了一下，点头："Sure，Sure，please."

他就在国境界碑边，往地上铺了条毯子，然后朝西跪下，开始虔诚地做礼拜。这是一位穆斯林，大凡真正虔诚的教徒，心眼不会很坏。我开始对这个向导，对这支安保部队有了些信任感。

阿克巴已经和小权他们碰过头了，说他们现在正在入境海关处等着我们。出中国国境，入巴基斯坦海关，我们还要沿着喀喇昆仑公路走一段。我们这代人在课本上都学习过这条公路，是中国援建巴基斯坦的，它有一个另外的称呼：连接中巴友谊的纽带。

这条路完全可以算得上是近现代工程史上的奇迹，是中国通往中东地区的唯一陆地通道。喀喇昆仑公路全长 1032 千米，就是北京到武汉的距离。国内路段长 416 千米，境外路段 616 千米。北起新疆喀什，南止巴基斯坦塔科特，海拔最高处红其拉甫山口 4733 米，是世界上海拔最高的高速公路。

这条路从动土到竣工，历时超过十年，中国当时投入了 22000 多名工程师和建筑工人，两国有超过 700 人在修筑过程中不幸去世。公路上大小桥梁将近 100 架，涵洞超过 1700 个……

地处高原，两旁都是崇山峻岭，雪崩、落石、塌方、山体滑坡、积雪、积冰时有可能光顾。难以想象，当年这条路的开凿，是何等的艰难。如此天堑，依然被中国人用极大的热情以及血汗给开凿出来个一马平川，以此关联起来的国际友谊，必然也是如路面般坚固和厚实。

巴基斯坦这边的达苏斯特海关到了。一栋孤零零的建筑矗立在高原寒风中，走进去乍一入眼的，却全是熟悉和温暖。墙壁上用中文和巴基斯坦语写着各种暖心的句子，挂着“中巴友谊长存”“兄弟情深，邦交万古”的横幅。每一个人都热情地走上前来打招呼：“We are brothers.”

移民局的局长接待了我们，甚至还嗔怪阿克巴，怪他没有提前告知是一个中国团队要来；否则他一定会精心准备，盛情款待我们。

在边境处，这个国家就让我们感受到了浓浓的善意和亲和感。

局长亲自督办，我们的过关手续办得很顺利。值得一提的是，我们去过世界上那么多国家，这里是唯一允许我们在海关拍摄的一个。面对我们，面对中国人，他们没有一丝戒备、一丝生疏，全是笑脸相迎，热情洋溢。

3. 飞渡堰塞湖

过关，跟先头部队在异国他乡成功会师。

趁着人齐，阿克巴跟我们详细讲解了接下来在巴基斯坦境内的注意事项，以及他制定的安保措施，遇到紧急情况我们该如何应对等等。沐浴了邻邦的友谊春风，他还是把我们拉回了现实，这个国家毕竟依然处于战乱之中。

耽搁的时间太久，今儿就不篝火了，我决定连夜前往吉尔吉特。

当然，再怎么赶路，到点儿了还是要停车——阿克巴做礼拜的时间。不分路段，不分环境，他都会下车到路边，铺上毯子，虔诚向西，匍匐礼拜。

我们尊重别人的信仰，我打心眼里对这种虔诚感到敬佩。

一汪湖泊出现在前方，路被吞噬进了水里。队里的策划叶尔夏特拿着地图有点儿蒙，之前做线路规划的时候，地图上并没有这个湖。

湖泊边上有个简易的码头，有些摆渡船停在那里，我们过去打听缘由。一个名叫 Ajaiz 的村民，会讲一些中文，他告诉我们，这个地方叫阿塔巴德湖，之前是喀喇昆仑公路道旁一个村子的名字，但是五年前的一次暴雨，两旁山体滑坡，将这附近十多个村子都掩埋了，有 20 多人丧生，近 50000 人失去家园。同时也隔断了公路，在这儿形成了一个巨大的堰塞湖，喀喇昆仑公路有 20 多千米的路面沉入了水下。Ajaiz 指了指湖面说："原来我的家，就在水下 30 米的地方。"

这场天灾形成的阿塔巴德湖宽 2300 米，最深处达到 60 多米。正常摆渡过去需要 40 分钟。

这些摆渡人曾经就是阿塔巴德的村民，如今这个突然形成的湖泊，不仅夺去了他们许多人亲人的生命，也彻底改变了他们的生活。现在他们搬到了山腰居住，而摆渡也成了他们新的谋生方式。

这里别无二路，每天来来往往也有很多车，都是通过摆渡船这种最原始，也是最危险的方式渡湖的。看了看停在湖边的那些小船，再瞅瞅"大白""小白"和拖车这几个大家伙，我不禁有些心虚。我纠结了很久，前后测量小船的发动机转速、定风向，跟船夫商量对策。悬乎归悬乎，眼下我们根本没有别的选择了。

平时他们一辆车一艘船，在我的要求之下，把两艘船绑在一起固定，再搭上木板，然后我再把车开上去。整个码头的人都忙活开了，他们很想做成这笔生意，或者说这些巴基斯坦村民们，很想帮我们这群中国朋友这个忙。为了让我放心，一位船家还掏出手机，给我看了一段他们此前摆渡卡车过湖的视频。

■ 我们一路能够化险为夷，我想与阿克巴求真主保佑有关吧！

■ 被堰塞湖阻止的不仅是前进的道路，还有我们的信心。

梁红对此一直不放心，建议我们绕路，或者再等等看有没有大船。车坏了我们能修，可以如果沉这儿了，这荒山野岭是没有打捞条件的。这个损失是没法弥补的，如果出意外，这个地方就是我们这次行程的终点。

这些我都很清楚，但此时左右我想法的依然是时间问题。在前面罗布泊和喀什的耽搁，让我们的行程很紧张。因为我们在后面那些国家的签证，都是在出国前就办理好的，这几次误点，就会形成多米诺骨牌效应，让很多地方因为无法过关而夭折。我还是觉得试一试。

准备妥当，我开着“小白”带着拖车，沿着临时搭建的路桥，一寸一寸地往船上挪动。这是一个特别考验技术的活儿，“小白”的轮子窄，拖车的轮子宽；“小白”沿着木板的最内侧上船，而拖车则是沿着木板的最外沿行进。哪怕出现一厘米的偏移就会悬空，五吨重的拖车就会压爆轮胎，滑下路桥，继而把“小白”拖下水去。

说实话，本来心里就不踏实，现在亲自操作，就更没底儿了。手心全是汗，感觉轮子踩不实，越挪越虚。我看了一眼边上紧张的梁红，她紧张得眼泪都要出来了，脸上尽是关切和劝阻。

我一拉手刹。太悬乎了，这事儿干不了，不能赌，得想别的招。

对忙活了半夜的船家们说了声抱歉，大哥憨厚一笑，用中文答：“中国、巴基斯坦（是）好朋友，没问题。”

摆渡失败了，心里却是一暖。

大家原地扎营休息，我带着夏特和方鹏去找路。回到路上，在湖面上方的悬崖上找到一条隧道，但是进去两千米就到尽头了，这是一条在修的隧道，尚未竣工。

“车到山前没有路啊，我们回吧。”我感慨一声，倒车。

不想在出隧道的途中遇到一辆车，下去打招呼，竟然是两个中国人，工程师模样，河南口音。他们也告知我们，这儿没路了，想过去就必须得渡堰塞湖。这条隧道就是中国路桥公司在承建的，打算在悬崖峭壁之上，另辟蹊径接通喀喇昆仑公路，但是最早也要到明年才能竣工。

听到这儿我脑海里一下就有主意了，有大工程就一定有运送物资的大船！回到码头，给梁红派下了活儿，天亮后去联系一下中国路桥公司，看有没有大船帮咱们一把。

老天给我们布下了一道坎，又让我们找到了希望。果然有大货船，他们也愿意帮我们这个忙，中国人帮中国人嘛。中国路桥公司的援建团队，答应明天来码头载我们。"豁然开朗了，车到水前，还是有路。"

见到大货船，我们一下子就乐出了声，扔堰塞湖里，这船就是一航母呀！连人带车一并上去，空间还绰绰有余。跟我们同渡的，还有七辆车，几十号人，包括一辆大卡车。

非常平稳地开上去，如履平地。一群中国同胞为我们保驾护航，沿途还能在山野湖泊中观个光。昨夜这个堰塞湖是一道天堑，现在就成了一方天池，湖水碧绿，两旁峭壁嶙峋，天上闲云悠悠，怎一个惬意了得。

船长得知我们前晚差点儿强行用摆渡船过湖，替我们捏了一把汗。他说这个湖底就是一汽车墓地，每年有上百辆车在摆渡的时候翻船了，沉进水里，而且大多都是上船的时候一个不稳，就滑进去了。

现在想想，我们也心有余悸。

在我们渡湖的时候，那些摆渡船们依然在湖面上忙碌着，其中也有载着汽车的。当时我想到的是昨晚那些想帮我们的船家们，这个湖的出现彻底改变了他们的生活，摆渡成了他们谋生的方式，但是明年新的隧道打通之后，他们的生活会再次改变，他们又将何去何从？

■ 载着我们渡过堰塞湖的中国路桥公司大船在湖中如航母一般，平稳、踏实。

4. 中国烈士陵园的守墓老人

走在喀喇昆仑公路这条“新丝路”上，我们在绝壁上发现了一条蜿蜒的小道，那就是千年前古人生生凿出来的古丝绸之路。

那一刻，真的颇有时空交汇的感觉。在通往外界、与世界联系的路上，人类从来都不惧愚公移山。2000 年前他们就在崇山峻岭中，打通了汉地和西方的驿道，今天我们这帮人重走这条路，希望能见到一些东西，更能传承一些东西。

一切似乎都是天意，在新、老丝路并行的那一段，我们遇到了一个德国人。要知道“丝绸之路”这个称谓，就是 1887 年，德国地理学家李希霍芬提出来的。而今，我们将继续沿着丝路往西走。而这位德国旅行者，正是沿着李希霍芬走过的路从西方来，接下来将要沿着我们走过的路，去往中国。

最险峻的路段我们已经走过了，这条民族纽带的路将剩下一片坦途。

在吉尔吉特的郊外，我们经过了一个叫作丹沃尔的小村庄。孩子们看到一群中国人到来，纷纷涌到路旁，笑着挥手向我们示意。这个村子里，有一个对于中国和巴基斯坦两国都很特别的地方：中国烈士陵园。

守墓人是一位叫作阿里・艾哈迈德的巴基斯坦老人，须发皆白，一脸和蔼。他在陵园门口接待了我们。陵园不大，只有大约 400 平方米，但是绿树红花，幽静闲适。参天的大树，为长眠地下的烈士遮阳避雨，透过叶缝的阳光，在墓园里闪烁跳动。

阿里老人告诉我们，陵园里安葬着 88 位中国烈士，他们都是曾经援建巴基斯坦，修筑喀喇昆仑公路的时候牺牲的。每一块墓碑上，都有他们的名字，每个名字的后缀都是烈士。每一块墓碑上，还有中国和巴基斯坦的国旗，以及象征着两国的手握在一起的图案，写了“中巴友谊长存”。

还有 22 个空墓，是为了悼念那些在筑路工程中失踪的中国烈士。

肃穆的陵园里，我们脑海里再现了 50 年前，两国人民不畏艰险打通山脉，见水填川、遇壑造桥的场面。老一辈人喜欢管巴基斯坦叫巴铁，铁哥们儿。当年有多铁我们并未亲历，最近的事情我们都记得，2008 年汶川地震，巴基斯坦动用了国家紧急战备物资，援助中国救灾。巴基斯坦救援队为了节省空间多放物资，拆掉了飞机上的座椅，坐在地板上赶往中国。借用当下的一句流行话，真正的铁哥们儿，不是锦上添花，而是雪中送炭。

这种深厚的国家友情，是两国的老一辈人，用极大的热情、信任以及生命建立起来的。我们这一代人没有经历过那个大时代里的热火朝天，但走在这条融合了两国人民血脉的路上，我们深知它的建成有多么的艰难，我们更应该将这种国家、民族友情传承下去。

烈士陵园纪念碑上，刻着两句话：中国、巴基斯坦两国建设者，不畏艰险，架起了中巴两国之间的友谊之路。

敬献上两个花圈，团队全体成员在纪念碑前鞠躬致敬。

上学的时候，我们也参加过祭拜烈士的活动，穿着校服，拿着小白花。那会儿年幼，懂得的东西不多，心里并没有很多的感触。而此刻在异国他乡的中国烈士陵园里，这种感觉升华到了另外一种境界，无法言说，全是敬意。

我觉得我们还应该向阿里老人鞠一个躬，他值得我们中国人最崇高的敬意。

阿里老人年轻的时候，和朋友马达德与一位中国工程师认识并成为

■ 守墓老人——阿里·艾哈迈德。

■ 我知道我们的一个鞠躬并不能代表什么，但这是我们此时此刻内心最深的敬意。

了朋友，但是不久后那位工程师坠桥牺牲，他和马达德难过了好久。随后他们俩就参加了搜寻和埋葬烈士遗体的工作。后来喀喇昆仑公路竣工后，他们俩就向政府递交了申请书，要求来看护墓地。那一年，他 22 岁。到现在，他已经守护了这座墓园 37 年。而一起陪他守护着朋友们的马达德老人，已经在四年前去世了。阿里老人是最后一位守墓人。

这漫长的岁月里，无论刮风下雨，时局动荡，他每天都会来到这里，与长眠在这里的中国友人做伴。曾经陵园就是一片光秃秃的墓园，什么都没有；我们现在看到的古木参天、绿荫环绕，都是这些年他和家人栽下、种植的。老人说，他希望在自己去世后，政府能在他的儿子中聘用一个，让他的家庭继续来守护这座墓园。

老人的口袋里藏着一枚奖章，那是中国政府授予他的“和平共处五项原则友谊奖章”。老人很自豪，说这是他的荣耀：“这让我知道自己 30 多年的守护没有白干，而且是十分有意义的，中国人都记着我。”

岁月有多久，友情有多深，我们可能无法详细度量。这些从幼苗生长到顶天立地的大树，这位从青年陪伴到耄耋之年的老者，十分具象地刻画出了答案。

阿里老人希望我们把这番话带回中国，老人说：“这些中国烈士的亲人们，他们曾经爱护和关心的人们，一定会担心烈士们在遥远的国外很孤单。请让烈士的亲人和后来的子嗣们放心，只要有巴基斯坦人，他们绝对不会孤独。”

梁红扭过头去抹眼泪，我的眼眶也早已湿润了。

5. 午夜潜行

我从拖车里拽出了防弹衣和防弹头盔，分发下去让大伙儿装备上。此前路上的凶险，都是和大自然在对抗；而接下来的挑战，就是枪与炮。

夜出吉尔吉特，经过阿巴塔巴德，前往巴基斯坦的首都伊斯兰堡。这段 630 千米的路，有 200 千米是“巴塔”——巴基斯坦塔利班控制区域，这里时常会发生恐怖袭击。

一辆安保队的武装车开路，我和梁红驾着“大白”“小白”在中间 500 米左右的距离跟着，一辆车殿后。后面的三辆车要沿着峭壁公路紧紧地跟着，防止其他的车辆插车。

几天的相处下来，我们和安保队也都混熟了，他们年纪都比我大，这些天他们给我留下的感动也特别多。萨赫尔（Sahel）是一位老兵，他就在前车上担任枪手，他很平静地说：“如果出现突发情况，我们会拼死狙击对方，为你们抢出逃生的空间和时间。不要管我们六个人，跟着另外一辆车撤退。”

其他安保队员脸上，也都是一副坚毅的表情。生在这个国家，从部队退役到民间安保，这些年来他们一直做好了与塔利班交火的准备，也做好了随时牺牲的准备。而萨赫尔之前也跟我说过，我们会是他服务的最后一群朋友。阿巴塔巴德隧道修通以后，他会放下枪，告别整天与塔利班对抗的刀尖上的生活，他打算去中国批发一些货物，回巴基斯坦做买卖。

阿克巴说：“朋友，这一路上无论如何我不会让你们受一点儿伤害，如果发生交火，我会挡在你们的身前，给你们挡子弹。”

几个男人的话，让我有些哽咽了。我使劲握住了阿克巴的手：“谢谢你兄弟。”

阿克巴用他的方式为我们祈祷：“愿真主保佑我们的朋友一路平安、旅途顺利。愿真主与我们同在，保佑我们。”

路边的哨卡和检查站开始密集起来，气氛开始变得不那么活泛了。最明显的变化，就是路人看我们的样子，不再像之前遇到的巴基斯坦人一样，热情洋溢、面带微笑，他们的脸上全是冷漠。小孩子们看到我们，稚嫩的脸上也多是皱眉好奇，没有之前见着的那些天真烂漫。

一路走走停停，荷枪实弹的军警频繁地过来盘查拖车，查阅手续。虽然是为了安全考虑，但是他们脸上如临大敌的凝重，也传染给了我们，让所有人心里都开始有些紧张。当然我们也能理解，如果遇到一辆装了炸弹的自杀式袭击汽车，那些军警随时可能殉职。

这段路走得很煎熬，终于临近入城前的最后一个检查站，恰好赶上了阿克巴的礼拜时间。他拿着毯子下车了，我看了看周围，天色渐暗，这个地方的环境也有些复杂，两边是棚户区，除了军警车辆，路边来来往往的摩托车很多。当然最让人不舒服的，还是那些陌生人的眼神。我的正前方，就站着两个白袍大胡子老头，倒和本·拉登颇有几分神似，恶狠狠地盯着我们。过往的人也都停下来驻足围观，对我们指指点点。两个年轻人骑着一辆摩托车经过，他们大喊着口号，车上挂着一面宗教旗帜。

安保队全员下车警戒，包括两辆安保车的司机，也端着枪下去了。

这做礼拜的 15 分钟让人特别煎熬，我们就像处在一个旋涡的中心，周围是什么，我们一无所知。可能仅仅是好奇围观的人群，但也有可能藏着瞄准猎物的恐怖分子。在之前做功课的时候，我们知道塔利班已经开始针对在巴基斯坦和阿富汗的外国人下手了，而且明码打赏，一个美国人 5 万美金，其余的每人 5000 美金。

阿克巴回车，顺利通过安检，驶上公路，周围没有那么密集的人群了，我们也稍稍舒了一口气。我们依然跑在喀喇昆仑公路的末段上，但是这里的沿途风景就没有之前那么怡人了，仿佛被这里的恐怖气氛感染了一般，全是光秃秃的岩壁、寸草不生的洼地。

前方是巴塔控制区，我们希望借着夜色的掩护，连夜冲过去，直达伊斯兰堡。

白天我们的团队实在太过扎眼，而晚上我们依然引人注目：当地车都是白炽灯，发出黄色和白色的光，而我们的车是氙气灯，射出来的是蓝光。在这种情势之下，我们只求速达，越快离开这片区域越好。然而路况又不允许我们加速，山地公路一边绝壁一面悬崖的路段太多了，而且急弯连续不断。

停下车，我们做了一些紧急预案。如果是非人为的，比如爆胎、落石等情况，优先选择往岩壁撞，绝不能拐下山崖；如果是遭遇了武装伏击，一定冷静不可逞勇，逃脱的人再想办法营救，不要被一锅端。

关键时刻，拖车在路中央爆胎了。我惊出一头冷汗，关掉各种大灯，全员行动，用 F1 维修站的效率迅速换好轮胎。这事儿我得给大伙儿点个赞，罗布泊的课程，确实把大伙儿给锻炼出来了，机动性特别高。

暗夜潜行，气氛实在太压抑了，这样下去人真的随时可能会崩溃掉。通过对讲机，我开始跟梁红讲起了段子。不料梁红听着听着却鼻子一酸，煽起了情："老张，这可能是我们分开时间最长的一次了吧？虽然你就在我的前面，那么近，可是又感觉那么远。真出事儿了，我怎么可能先跑？"

我听了也不好受，我知道自己是她的全部依靠，我不能垮。当年在马鲁姆火山上那一幕又浮现在脑海里。我在火山里，她在山口上。对讲机里梁红跟队员们交代，如果老张出事儿了，她一个人绝不回去。我安慰她：“丫头，你别傻了，我这么大块儿，人家把我绑了这得费多少口粮呀，不划算，你放心啊！”

梁红咧嘴一笑：“老张，在我心里你一直是超级偶像派。”

黎明时分，我们终于有惊无险地冲出了巴塔控制区。两个小时之后，友谊大桥终于出现在了眼前，那里也是喀喇昆仑公路的终点。终点的界碑上写着：BEIJING，5425KM。

天堑变通途，这条凶险无比的天路，翻雪山越峻岭，穿隧道渡堰塞湖，我们一步一步，成功地蹚过来了。这里是喀喇昆仑公路的终点，从另外一个角度看，它也是起点。

6. 大树下的学校

通往首都伊斯兰堡的路，是巴基斯坦境内最和平的一段。经过昨夜火线穿越的紧张，所有人都松弛了下来，休息的休息，看风景的看风景。

当然我和梁红还不能闭眼，只是放慢速度，欣赏着这个国家本来的面目，青山绿水，安居乐业，民风淳朴。它本应该全是这样，遗憾的是，战争让它只有一隅和平，而半壁江山民不聊生。

进入伊斯兰堡，安保队员们都收起了枪。这群善良的老兵，他们不愿意亮出武器，去惊扰到这片土地上享受着难得和平的同胞们。

借着晚饭后的闲暇，我们打算去伊斯兰堡市区转一转，吹吹晚风，解解旅途的困乏。阿克巴把我们带到了一个游乐场——大概相当于国内的一个小广场。凉爽的夜晚，人们纷纷走出家门，父母们带着孩子们来到这里玩耍，老人们散步聊天，年轻人们结伴说说笑笑。

我们的出现，让人群沸腾了。不分男女老幼，都聚拢了过来，以我们几个中国人为中心，围起了一个圈。每个人都很友好，脸上带着笑容，用普什图语、乌尔都语、英语和生疏的中文，向我们问好，跟我们合影拍照。

这种感觉很好，但是却让阿克巴感到不安。他示意我们赶紧回到车上，回酒店。伊斯兰堡确实相对安全，但是这里依然存在着塔利班的眼线，他们无孔不入。人越聚集的地方，越可能发生恐怖袭击，而且损失越大。

回到酒店里打开电视，才得知就在昨晚，我们刚刚离开吉尔吉特，那里就发生了恐怖袭击事件。一架M17军用直升飞机被导弹击中后坠毁，并导致一所学校起火，造成了大量人员伤亡。

片刻安宁后，我们又被拉回到了紧张的氛围里。这里是巴基斯坦，塔利班的阴影无处不在。

在巴基斯坦，塔利班把枪炮对准了学校。他们频繁地对学校下手，时常在学校里引爆炸弹，炸毁教室、推倒大楼，恐吓学生和家长。塔利班认为学校传递着西方式的堕落和政府的权威。同时，炸毁学校也可以让军方不能在这些建筑里建立基地。

而巴基斯坦人也知道，塔利班种下的仇恨的种子，也需要依靠孩子，依靠这个国家未来的主人来化解。塔利班的攻击，更坚定了他们让孩子接受教育的决心。很多学校的门口，甚至搭起了围墙和铁丝网，还有军方的人持枪守卫。而很多孩子，也勇敢地选择穿越恐惧和炮火，继续前往学校学习。

我们在伊斯兰堡遇到了一位老师，他叫阿尤布（Ayub Khan），是一位满头白发的老者，一脸慈祥，但时而也会露出一丝威严。他在街心花园的大树下开办了一所学校。

见到他的时候，他正在大树下给十几个孩子授课。孩子们席地而坐，书本都摊在地上。这里就是他们的大树学校，课堂没有黑板，阿尤布老师就在一块大白纸上写字，年迈的他，认认真真地把每个字都写得十分工整。

孩子们也都全神贯注地听着他讲课。这里比较独特的一点是男孩和女孩坐在一起上课。要知道在巴基斯坦，女孩很少接触教育，而且男女也不可以在一起上学。这些孩子都是贫苦家庭出身，没有钱进入正规的男子或者女子学校。他们在这里上课，还有可能会被路人嘲笑。

当然，这里的学生也并不全是孩子，还有一些小年轻，还有一个看起来和阿尤布年纪差不多大的学生。

阿尤布老师年轻的时候，是军队里的文职人员。退伍后做了伊斯兰堡消防队的志愿者，平时他的工作，就是走街串巷售卖报纸和纸袋。就是在这个过程中，他经常会碰到一些在街头巷尾晃荡的孩子，他就在想，这些孩子以后怎么办？他们中有的人，将来会变成流浪者、毒贩，甚至被塔利班招募，成为他们的后备军。阿尤布当时想到，如果能让他们接受教育，是不是就能够改变他们的生活呢？

那一年阿尤布 27 岁，他没有空想，而是马上就行动了起来，就在街心花园的大树下成立了这所学校，自己开始来教人们知识。

最初只有 10 个孩子来听他上课。阿尤布开始去劝说一些家长，让他们相信“枪炮让人走向歧途，学习改变人生道路”，并且承诺这里真的是免费教育，送孩子来上课不会增加家庭负担。此外，阿尤布还一一登门拜访一些雇佣童工的店铺，让他们送孩子来上学。从最初的被粗暴赶走，到渐渐地有些店主愿意送一些孩子来了。还有一些是流浪者，阿

■ 虽然学校极为简陋，但阿尤布老师教得很认真，学生们学得也很认真。

■ 我发现当梁红和孩子们在一起时的笑容是最灿烂的。

尤布老师耐心地与他们沟通，和他们建立信任，把他们从街头带到了大树下。

在这里，只有阿尤布一个老师，他教授学生们乌尔都语、英语和数学。

30 年来，这几棵大树下，有超过 2000 名贫苦孩子从这里毕业，有的人进入了巴基斯坦的政府机关、军队、医院和一些大企业工作。

了解到阿尤布的故事，我们对这个老者肃然起敬。我提出想对大树学校进行一些捐助，老人却摇头拒绝了。他说办这么一所学校要不了什么钱，他自己的收入足够补贴了，重要的是能够保持初心，耐心地教导孩子们，孩子们愿意来学习。他不需要捐助，需要帮助的，是这些孩子们。

说完，阿尤布老师开始骄傲地向我们介绍他的几个学生。

一个显得有些羞涩的小女孩儿，她叫海娜，从乡下来，没有身份证，不能进入正常学校上学，但是她很刻苦，很有天赋，伊斯兰堡的许多科学竞赛，她都拿到了第一名。

两个挺帅的小伙子，一个叫阿巴斯，以前是个小混混，被阿尤布老师强行带到了这里，现在他彻底告别了街头浪荡生活，还成了阿尤布老师的助手。另外一个叫阿米尔，以前是个伐木工，来到大树学校成功毕业后，一边工作养家糊口，一边回到学校给阿尤布老师做助教，辅导低年级的学生。

还有一位特别的学生，他叫阿里，今年 45 岁了。五年前他还是个文盲，一个字儿不认识。现在，他已经成功通过了十年级的考试。

面对镜头，他们都有些腼腆，不自觉地扭过头去。孩子们不惧怕嘲笑，不惧怕贫穷，不惧怕战乱，他们最怕的，是失去学习的机会。

知识改变命运，不需要更多的注脚。这里的每一个学生，这 30 年里的 2000 多个学生，都实实在在地改变了自己的生活，自己的人生轨迹。

“肃然起敬”这个词，不足以表达我对眼前这位老者的敬意。他是一位伟人，他的一己之力可能只是改变了2000多个人的命运，但实际上，他的付出无形中甚至改变了这个国家的进程。如果多一些阿尤布这样的老师、这样的大树学校，多一些涓滴付出，巴基斯坦的明天，一定会更好。

离开之前，我们在大树学校不远处看到一座坟墓。

那是阿尤布老师让学生们用拾捡的碎砖搭起来的，他感觉自己的身体越来越差。阿尤布老师对学生们说：“我不可能一直活着，答应我，把这个大树学校办下去，让我能够一直看着你们。”

7.“用笔来代替武器”

告别阿尤布老师和大树学校的孩子们，我们要继续赶路，前往巴基斯坦和阿富汗的边境城市白沙瓦，那里是塔利班组织的活跃地区。那里也有一群孩子在等着我们。

中途要经过阿巴塔巴德，我决定临时停一下，去看看本·拉登的老房子。

那里已经恢复了平静，像什么都没有发生过一样。被扫射过的房子没有再被修葺，弹坑遍布。已经看不见血迹了，也找不到任何能联想到那位“恐怖大亨”的物件。

我们找到了本·拉登的邻居。这位老者说他自己以前压根不知道自己隔壁住的是谁，也从来没有见过他。那天晚上他听见了直升机盘旋的声音，然后枪声大作。身处巴基斯坦，对于这种午夜的交火，他们已经见怪不怪了。虽然广播让大家待在自己的屋子里，不要随意走动。第二天起来，他们才从电视上知道昨夜发生在自家门外的大事件。

事情已经过去几年了，也没有人再提起。至少这周边，没什么人说起他，也不像传说中的一样，有人认为他是个传奇，有人认为他是个恶魔。什么都没有，就像是一个陌生人在生活里离开了，没有掀起一丝涟漪。炮火随时回来，和平依然遥远。人们很珍惜当下难得的宁静。

抵达白沙瓦，频繁的恐怖袭击和交火冲突，把这座城市变得到处都是一副破败萧条的景象。要知道在古丝绸之路上，这里曾是繁华一时、花团锦簇的古犍陀罗国。

我们去了一所学校，白沙瓦军官子弟学校。那更像是一座军营，围墙上布满了铁丝网，门口设着哨卡，有拿着枪的军警保卫着。

这所学校，是白沙瓦人、巴基斯坦人心里的一道伤痕。两年前（2014年）的 12 月 16 日，就在中国学生准备迎接元旦假期的时候，这所学校却迎来了一场大屠杀。6 个塔利班武装分子，翻越围墙闯进了学校，接下来他们发动了一场令人发指的暴行。

他们把全校 145 名师生聚集在一起，当着学生的面，活活烧死了 10 位老师；紧接着，就把枪口对准了 135 名孩子。这场屠杀持续了 8 个小时，所有师生无一幸免，整所学校被鲜血浸染。

事件发生后举世震惊，难以想象这是发生在 21 世纪的事情。巴基斯坦全国停课一个月，悼念无辜死难者。塔利班罄竹难书的罪恶暴行，并没有恐吓到巴基斯坦人，家长和孩子们更加坚定了要走进学校、“拿起笔、对抗枪”的信念。

我们到达学校的时候，孩子们已经放学了。其实时间才刚过正午，可能是为了防止袭击，学校下午不安排上课。校园里空荡荡的，再联想到曾经发生在这里的惨案，眼下的这份安静让人难受。

学校辟出来一片区域，作为当年那些遇难师生的露天纪念广场。一座小小的纪念碑立在校园一角，上面摆放着祭奠的花朵，背后的横幅上，写着："国家向你们致以怀念，我们永远不会忘记你们。"

四周的墙壁上，贴满了老师和孩子们生前的照片。他们都曾是一个个鲜活的生命，他们曾是一个个不辞辛劳的园丁，耐心地抚育着下一代；他们曾是一朵朵含苞待放的花儿，希望有一个美好的将来，来建设这个千疮百孔的国家。如今，他们都已长眠地下，笑容挂在高墙上，留在亲人们的心里。

看着那些稚嫩的笑脸，我的心里憋得特别难受，而梁红早已眼眶通红。他们已经去了另外一个世界，令人欣慰的是他们的遭遇并没有吓退勇敢的巴基斯坦人。还有越来越多的人，站上了他们曾经挥洒汗水的讲台；越来越多的孩子，走进了他们曾经努力学习的教室。

墙壁一隅，写满了前来悼念的人们留下的字句：

"用笔来代替武器。"

"永远不要失去希望。"

"一切都会好起来的，回到学校吧，用你的愤怒，来实现你的梦想。"

ON THE ROAD

第三章 PART 3

『巴铁』奇遇

1. 追风筝的人
2. 较劲儿的降旗仪式
3. 被困白沙瓦
4. 老司机的大篷车
5. “别样的宗教学校”
6. 奔向阿富汗

1. 追风筝的人

几年下来，我们在路上总能遇到许多的感动、震撼以及遗憾，因为对很多事情我都无能为力，不能为他们做些什么。

我无法解决一个国家的和平问题，我无法帮助更多的孩子重返校园，我能做的似乎就是用镜头留下他们脸上的表情，让更多的人能够知道他们。尽管力量有限，我还是想为他们带来些什么，哪怕只是一点简单的快乐。

在国内时，我们联系上了白沙瓦马蒂拉（Mathra）村小学的校长塔里克（Tarik）先生，那所学校很难得地同时接收了男生和女生，我们想去学校看看，并希望能提供一些援助。校长在邮件里说，如果你们能给孩子们带来一些快乐，这就够了。

快乐，生长在和平年代的中国，我能理解的快乐有很多种，但是对于生活在战乱中的巴基斯坦的孩子，怎样才能给他们带去快乐？我和梁红陷入了沉思，快乐很容易，快乐也很难。

路过朝阳公园时，天空翱翔的几只风筝一下子勾起了我的灵感："对了，风筝。"《追风筝的人》故事虽然发生在阿富汗，但是在其邻国巴基斯坦，也有放风筝迎春的习俗。每年的春天，在他们的传统节日巴桑特节，人们都会走出家门，像阿米尔和哈桑一样去斗风筝。

准备好风筝，我们联系了清华附中和北京哈罗国际学校的孩子们，让他们来画风筝，画上他们想送给巴基斯坦小朋友的礼物，写上他们想说的话。此外，很多网友也参与到画风筝的活动当中，用画笔把自己的美好祝福描绘到风筝上，让我们带到千里之外的孩子们手里。

学校地处白沙瓦郊区，有点儿难找。走到跟前我们甚至还不敢相信这是一所学校，高墙壁垒，铁门谢客，门口有架着机关枪的警车执勤，两名手持 AK-47 的军警守卫。

提前知道有中国的客人要来，学校的工作人员和孩子们都盛装打扮了一番。一个小男孩和一个小女孩，手捧两束鲜花迎了上来，送给我和梁红。可能预计到了我们会说“谢谢”，不会讲中文的小男孩调皮地举起一个牌子，上面用中文写着“不用谢”。

每个人脸上都笑得特别灿烂，能看出来是那种发自内心的高兴。每天面对着铁丝网和机关枪，气氛可不总是那么愉快的。孩子们似乎也想尽力地在中国客人面前表现出他们友好、好客的一面。他们围着我们问好，表达着自己的欢喜。一个小姑娘拉着梁红，在她的手臂上绘起了“曼海蒂”。这是一种人体彩绘，在阿富汗，一般女人结婚前都会画这个，巴基斯坦人相信它能祈福驱邪。

孩子们为了迎接我们，还准备了节目。他们敲手鼓，跳着民族舞蹈，为我们唱了一首《我们是和平的普什图人》：“我们来自开伯尔普什图，我们是普什图人，我们热爱和平，我们是和平的普什图人……”

我们拿出准备好的风筝，分发给孩子们。起初我还有一点儿担心，礼物会不会让孩子们失望，但是孩子们蜂拥而上，快乐地领走风筝和画笔，打消了我们的疑虑。

拿着中国小朋友画的风筝，巴基斯坦小朋友们也捏着画笔，在风筝上面画着他们想表达的愿望：牵手、和平、祝福，是每一个风筝上的主题。

■ 每一只风筝都有清华附小师生的汗水，在此感谢他们的付出。

■ 拿到风筝的孩子们很兴奋，纷纷向我们展示自己喜欢的风筝。

我们想让风筝飞上天空，而学校里并没有这样的场地。在学校外找到了一块废弃的空地，但是塔里克校长却制止了我们：“让孩子去外面放风筝太危险，飞上天空的风筝肯定会吸引塔利班的注意，如果让他们看到男孩、女孩在一起玩耍，很可能招来子弹和炸弹。”

我们这才知道，在白沙瓦，塔利班的眼线遍布，甚至 ISIS 分子也已经渗透到了这一区域。

去校外放风筝的愿望只能作罢，最后学校给孩子们找了一个天台，那是一块不到 80 平方米的空间，起跑都很困难，想把风筝放飞根本不可能。这更像是放风，而不是放风筝。可是孩子们好像并不在乎，他们举着风筝，在小小的天台上互相追逐着，嬉闹着。

虽然有些遗憾，但是看到孩子们脸上开心的笑容，也算不虚此行。我们能做的有限，希望这片刻欢愉，能让他们以后每一步都能走得更加踏实。

在离开的路上，梁红突然在对讲机里说：“老张，我们的风筝还有剩吗？”

“还有一些，怎么了？”我说。

“要不我们回一趟伊斯兰堡吧？”梁红说。

我愣了一下，马上明白了她的意思，大树学校！那里的孩子们也需要风筝，而且在那里可以毫无顾忌地放飞。

提前跟阿尤布老师打了招呼，我们掉头直奔伊斯兰堡。

阳光午后，和风煦煦，如此放风筝的好天气不容辜负。阿尤布老师带领着 20 多个孩子来了。不算初次见面，孩子们没有上回那么生疏，迎上来亲切地跟我们打着招呼。

风筝分发到孩子们的手里，孩子们拿着礼物，都不约而同地看向阿

■ 白沙瓦孩子们的笑容很甜美，希望他们的内心世界也是如此。

■ 在这个战火纷飞的国家，一只风筝对他们来说都是奢侈品。

尤布老师。阿尤布微笑着点了点头，他们便不再拘谨了，各自拿着风筝，开始在公园的草地上撒欢，奔跑。孩子们把一个个载着来自中国的祝福的风筝，放飞天际，互相嬉笑着，互相较着劲儿看谁的飞得更高。

一旁的阿尤布老师似乎也被孩子们的喜悦感染到了，拿起一个大风筝，跑上了草地，冲到孩子堆里面去了。海娜悄悄地对梁红说，他们从来没有见过阿尤布老师这么奔跑过，这么开心过。

快乐真的是有感染力的，快乐真的可以化解开很多无解的东西。望着这些奔跑着的苦孩子们，望着奔跑着的年近六旬的阿尤布老师，我心里五味杂陈。他们需求的快乐真的很简单，却又如此难以得到。普天之下，这么多善良的人，却要无端遭受那些莫名的纷争与战火。

笑容包围着我们，在这种时刻我确实不应该想太多，尘世纷争几何，我们应该抓住难得的快乐。我拉上梁红，捡起一个风筝也跑上了草地，和孩子们嬉闹，跟阿尤布老师比谁放得高。

小权偷偷地在远处，用相机定格了那一刻的画面。

夕阳下的草地，男女老幼都是奔跑的姿态，每个人的脸上都表达着同样的喜悦；头顶上翱翔着形态各异的风筝，争高比艳；背景远处伫立着的清真塔，仿佛也带着笑容。

2. 较劲儿的降旗仪式

巴基斯坦最不安全的地方是白沙瓦，但最安全的地方不是首都伊斯兰堡，而是印巴边境城市拉合尔。那里是巴基斯坦经济最发达、文化和艺术最繁荣的一座城市。

虽然泰姬陵修建在印度，但是沙·贾汗和泰姬的故事，却是发生在拉合尔的。经历了在巴基斯坦这么多天的紧张和多愁善感，我和梁红决定放松一下，去拉合尔的瓦格赫口岸，看一场全球独一无二的降旗仪式。

为此，我还专门补了一下课。巴基斯坦这个国家的恩怨情仇，恩和情是东边的邻居中国，而怨和仇，那就是南边的冤家印度了。

辉煌的远古历史就不谈了，18 世纪以后，巴基斯坦和印度沦为英国的殖民地。“二战”结束后，全球都掀起了反帝反殖民的狂潮，英国政府无奈同意移交政权，但是最后一任驻印总督蒙巴顿，留下了一个稀里糊涂的《蒙巴顿方案》：将印度一分为三，即印度教徒的印度、伊斯兰教徒的巴基斯坦和克什米尔地区的王公土邦。《蒙巴顿方案》规定各王公土邦有权按自愿原则选择加入上述两个国家，或保持同英国的旧有关系。

老蒙对克什米尔这一地区不知是有心还是在此无意的一次手滑，给印巴两国埋下了祸根，间接引发了此后的三次印巴战争。在此期间，苏联、美国、英国以及联合国，都或多或少、或明或暗地参与了进来。直到 2003 年底，印巴双方达成停火协议，这俩较劲了 50 多年的邻居，才算消停。

而这 50 多年里，在非战区的拉合尔瓦格赫口岸，两国的边境部队，就开始了互相较劲儿般的口岸关闭降旗仪式。两边的仪仗队，这 50 年来，每天都会在相同的时间、地点，来一场互相示威式的降旗大赛。

而这里是和平区，只能示威，不能真动手。两边仪仗队就极尽所能，挥拳踢腿、咬牙切齿、示勇摆狠。这场面想想就觉得滑稽。

到了拉合尔，整个城市氛围给人的感觉都不一样，一片安居乐业的祥和。下班后的居民们在街头闲逛；街头骑警优哉游哉地巡逻；女人们

■ 印巴边境互相较劲的降旗仪式，更像是一场表演。

头上的布卡也罩得没那么严实，而且色彩不像其他地方那么单一，而是五彩缤纷。面对我们的镜头，每个人都笑得特别自信，竖起大拇指或者挥手摆出一个 Pose。

瓦格赫口岸似乎已经成了一个旅游景点，前来观看降旗的人很多，除了两国居民，还能看到一些外国游客。

在这座相对开放的城市，在口岸处还是得遵循一些他们若干年来的传统，男女分开。我和梁红必须过不同的通道，坐分开的区域。这让人很尴尬，就像夫妻出门旅游，图的就是个共度时光，此刻却要隔岸相望。而且出门在路上的这几年里，不只是她依赖我，我们已经形成了互相依赖。只要梁红不在我的视线里，我的心里就会不踏实，会紧张，会担心。

喜感的现场，让人意识到这个地方确实很安全，冲淡了一点儿我的担忧。

人们纷纷上前，找我们几张中国面孔合影；甚至边防口岸的仪仗队，也抽空赶过来和我们挤到一个画面里，扬起笑脸。在巴基斯坦，和平与战争共存，而在巴基斯坦老百姓的心里，无论在哪儿，和中国人的那种友谊——甚至是没经历过那个热火朝天时代的中青代们，这种感情纽带都是与生俱来的。

降旗仪式开始之前，双方长官在塔楼上，用麦克风煽动着气氛，振臂高呼，引领着同胞们喊着自己国家的名字；还有专门奏乐和跳舞的人，冲到一块平台上去表演，挥舞国旗，带动着大家的情绪。

仪式开始。边境处，隔着两个国家的两道栅栏门被拉开，左边巴基斯坦，右边印度。两方的仪仗队盛装登场，雄赳赳，气昂昂，脸上都是自豪。两边的仪仗队，在栅栏两侧，开始做出一些夸张的肢体动作。吹胡子瞪眼，用表情和眼神来挑衅对方；举起双手，踢踏正步，握拳展示力量来示威。

场上斗得热闹，场边的两国人民也不吝呐喊，给自己的仪仗队助威。这道人文奇观，随着两国的国歌声奏响、国旗落下而结束。最后两国的军人还是会象征性地握手言和。

几十年发展下来，这更像是一个表演，但是确确实实是带着民族情绪的表演。印巴边界线上，部署着两国的大部分兵力。眼下的和平不知道能持续多久，栅栏两侧的人们可能再度兵戎相见。战争的阴影始终都在。

我甚至想，如果一直就像这50年里发生的这样下去，只是每天双方的仪仗队铆足了劲儿，互相“恶搞”似的示威、挑衅，然后降旗、握手，不失为一种很好的结果。只要这种较劲儿的仪式还在，就说明两方没有到真刀真枪打起来的地步。那么，让双方有些奇葩的降旗仪式，再举办个几百年，甚至永远地举办下去，未尝不是一件幸事。

3. 被困白沙瓦

团队被强行“挽留”在了巴基斯坦。

出了拉合尔，我们在巴基斯坦的计划行程就全部完成了。地图上的线条走向，前往北部边境城市白沙瓦停留一夜，然后穿过开伯尔山区，从托克汉姆口岸离开巴基斯坦国界，进入阿富汗，随后途经贾拉拉巴德，直达首都喀布尔。

计划总没有变化快，我们在白沙瓦就被困住了。玄奘师父笔下的“繁华美丽的百花之城”。

当天在白沙瓦入住酒店，跟进驻军营地似的，酒店倒是富丽堂皇，

白沙瓦街头随处可见包裹严实的布卡与荷枪实弹的守卫，让人觉得随时都有不好的事情发生。

鸟语花香，可那些“附属品”就特别煞风景，高墙上的铁丝网、端着枪的武装守卫，好几道安全检查岗，人、车、货分批检查，门前还横亘着六道防撞墩。

在这个战乱国家，这种高级别的安检，在给人安全感的同时，也让人一直有着紧张感。

进了酒店我们遇到了老熟人：联合国粮农计划署的人，三年前我们在索马里碰到过。梁红打趣，对方见到我们肯定都愣了，他们是工作需要，哪里危险哪里跑，怎么还老碰到这群中国人。

这一夜，我们无心睡眠。因为明天我们将要踏足的，又是一片极其凶险的区域——边境部落区。这是开伯尔山区一片长达 40 千米的区域，实际上是一块塔利班及其他组织的武装分子聚集区，毒品走私、地下武器交易等活动，自然也少不了。

既然如此危险，为什么非要走这条路呢？因为战乱，巴基斯坦和阿富汗边境很多地方都是塔利班控制区，那是龙潭虎穴，相当于被关闭了；部落区是我们车队唯一可以进入阿富汗的陆路走廊。曾经有许多北约的车队进入了这一区域，就再也没有开出来过。

想要继续西行，我们并没有第二个选择，算是巴基斯坦通的向导阿克巴，在部落区有些关系，上下一番打点，至少我们在口头上，得到了允许通过的承诺。这份承诺有多靠谱，我们不知道，只能说服自己，让大伙儿稍稍心安罢了。

打通了地道，天线却接不通了。我们一早赶到白沙瓦市政府去办理过关手续的时候，被告知需要办理 NOC——不反对前往上述地区的证明——才能通过部落区出境。

又踏上了跑办证的路。先是部落局，然后是内政部，又被要求去外

■ 在这个城市似乎每个人都成为了“装在套子里的人”，看着让人心中很压抑。

交部，最后又被打发回部落局。来回跑了几圈，我们发现这是个循环的死胡同，根本办不下来，我们被 NOC 卡在白沙瓦了。

我们托国内外的朋友，大家都在使劲儿，依然没有结果。原来巴基斯坦军方正在联合美军，开展打击巴塔的“重锤”行动，白沙瓦就是军事前线。巴基斯坦官方认为，我们几个中国人贸然闯进部落区，如果遇上什么不测，势必会引起外交麻烦，因此就形成了眼下这种互相推诿的局面。“巴铁”甚至不愿意直接对我们说“不”。

要么打道回府，要么就继续跑 NOC。

这回我还真就跟“巴铁”官方倔上了，每天都往那几个办公室钻。几天下来，跟各个机关的哨岗都混成脸熟了，摇下窗户刷个脸，甚至都不用安检了。

这事儿让大伙儿都很崩溃，我和梁红每天出去跑“通关文牒”，其他人只能天天在酒店里待着，好吃好喝伺候着，可是一点儿也不惬意。用小权的话说，这就跟坐牢似的。外面有大院铁丝网，还有持枪安保，人出不去，一抬头还能看见装配着导弹的武装直升机，从头顶轰轰隆隆掠过。

“我们把自个儿软禁在了白沙瓦的酒店里。”球球说。

4. 老司机的大篷车

“来了就是客，咱们去见识一下这座城市的特色，”我跟梁红说，“带你去瞅瞅新鲜。”

出了国境线以后，我们的神经一直是绷着的，这个国家的安全形势太过严峻，警惕占据了我们的全部注意力，根本无暇去欣赏巴基斯坦的美。一路走来，路上时不时擦肩而过的酷炫大篷车，倒确实给险途平添了些许亮色。

这里的大篷车，扔在巴基斯坦是稀松平常；如果开到中国，在马路上绝对吸引眼球。大卡车这钢铁之躯，被巴基斯坦人装饰得格外“妩媚”：周身涂得色彩斑斓，仿佛披着东北花棉袄，镶嵌着各式彩线，挂着“叮叮”响的铃铛。

迎风招展，叮叮当当。这样的车儿跑在马路上，绝对是最炫民族风，欢快无比。

我让阿克巴带我们去看看大篷车厂。他答应了，但是提了一个要求，去那里梁红得穿上布卡。他说那边鱼龙混杂，有不少“虔诚”教徒，在他们眼里，女人必须遮住所有的毛发和皮肤。

梁红和我对视了一眼，我明白她的意思，拒绝了阿克巴。

不是我们不愿意尊重这里、这个国家的宗教习俗，而是我们中国人也有自己的穿戴习俗和自由；而且对梁红来说，在我们的旅程中，她也一直想把自己的精神和快乐因子，身体力行地传递给沿途的人们。

阿克巴似乎明白，他摊手对梁红说：“那好吧，不过你尽量离我们近一点，保持低调，不要太显眼。”

路上我们经过了一个巴扎（相当于中国的集市），菩提树大巴扎。

这地儿说来还挺有故事的，相传原址曾是丝绸之路上的一个驿站，南来北往的东、西方商人走贩，在此歇脚休息、补给整顿。有点儿像大漠客栈或者西部酒馆的意思，人们在这儿侃大山、讲故事，“故事街”的名字也就留了下来。千年过去，这里现在发展成了一个巴扎，依然热闹非凡，熙熙攘攘，闹闹哄哄。传统的建筑，老旧的店铺，留住了这里的历史记忆。

这里也有阿克巴的记忆，15 年前，他就在这个巴扎摆摊谋生。

这趟“赶集”并不太让人舒服，因为我们走到哪儿，身边都会围着一堆人——这可不像是在伊斯兰堡或者拉合尔，人们对中国友人展示热情，他们纷纷侧目，用怪异的眼神紧紧地盯着梁红。

阿克巴看了我一眼，摆摆手。我们也无心再逛下去，匆匆穿过。

大篷车工厂，我更愿意称之为手工作坊。因为这里不是修理、生产卡车的，而是人们为车辆“换装”或“化妆”的地方。

偌大的院子里，囤着好几百台各式卡车，大多是老款，英国产的、波兰产的、罗马尼亚产的，当然少不了中国产的。

工人们分工明确，流水线作业。有的爬上车顶，装上层“阁楼”；有的装钉木板，加固车身。那些“文艺工种”的工人，则穿绣花针似的，给车点缀铃铛、彩线，还有“画手”在车身上创作，勾勒图案，涂抹色彩。

一位老板告诉我们，在巴基斯坦，彩色大篷车就是车主们的“新娘”。他们愿意花很大的代价，来改装自己的卡车。一来他们认为色彩艳丽的装饰，能为自己带来好运；二来越是色彩鲜明的卡车，越容易招徕生意。

跑卡车运输的司机，大多不是有钱人，而一辆大篷车的改装费用大约是八万元人民币——甚至超过了这些老旧卡车的价格，但是司机们并不在乎，他们认为这是必需投资，除了方便生意之外，还有来自他们本身的意愿。按照自己的想法来装点爱车，这是讨彩头，他们心里也会觉得踏实、开心。

车身的图画并不是简单的涂鸦，细细看来更像是一面面会移动的艺术墙。那些图案各不相同，根据司机的个人喜好来。大多数人会选择一些传统的民族和宗教图案，譬如阿萨克清真寺、先知穆罕默德的马以及

■ 装扮得色彩绚烂的大篷车犹如一位美丽的新娘。

一些圣物，还有一些传说中的物品或故事都会被画上去。

当然，有些“前卫”的司机也会把自己的车设计得现代范儿十足，譬如画上自己崇拜的将军或者偶像歌手，等等。

人们也确实像对待艺术品一样来对待这些车辆，不只是装饰那些显眼的地方，车的角角落落，也处理得毫不马虎，精细布置，精心刻画。

远远看去，一辆辆大篷车，就像一栋栋中国古代的建筑，壁画印刻，琉璃金銮，锦衣瓦瓴，雕栏玉砌。

在我们和一位司机闲聊的时候，突然有个工人一脸严峻地走过来，将一面头巾披在了梁红头上。此举吓了梁红一跳，那个男人并没有歉意，而是面带愠色，一本正经地说：“你这种行为是非常不合适的，在这里女人不能露出头发，不然就请你马上离开。”

周围一些忙碌的人们，也都放下了手里的活计，慢慢聚拢了过来。

我们理解这是他们的风俗，但是对于他不打招呼的突然行动，有些惊诧，也有些生气。气氛一下子变得紧张起来，我和梁红赶紧顺着梯子爬，多谢他的提醒。阿克巴也赶紧过来打圆场，一边跟对方解释，一边示意梁红上车。

事后阿克巴告诉我们，这里远不像我们眼见的只是一个大篷车厂那么简单，这一带人员情况复杂，很多人都有枪。可能他们无意去伤害别人，但是他们心理恪守的一些规矩和习俗，是不容冒犯和忤逆的。

我和梁红点点头，表示理解他们的想法，但是却无法理解这种禁锢女性的物品，以及对女性的种种限制，为何会被如此深深地烙在人们的习俗里。

在巴基斯坦的几天，我们几个外来客都深有体会。跑证件的时候，我进去了，梁红却只能等在门口；有时候在有些场合，她甚至会被人非常生硬地赶出来。还有之前的拉合尔降旗仪式上，他们没有表现得那么极端，但是也处处恪守着一些规矩，譬如男女必须分开坐，譬如明明想向梁红表示友好，却又缩回了手拒绝与梁红握手，甚至合影，都笑着往旁边挪开几厘米。

梁红说："我想买一件布卡试试。"

她想用当地女人的穿着，用布卡下的视角，来体验和感知周围的一切。

和穿着黑色布卡的梁红走在街上，没有人再用怪异的眼神盯着我们看了，可是我们彼此却感觉更加怪异和不自在。明明是最熟悉和亲密的人，明明并肩行走，却无法看到对方的脸，无法去牵过她的手。梁红开玩笑："虽然视界和世界小了很多，但是没有别人的注视，反而给人一种融入的安全感。"

我说："那你可得要深度融入了，因为我们后面的路，是整个的阿拉伯世界。"

离开的路上，在车里梁红还是摘下了布卡。迎面跑过去一辆辆欢快的大篷车。这颇让人唏嘘，他们生产和装饰着美丽的大篷车，他们也坚持着一些至少在我看来并不那么美丽的习俗。

5. "别样的宗教学校"

NOC 依然没有着落，我们还要在白沙瓦这座危情城市里，继续没有时间节点地晃荡下去。

阿克巴见我们百无聊赖，说："兄弟，你来巴基斯坦去了很多学校，看来你很喜欢和孩子们在一起，要不我再带你去一所特别的学校看看。”

我和梁红没有孩子，但是我们确实喜欢和孩子们待在一起。孩子们简单，对事情和世界，有着无数种自己的解读，有的或许幼稚和荒诞，但是却描绘出了无数种可能，这是许多思维已经固化了的成年人所没有的品质。在和孩子们相处的时候，我们总能收获一些纯粹的快乐，甚至思维上有一些天马行空的开拓。

有朋友问我们夫妻俩，既然你们那么喜欢孩子，为什么不自己要一个，或者一堆。这事儿吧，也有难言之隐，两年前我们去过切尔诺贝利，近距离接近了四号反应堆，我和梁红体内都还残留着核辐射的放射性物质，而这些至少需要五年才能完全通过新陈代谢排除出去。五年内，我们俩得强行丁克了。

在巴基斯坦也是如此，学校似乎是我们绕不开的一个地方，大树学校、马蒂拉村小学、白沙瓦军官子弟学校。虽然有些地方让人留下了很悲伤的记忆，但是这依然是一个很让人欣慰的信号：一个国家重视教育、重视未来的主人，那么这个国家，一定能看得见未来。

接下来，阿克巴打算带我们去宗教学校（Madrasa）看看。

在伊斯兰世界里，宗教学校源起于 11 世纪的伊拉克，到如今已经沿续了近千年。经历了种种内部战争、日不落帝国侵袭、苏联入侵等战火的洗礼之后，宗教学校始终屹立在这片土地上。

当地人捐建了这所学校，给它取名为“Darwesh”，意为“别样宗教学校”。其实学校本身是一座清真寺。颇有意思的是，它的邻居是一座基督教堂。阿克巴说，教堂也建立很多年了。它们并肩而立，相安无事，看着城市里炮火不断、天空机桨轰鸣。

据主事介绍，这所学校里大概有 200 名学生，大多是上不起公立学校的穷人家的孩子。这里免费教学，而且包食宿。

我们步入略显肃穆的“教室”，学生们正在上课，所有人都席地而坐，一脸严肃地盯着讲台；没有任何人侧目，没有窃窃私语，没有低声哄笑。学生里，有四五岁的天真稚童，也有年逾古稀的老者。在年龄上它兼容并包，但是，这里没有一个女孩儿。

大家在背诵经文，让我想起了电视剧里的旧时私塾，学生们摇头晃脑的情形，这里更甚，整个上半身都在摇动。以前我以为这样有助于记忆，后来才知道通常那些需要背诵的内容都很枯燥，摇动身体是为了防止打瞌睡。

而背诵全本的《古兰经》，是宗教学校的必修课。准确地说，是唱经。此外，学校并不只是教授阿拉伯语和经文的，还有计算机和英语课程。

我听不懂经文的内容，但是从一些孩子们的嘴里唱出来，入耳很好听，清净、高远、优雅。与之相对的，却是孩子们面无表情的脸。

学校墙面的一个挂钟吸引了我，上面显示了一组时间——礼拜时间，绿色的表示已经完成，红色的表示还未开始。每次快要到礼拜时间了，大钟旁边的扩音器还会发出提醒。

摇晃的学生们就立马停下来，排着队去做礼拜。

我问了校长一个问题：“这里的学生们毕业之后，都会留在清真寺里工作吗，或者是从事一些和宗教相关的工作？”

校长摇摇头：“不，他们并不一定要成为清真寺里的宗教人士，他们也可以进入社会去找工作。”

离开前，我们和校长还多聊了会儿。校长说，他无法理解这个国家的战乱根源，宗教根本就不能成为理由。他心里理解的伊斯兰教，就是和平与仁爱。

我们不是穆斯林教徒，但是能够理解一些。离开清真寺的时候，又看到了旁边的基督教堂。它们能如此并立在塔利班活跃的白沙瓦，共沐每日的晨曦与余晖，我觉得就可以说明一些问题了。宗教的意义，一定包括和平。

6. 奔向阿富汗

玄奘师父诚不我欺，白沙瓦这座有着200年历史的“繁华美丽的百花之城”，似乎是在逼着我们“流连忘返”，我们的各种“通关文牒”，依然没有着落。

作为队长，我每天都特别煎熬。白沙瓦不安全大家都知道，目前我们陷入了进无通衢、退又不甘的境地。面对着队员们每天“我们什么时候能走”的追问，我答不上来。

政府单位那边，我无法责怪他们拖沓或者不作为，局势影响进度我们表示理解；可是我们陷入了“踢皮球”的死循环里，找不到可以解决问题的出口端，甚至我们表示愿意“后果自负”，都以可能影响国家外交为由，给驳回了。

这期间，除了我们自己去跑办公室，也有各路人马联系我们，黑白两道都有，说能帮我们搞定NOC。然后很快又都告诉我们，对不起办不了，押金不退。这很让人崩溃，也让人愈发急切地想逃离这座城市。

“求人不如求己，”我对阿克巴说，“兄弟，拜托了，让我去部落地区看一看，没准能找到办法。”

团队被困，我脸上的焦急，阿克巴都看在眼里。他点了点头，说：“我

虽然我和梁红心中有很多不舍，但我们不得不暂时对我的“白家兄弟”说再见！

在那边还有些关系，我一定尽力帮你。但是那边确实危险，这一趟咱们得从简，悄悄前往。”

阿克巴带着两个安保，再加上我和夏特，五人小分队摸向了部落区。

我开始明白，为什么我们的 NOC 办不下来了。这片地区几乎是处于无政府状态，而且也不存在能够统领一方的势力。地方民兵、巴塔、反动武装，各立门户，盘踞一隅。政府军也在附近展开行动，稍有不慎，被误伤、误炸了也没地儿说理去。

阿克巴通过关系，找到了一家边境运输公司的老板，扎乌多（Zaudo）先生。听我说完我们团队的困境后，扎乌多说，现阶段我们想开着车从陆路过边境去阿富汗是不可能的，但是他可以帮我们把“大白”“小白”和拖车等装备，从托克汉姆口岸运输过境。

我有些犹豫，“白家兄弟”和拖车，是我们这次西游行程的依靠，不仅是交通和补给，还有我们接下来在阿富汗、伊拉克等地方计划项目的设备，也都在里面。要是折了它们，我们的行程也等于提前宣告结束了，我们这几年的准备，也就此泡汤。

扎乌多先生看出了我的担心，邀请我去他的运输公司看看。

几辆大篷车、一辆锈迹斑斑的叉车，没有押运的武装车，这让我更加心里没谱了。扎乌多说：“朋友，请你放心。我是在这条路上长大的，从 1992 年开始我就在这条生死线上，从事白沙瓦到喀布尔的跨境陆路运输业务。已经 24 年了，这些年我运过最多的东西，是子弹、粮食和悍马，装甲车我也运过。”

我看了看阿克巴，他沉思了一会儿，点了点头。

回到酒店，我跟大家说了我的计划。我们在这里和“大白”“小白”它们分手，由扎乌多的运输公司运送到托克汉姆口岸阿富汗的一侧，阿克巴和安保团队帮忙押运。我们全员坐飞机过境去喀布尔，和阿富汗那边的安保碰头后，再从喀布尔到托克汉姆去接“大白”“小白”。此外，阿富汗境内的那段路，也是凶险异常，那里盘踞着许多武装分子和塔利班势力。

听完大家都沉默了，没有人说话。我环视一眼大伙儿，说：“就当是孤注一掷吧，当下也只有这条路了，我想试一试。”

梁红说：“老张，大伙儿都信你。我们听你的。”

方案通过，扎乌多公司的运输车前来装车。我们帮着把“大白”装上一辆大篷车，“小白”和拖车上了一辆加长大卡。

说真的，那会儿我非常不舍。一路走来，和这几个“大家伙”已经处出了感情，就像“北京”号一样，它们是我们的家，我们的伙伴。遮风挡雨，伴我闯荡，护我前行。

阿克巴看出了我的不舍，说：“放心吧兄弟，我一定把它们安全地交到你手里。咱们阿富汗见。”

“阿富汗见。”我挥手，这是对阿克巴说的，也是对我们的大伙伴说的。

ON THE ROAD

第四章 PART 4

阿富汗：看不见风筝

1. 煎熬 72 小时

“看看花花草草，消除紧张情绪。从《谍影重重》到《逃离德黑兰》，生活是最强大的编剧……未来将是惊心动魄的 72 小时，或 96 小时，但愿一切顺利。”

梁红在朋友圈写下了这段文字。我一个劲儿地安慰自己，没事儿的，咱们运气一直都很好，这几年去哪儿都有光环笼罩，没事儿的。可是内心里依然忐忑，担心“大白”“小白”们的安危。边境区实在太乱了，武装攻击、自杀爆炸、恐怖劫持，赶上一样，它们就可能找不回来了。于我们而言，损失的真的不仅仅是两辆车，而是两个伙伴，是我们此行全部的希望。

失了魂似的，我开始每隔一个小时给阿克巴打一个电话，后来每隔 15 分钟一次，询问情况。弄得阿克巴简直要崩溃：“兄弟，我会用生命来保证它们的安全。”

我们在这里被困了 9 天，终于可以离开白沙瓦了。我们在这里和“大白”“小白”暂别，折返到伊斯兰堡，我们踏上开往喀布尔的飞机。

两万米的高空上，大伙儿都疲惫地睡去。我依然伸着脖子，透过窗户往下看。此刻飞机正飞越开伯尔山区，苍绿色的山川原野，莽莽起伏，它的腹地里蜿蜒着一条条山路。或许此刻背着“大白”“小白”们的货车，正在其间奔驰着。我睁大着眼睛，徒劳地想寻觅到一些熟悉的影子，让心里的那点儿希望之火，还能继续。

喀布尔机场的紧张气氛，比前年摩加迪沙机场的更甚。“黑鹰”“美洲豹”这些军用直升机，在这座机场频繁地起降，机场里跑着装甲车和悍马，还有穿着各式军装的武装部队进出。

恰好一片乌云掠过，将阿富汗战云密布的氛围非常具象地展示了出来。

跟阿富汗方面的安保部队接上头，负责人叫大卫（David）。顾不上寒暄，我们的心还揪着，念着“大白”“小白”，让安保立马驱车，前往托克汉姆口岸。

大卫连忙摆手，他指了指手表说：“已经快三点了，在阿富汗，警察四点下班，那之后的时间，塔利班活动频繁，安全没有保障。我建议你们休息一晚上，我们明天一早再出发。”

我张了张嘴，还想辩白强求几句，梁红拉了拉我的胳膊：“算了吧老张，人身安全第一。”

无奈，我们只能先跟着安保去休息，明天赶早出发。

在车上，大卫不厌其烦地告诉我，阿富汗是战争国家，这里很危险，这里很危险……要注意、要小心……他的语气里，显然已经不再是提醒，而是警告。我配合着点头，但是压根儿没听进去。我依然心急如焚，惦念着我的大伙伴们。

梁红可能为了让我稍微放松些，开玩笑说：“老张你这相思病犯得够重的，要是我跟你分开，你会这么惦记吗？”

我愣了下，伸手摸了摸她的头：“傻丫头，咱们分不开。”

或许我的心思全在“大白”“小白”那里，一路上的各种险况，我倒没十分在意，各种荷枪实弹的关卡、路边的车辆残骸，在我眼里都是

■ 从扔在喀布尔路旁被炸毁的悍马车残骸就可知道，这里曾经的战斗多么激烈。

静态的镜像，很快就一闪而过，没有引起任何波澜。

5 个小时的行程，万分煎熬的 300 多分钟，我们穿过了贾拉拉巴德，驶入托克汉姆口岸，“大白”“小白”们熟悉的影子，一下子闯入了视线。它们安静地停在那里，完好无损。

一脸憔悴、顶着一双黑眼圈的阿克巴站在旁边，迎接着我们来验收。后来我才知道，他在这儿守护着“大白”“小白”两天两夜了，一直没合眼。看着眼前这个憨厚的巴基斯坦汉子，那一瞬间，我有点儿无语凝噎了。我握着他的手，一个劲儿地说“谢谢，兄弟，谢谢你”。

阿克巴倒非常淡定地说：“兄弟，我答应你的事情，一定做到。”

在不久后我们离开阿富汗，和阿克巴分手的时候，他的一番话，我觉得会在我的脑海里，回响一辈子：“我们普什图人有句话，如果你想用武力压迫普什图人，你得到的只有反抗；如果你善意地伸出友好之手，你得到的将是可以用生命来捍卫的友谊。”

在这里，我依然想向我的这位巴基斯坦朋友再说一声“谢谢”。谢谢你，阿克巴，我的兄弟。

2. 晚安，喀布尔

和“大白”“小白”分开两天，我大有“一日三秋”之感。摸着熟悉的方向盘，我的心情格外舒畅。副驾驶位上的阿克巴，却一脸严峻地把我拉回了现实：“回去的这段路，是塔利班活跃区，而且多了不少 ISIS 的分支。我曾在这条路上被塔利班绑架过两次，你要小心。”

开出托克汉姆口岸没多远，路旁被炸毁的卡车残骸很应景地出现，向我们诉说着这条路上不平静的故事。在前方武装车上开路的大卫通过对讲机告诉我，在抵达贾拉拉巴德前，无论如何都不要停车。不管是路人招手还是汽车拦截，不要停。

我们不断地和一些军车擦肩而过，呼啸的悍马，架着重机枪的武装皮卡；上面有挎着子弹带、端着冲锋枪，甚至背着 RPG 火箭弹的士兵，他们是政府军，我们西进，他们则前往东部山区的战场。

这一幕幕景象，对我们中国人来说十分穿越。我们在 2016 年，驾车行驶在邻国阿富汗的山路上，目送着一群群的战士奔赴战场。

有旧友重逢的喜悦，也有外在环境的压力，我情不自禁地哼起了歌。“我的爱，赤裸裸”，“我就是我，颜色不一样的烟火”……末了，我在车里放起了路易斯·阿姆斯特朗呼唤和平的老歌:《What a Wonderful World》。

我们穿梭在战争国度阿富汗，我们的前方，是战争之城喀布尔。

在下午四点警察下班之前，我们顺利地穿过了贾拉拉巴德——一天之内，我们一去一回，两次穿越了阿富汗最危险的东北部区域。我跟梁红开玩笑说:“接到了‘大白’‘小白’，路上也算有惊无险，咱们果然自带主角光环。”

后面的路要相对安全许多，天色渐黑，我们准备夜入喀布尔。

在等候阿克巴做礼拜的时间，我们也下车看看阿富汗的夕阳。在电影里看过无数次阿富汗那层峦叠嶂又荒芜的山，在此时此刻安静的余晖下，它们不再那么富有悲怆色彩，多了一分民族的厚重与历史的沉淀。安静的喀布尔河，绿水潺潺，安静地自西向东流淌着。它不再承载着仇恨的铁与血，只是安静地记录着它流淌过的地方历史，不舍昼夜。

阿克巴冲着西方，虔诚地跪地祈祷，他的旁边瘫着一辆坦克残骸。

金色的夕阳将这一幕渲染如画，印刻在阿富汗的天空下。一位虔诚的穆斯林，在一辆战争机器旁，礼拜、祈祷。那一刻我无法猜知阿克巴在心里祈祷着什么，但我想，一定有平安与和平。

趁着夜色进入喀布尔，这座有着3000年历史的古城，在夜幕下安静而冷清，街头巷尾，鲜有人走动。偶有荷枪实弹的巡逻车或开赴前线的战车经过，履带声、发动机声，间歇性地打破这座城市表面的安静。

“喀布尔”的字面意思，是贸易中枢。古往今来，西域的贩夫商旅、西方的探险商队，都会经过这里，在这里买卖易物，在这里互诉见闻。而进入近现代，这里几乎已经成了战争中枢。苏联入侵、美军轰炸、军阀混战，还有似乎无处不在的塔利班阴影，让这座城市荣光不再，褪去了历史遗留下的灿烂光环，只剩满目疮痍：残垣上的铁丝网、布满弹洞的墙壁。

无法入住酒店，阿富汗的酒店在一年内被炸了个遍，我们只能去安保部队的营地落脚居住。

就在我们抵达阿富汗的这个季节，塔利班发动了所谓的“春季攻势”，他们把矛头对准了滞留阿富汗的外国人——他们认为的异教徒，不断地向其发起恐怖袭击。他们甚至告诫国人，要远离外籍人士和机构。外国人在这里也被明码标价，杀一个美国人奖励5万美金，杀一个其他国家的人奖励5000美金。

而在他们眼里，酒店、机场、政府单位，都是外国人最常出没的地方——这些我们曾以为最安全的地方，在阿富汗，却成了恐怖袭击定点区域。

安保公司给了我们资料，就是我们抵达喀布尔前的这半个月里，在喀布尔发生的恐怖袭击事件：

5月13日，派克功宾馆，3名歹徒持手枪和AK47闯入一个国际会场，挟持了数十人。14人遇难，包括9名外国人。

5月17日，喀布尔机场附近，一名自杀式袭击者在机场军事区域附近的公路引爆汽车炸弹，袭击目标是隶属于欧洲刑警组织的德国车队。至少3人死亡、18人受伤。

5月20日，阿富汗司法部附近，一名自杀式袭击者在停车场引爆了身上的炸药，5人死亡，另有多人受伤。

5月26日晚，4名塔利班武装人员，袭击了瓦济尔阿克巴汗区的一家客栈，那里至少有150名外国人居住。客栈保安与武装分子展开枪战，直至大批阿富汗军警赶到解围。幸运的是，这次袭击并未造成除袭击者以外的人员死亡。人们称这是塔利班一次罕见的“失手”。

……

安保营地靠近喀布尔驻军军营，这确实让人感觉安全了些，但依然守卫森严。营地有两层防护墙，外墙由一个个近4米高的大型集装箱组成，内墙则是砖瓦堆砌而成，上面布满了铁丝网、荆棘刺。西北角还筑起了一座瞭望塔。

围墙里面，是工厂车间一样的铁皮屋，有近百间小房子。没错，就和中国很多地方一些工地上的那些临时屋一样。进出有两道哨卡，子弹上膛的士兵和警犬，仔细地盘查着所有行人和车辆。

在铁皮屋里躺下，虽然酷热难当，但是这一天之内的两次长途奔波，实在让人疲惫不堪。迷迷糊糊中，眼皮重重地合上了。依稀听见有军用飞机从头顶呼啸而过，远处响起了几声炸弹轰鸣。

晚安，喀布尔。

3. 电视山上的女老师

套上防弹衣，迎来在喀布尔的第一个晨曦。

我们收拾好行装，准备好好地去认识一下喀布尔的时候，被大卫拦住了。我们昨天开着奔驰进了喀布尔，警察已经向内政部报告了，一群中国人进城了。显然，眼线遍布的塔利班自然也已经知道了。如果我们还明目张胆地开着“大白”“小白”出去转悠，被袭击只是时间问题。

无奈，我们接下来在喀布尔的行程，只能乘坐安保公司的防弹车。不准随意走动，不准未经允许下车；去哪儿，看什么，他们定。

在来阿富汗之前，我们曾做了一些计划，想去老百姓的家里走访，想去市集逛逛，去看看深处战争国度里的他们真实的生活的样子。目前看来，这些想法不太可能实现了。对阿富汗人来说，谈生活实在太过奢侈，他们更多考虑的，是活着：在战争的阴云、贫穷的镣铐、恐惧的枷锁下，活着。

今天大卫为我们安排的活动地点，是电视山。这名字有点儿奇怪，得名于50年前，阿富汗的第一个电视天线，就架在这座山顶。说起来挺悲伤的，50年前，这个国家就拥有了电视，而现在，反而没有多少人家里能有电视了。战争和冲突，让这个国家的历史在退步。

阿富汗内战时期，电视山是主战场，因为它是喀布尔的制高点，兵家必争之地。现如今，走进这里我感觉像回到了里约热内卢的阿莱芒贫民窟。一样的山上蜂巢般密密麻麻地布满了破旧的房子，一样的巷子间满是垃圾，散发着难闻的气味；一样的足球小将们，追逐着破旧的皮球。

曾经的民族冲突导致内战，现在这里却成了阿富汗最大的民族混居区。普什图族、哈扎拉族、塔吉克族，都居住在这里。

我们敲开了一户人家的门，屋子面积不大，光线也不太好，但是被收拾得非常整洁。女主人和她的五六个孩子在家，我们得知，她是一位老师。

这让我很诧异，在阿富汗女性是很难接受教育的，甚至大多数女性都是文盲，而她是怎么成为一位老师的呢？

女主人咧嘴一笑，跟我们讲述了她自己的故事。

之前阿富汗是很重视教育的，而且女性地位也没这么低，可以和男性一样上学。直到 1992 年，她上初一，阿富汗爆发了内战，塔利班武装进攻，大多数家庭都不再让孩子去上学，她的妈妈也曾阻止她去学校，但是她不肯屈服，一边跟母亲对抗，一边继续前往学校学习。

她有一个妹妹，到了上学的年纪，但是当时处于塔利班执政时期，父亲没有让妹妹去上学。后来塔利班政府垮台之后，她就跟父亲说，可以送妹妹去上学了，父亲不让，她就自己送妹妹去学校了。结果父亲对她大打出手，这女老师也硬气，拿着手枪指着父亲的脑袋，拉开保险栓说，如果不让妹妹上学就崩了他。

在教育问题上，她的坚持赢得了胜利，后来她的几个妹妹都得以像她自己一样，走进学校接受教育。

而且在婚姻上，她也自己争取了一回。最初她的父亲在她很小的时候，就想把她给嫁出去，她再次用手枪，让父亲收回了这个想法。对于现在的婚姻，她无法言说幸福或者不幸，这个国家已然如此，在这个大背景下，女人有很多事情已经无法自主，不再是拿着一把手枪，就能争取到一些机会了。

她现在的生活，就是照顾好丈夫和一大帮孩子，承担家务。忙完了家里的，然后就去山上教那些没上过学的人，引导他们开始学习。

■ 电视山上的孩子面对我们的镜头，似乎忘记了曾经发生在自己身上的不愉快，纷纷露出灿烂笑容。

女主人说，要兼顾家庭和工作，确实很累，但是她不会放弃。现在她的学生里，有很多人 30 多岁了，带着几个孩子，去听她讲课，去学习怎么写自己的名字。这件事情让她特别自豪，特别有成就感，也是她继续下去的动力。

对于国家现状，她有些忧伤。她说在塔利班执政的五年里，全国的女性都是被禁止接受教育的，塔利班走了，但是有些陋习和观念却并没有离开，依然在禁锢着这个国家，禁锢着一些人的思想和观念。

于她自己而言，至少在让人们接受教育这件事上，她会一直抗争下去。她会让自己的儿子们、女儿们，像她一样做一个能读书识字、并且有独立思想和观念的人。她也会尽可能地让更多的人来上她的课，让他们知道教育的重要。唯有学习，才能改变未来。

我此前听过太多的暖心故事，劝学典故，却从未有一个故事如这位女老师的自述这么动人，让人肃然起敬。我们无法选择出身，无法选择背景，但是却可以坚持和抗争。

临出门前，她的一个嘱咐，让我心里稍稍触动了一下。她说，我们今天聊的这些，可以在中国播出，但是不能在阿富汗放出来，不能让自己的丈夫看见。

自由与枷锁、抗争与妥协、如此矛盾，如此立体，又如此无奈。

4. 儿童节的坦克

攀上电视山顶，依然如阿莱芒一样，是一块宽阔的平地，在这里可以俯瞰喀布尔整座城市。

城市三面环山，苍凉的山脊沟壑之下，无序地躺着人们的房屋，大多是简陋的土坯房。满眼尽是土黄色，黄色的山坡、黄色的屋子、黄色的街道。军车驶过街道，惹得尘土飞扬；湛蓝的天空在此映衬下，也显得灰黄不堪。

山顶上卧着一辆苏制坦克残骸，35 年前，苏联人开着这款坦克，攻入了阿富汗，攻入了喀布尔。掠过山头，压过城市，碾过人群。曾经它血迹斑斑，罪恶累累；如今驾驶它的主人离开了，它的躯壳却依然留在这座山头，遥望着曾被它毁灭过的城市。

支离破碎，无人理会，这就是它如今的样子。锈迹斑斑的铁皮上，有人用波斯语留下了两个词：和解、和平。

晴空之下，风和日丽，抛开那些让人难受的过往和此刻看不见的阴云，这座山头上倒是一片欢乐祥和的景象，因为一群孩子正在这里玩耍。

孩子们爬上破旧的坦克，在里面上蹿下跳，就像我们小时候的“熊样”，东摸西瞧，敲敲打打，翻个跟头，再挂着吊壁来个倒挂金钩。孩子们玩得很欢快，无忧无虑地笑着、耍着。我敲一下你的头，你捏一把我的脸，追逐一个漏气的皮球，翻滚一个废弃的轮胎……

这儿或许就是他们唯一的游乐场，在山下的城市里，街上到处是拿着枪的警察、军人，还有看不见的恐怖分子，而这座山头，似乎就是他们的天地，没有大人，没有武器——这辆曾经的战争机器，此刻俨然就是他们的玩具。

梁红提醒我，今天是六一儿童节。

在这个日子，这个国家，眼前的这些天真无邪的孩子们，他们的概念里甚至都没有这么一个本属于他们节日。从来到这个世界开始，他们看到的就是枪支弹药和流血死亡，他们感受到的就是贫穷饥寒，以及爸

■ 曾经的战车，如今成了孩子们的玩具。

■ 看着在坦克“遗骸”上愉快玩耍的孩子，我和梁红的心中只有酸楚。

妈那始终皱着眉头的忧虑。

或许山头的这片小天地，就装载着他们童年所有的阳光，以及和小伙伴们在一起的美好时光吧。

孩子们，儿童节快乐。我只能在心里默默期望，希望在不远的将来，这里的孩子们可以在父母的陪伴下，走上街头，去游乐场，过一个欢快的节日。他们可以告诉自己的弟弟妹妹，这一天是属于他们的节日。

晚春的阿富汗，和风煦煦。站在山顶上，极目远眺，整个城市尽收眼底。此刻的喀布尔，没有轰隆的爆炸，没有冲天而起的硝烟火光，安静地沐浴在金色的阳光之下，蓝天有祥云。眼前的孩子们，朴素稚嫩的脸上，尽是开怀无忧。

多么希望眼前这些，不是一时一隅的景象，而是这个国家，处处如此，一直如此。

5. 轮椅上的雄鹰

在山顶上，我们遇到了一位独腿老人，他用手发动摩托车，再单腿跳上去，疾驰而去。

我们好奇地跟了上去。那是一栋破败的三层建筑，门外贴着两幅海报，意味深长。第一幅上，一位轮椅上的少女微笑着翻开一本书；另一幅上，一位阿富汗少年正在使用显微镜。

正当我在脑海里勾勒海报上的画面时，刚才那位独腿老人拄着拐杖从地下一楼爬了上来。见到我们，他热情地打招呼：“你们好，我的朋友。”

他把我们迎进了屋子，那是一间办公室。老人自我介绍，他叫阿里，是一名阿富汗老兵，现在负责着一个叫作“协助残疾人就业中心”的组织。

“这是一个什么样的组织？”我好奇地问。

阿里从抽屉里拿出一个小本子，他翻开，上面密密麻麻地写着很多小字。阿里说：“他们都是残疾人，在战争中身体受到伤害，心灵也饱受摧残。我这些年就一直在搜寻这些残疾人，告诉他们可以来我这里工作。”

“战争毁掉了他们的身体，也毁掉了人们的生活。他们无法再像以前一样劳作谋生，而且会逐渐陷入绝望，失去对生活的信心。所以，我想把他们找出来，我们一起工作，用工作维持生计，以及找到活着的尊严和希望。”

老人的一番话，让人备受触动。眼前这位独腿老人，形象一下子高大起来，伟岸了许多，俨然一位隐于市井的伟人。一路走来，我们总会遇到这些让人肃然起敬的平凡人。索马里的武大留学生、在爆炸中失去双腿的少年、巴基斯坦的中国陵园守墓人、电视山上的女老师……生活于他们并不公平，给了他们更艰难的路、更灰暗的色彩，他们却用自己的方式，踏出了另一番天地，描绘了另一抹缤纷。

我是一个自视甚高的人，面对这些“平凡人”的时候，我总会自惭形秽。我总想向他们表达敬意，却哑然失语；我总想伸出援手，却发现无能为力；我总想带来一点儿温暖和力量，却不知道我的所作所为是否真的有所裨益。

“你的腿……”收回思绪万千，梁红眼眶泛红地问道。

老人说：“我以前是一位军官，手下带着一支 25 人的部队，在喀布尔和赫拉特两座城市执行任务。有一次，我们奉命拦截一辆向伊朗运输毒品的卡车，因为这辆车返程时会运回支援‘圣战者游击队’的武器弹药。我们部署了一次伏击，但是我不慎踩到了地雷……非常突然，我依

老兵阿里在战乱中失去了腿，但没有失去他的激情。

然记得当时我有多么痛苦。有的时候我甚至在想那一切只是一场梦，我的腿还在。直到现在也无法相信这是真的。”

“……”我想开口安慰老人，张嘴却说不出话来。我们可以用很多词汇、很多镜头形容和记录战争的残酷与无情，而眼前这位老兵空荡荡的裤腿和他的故事带来的冲击，依然震撼无比。

见我们集体沉默的样子，阿里反倒爽朗一笑，说：“重要的是我们没有放弃生活的希望，我们依然能在工作中找到活着的动力和尊严。我带你们去看看我的同事们吧。”

阿里拄起拐杖走在前面，我们跟着他，下了几十级楼梯，进到地下室。不到 30 平方米的空间里，有 10 个工人正在全神贯注地工作着：有的坐在缝纫机前缝制，有的就蹲坐在地上作业。而且每个人，都很明显地身有残疾，有的没有手，有的没有脚，还有一位半个身体躯干都是残缺的。

阿里说，这就是他们的工厂，他们生产制造书包来卖，自力更生。

梁红鼻子一酸，眼泪“吧嗒吧嗒”就掉下来了。不大的空间里，此起彼伏地响起操作各种器械的声音，空气里散发着浓浓的刺鼻的味道。说是工厂，这里更像是一个家庭作坊。

条件恶劣，但是我知道这么一个地方的存在，对于这群人的意义有多大，不啻一片重生的热土，一个重新燃起生活希望的港湾。战争都曾在他们身上和心里留下巨大的创伤，这么一个小空间，或许能让他们在工作中，找到一些方向和坚持下去的力量。

阿里老人非常耐心地向我们介绍了工人们背后的故事。

一位面相看上去颇有年纪，实际才刚满 30 岁的男人，四年前他正青春，在一个建筑工地上谋了份工作；结果在第二天去上班的路上，不知从哪儿飞来的一枚火箭弹就在他身边爆炸了。他醒来的时候，身上满

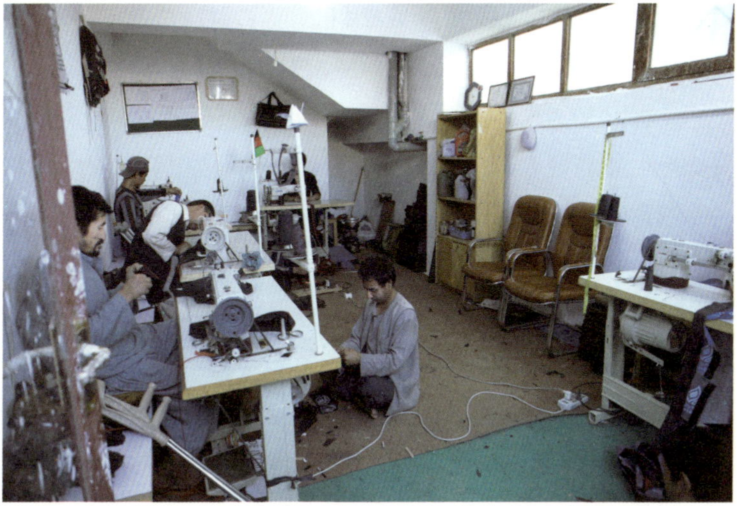

■ 战争的受害者为了生存下来，不得不栖身条件恶劣的环境中拼命工作。

是 RPG 弹片，双腿和左边的半截身体已经没了。他的衣服下，有一块灰色的保护板来固定身体，如今他只能依靠拐杖来行走。

旁边的一位大叔，神情一直很专注。阿里说他已经在这里很多年了，很少说话，每天就是专心工作。1993 年的一天，他在家里做家务，结果一枚炸弹凭空就扔进了他的家里，他不仅失去了腿，大脑也严重受损。

还有一位坐在缝纫机后胡须灰白的老者，也是一位老兵，当年参与了保护巴米扬大佛的战斗，在与塔利班交火中，他失去了一条腿。

一个稚气未脱的孩子，一直在埋头工作，我们进来后甚至都没抬过头，后来才知道他失去了听力，也逐渐丧失了语言能力。他才 15 岁，在 7 岁的时候，他家附近发生了一起自杀式爆炸事件，巨大的声浪，震破了他的耳膜。

……

泪眼婆娑，我已经不忍再听下去。上班路上、自己家中……种种莫名人祸，毁掉了他们健全的身体、完整的生活，就此剥夺了他们或许平凡普通但是美好的生活，将他们推入深渊，陷入身体和心理的双重创伤之中，让人生走入一条本不该是这样的路。

眼前的小作坊，或许于他们而言，已经习惯或者满足了，他们还可以工作，每天高强度的劳动，能够挣到大约 12 元人民币的微薄收入，来让他们维持生计。可是，可是他们本不该是这样，他们本该拥有更多，拥有另外一种人生。

他们埋头工作，他们隐忍生活，他们很多人已经失去了行动能力，无法行走，却仍倔强而坚强地在生活里往前走。可是此刻，我真的不想去歌颂他们的乐观和正能量。看着他们无神的面孔，我的耳朵里、脑海里，却似乎响彻着他们无奈又愤懑的控诉。万恶的战争，就这样无端裹

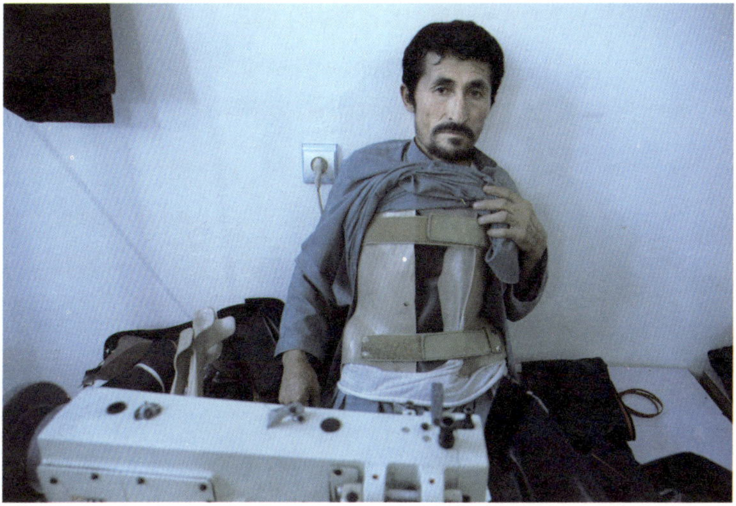

■ 保护板成为他新的“身体”。

挟着无数无辜的普通人，将他们卷入黑暗的旋涡。

战争已经毁掉过他们一次，如今依然把他们十分艰难的生活之路，逼迫得更加狭窄。近来愈发频繁的恐怖袭击和暴力活动，让整个城市萧条冷清，他们在这个作坊里辛苦做出来的书包，销路很不好。

我拿起一个书包，上面绣着一个标志：一只坐在轮椅上的雄鹰。

阿里老人说："我们曾经是雄鹰，我们曾经是安全部队的成员，但是后来我们成了残疾人，某种程度上，成了没有用的废人，但永远不要认为我们是没有用的。轮椅上的士兵，仍然是自由的雄鹰。"

6. 独腿老兵的梦想

离开作坊后，阿里老人又回到了电视山顶。他说，他喜欢看到这些孩子们，看到他们无忧无虑的样子。

老人今天好像兴致颇高，苍老的面庞也红润了起来。面对我们的镜头，他说了许多话。有他自己的回忆，也有他的心声，对这个国家的、对战争的诉说，还有他的梦想。

面对老人动情的话语，我几度忍不住要哽咽，在这里，我想把他的话转述出来：

山上的这些孩子，他们是战争的受害者，他们的父母也是战争的受害者。由于常年的战争，他们都是阿富汗各个地方的难民，搬到这里居住。他们现在的生活并不好，缺少很多必备的设施，比如说孩子的游乐场。但是，孩子们还拥有明亮的未来，他们是这个国家的未来。

有一点让我很欣慰，孩子们还不知道外面的世界在打仗，他们对战争没有概念，他们还不懂得战争。

我有5个孩子，3个儿子、2个女儿。我在尽一切努力，让我的孩子们去接受教育。教育能够改变他们的人生，也可以让他们不再看见战争；可以让他们在未来，加入到改变社会环境的进程中去。

我经历过战争，非常残酷的战争，我痛恨战争。我希望孩子们不要再被战争的阴影笼罩，我希望他们能够生活在一个和平的环境当中。

塔利班不是正常的人类，他们反对现代的教育，他们是教育的公敌，是全人类的公敌。他们更是像哈扎拉族这样的少数民族的敌人，在塔利班执政时期，他们甚至不允许哈扎拉族的孩子们去上学。由于面貌上与中国人相似，塔利班甚至还经常让哈扎拉人滚回中国去。

我遭受过塔利班的迫害，经历过他们的酷刑，我的手、脚，还有头部都被他们折磨过、伤害过。现在我周身都是旧伤，每天靠止痛片来维持。我知道长期吃止痛片不好，可这是我减少痛苦的唯一办法。

我痛恨所有的武器。我有时候甚至想，为什么科学家们会发明武器？我们应该阻止人类造出更多的武器。希望那些科学家们、武器的发明者们停下来，不要再研制和生产出什么武器了。每次当我听到头顶有飞机飞过的声音，我都会感到紧张。

我希望明天早上，当我睁开眼睛的时候，能够看到一个没有战争的阿富汗，看到一个没有武装冲突的国家，这里充满正义、法律完善、没有腐败。说实话我已经非常厌倦在喀布尔生活了，这里给人感觉像是一个乌烟瘴气的地方，这座城市就像一个大烟囱，还总有人不断地往里钻。可是我又能去到哪里呢？这个国家目前哪里都是这样，甚至更糟糕。

于我个人而言，我只有一个小愿望，就是明天睁眼后，能够和孩子们住上自己的房子。

每一场战争，当它开始的时候，就意味着一定会有结束的那一天。我们把战争结束的那一天称为和平。和平最终会降临在阿富汗吗？我不知道，但是我相信那一天会来的，总有一天，和平会到来的。

我平时都很忙，几乎没有什么节假日、休息时间。但今天是我记忆里最美好的一天，因为你们的到来，让我的工人们很开心，我也非常高兴。

谢谢你们，朋友。

见到的越多，越给人一种无力感。我们见到的太多，我们能做的太少。

7. 跟卫戍部队一起去巡逻

待在安保公司的防弹车里，在城里兜兜转转，去哪儿、看啥，他们说了算。我特别没有兴致，我们俨然就是一群来自中国的战地观光客。这不是我想的旅程，这不是我要的侣行。

早在我们抵达阿富汗之前，还在国内的时候，我们就尝试过联系阿富汗的军方，希望能够跟随他们一起体验一次执勤。很幸运，阿富汗国民军第一一一旅的萨米姆少校答应了我们的请求。

我们在喀布尔联系上了萨米姆少校，但是此举却遭到了安保公司的强烈反对。大卫在电话里暴跳如雷，他说："今天的阿富汗，是 15 年来最危险的，你们想随军执勤，这几乎就是在自杀。"

说实话，我这人有点儿倔，计划好的事情，走到跟前了我不可能不去做。我对大卫说："抱歉，我既然来到了阿富汗，我不想只是来观光，我想走上街头，走进军营，去近距离接触这个国家，接触它的人民和军人。"

大卫很不客气地说："如果你执意要跟随军队执勤，我无法确保你们的安全，而且如果你们出事，会严重损害到我们公司的声誉。所以，如果你确定要去的话，那么我会撤回我的所有安保人员，等你们安全地回到营地了，我们再去接你们。"

"Deal."我没多想，答应了大卫的要求。

第一一一旅的营地在喀布尔东部的山区，说实话这还真是我第一次踏入别的国家的军队营区。营地里停着一排排的老式悍马车、排雷车，营地里的停机坪上，还停着许多军用直升机。

军人们都穿着深绿色的军装，头戴红色贝雷帽，身上套着防弹衣，挎着子弹带。我们几个中国人进军营，士兵都挺友善的，纷纷挥手示意，或者微笑着打招呼。后来才听萨米姆少校解释缘由，原来军人们都知道，中国是唯一一个从未侵略过阿富汗的邻国。

两位士兵把我们领进了萨米姆少校的办公室，一位 30 多岁的军官，身材高大，威严却不失和蔼，一见到我们就非常热情地握手，然后张嘴就给了我们一个大大的惊喜，他用非常熟练的中文说："你好，谢谢，石家庄很美。"

我们有点儿目瞪口呆，萨米姆少校咧嘴一笑，起身走到柜子上，取下一个证书递给了我。我接过，那是一份毕业证书，上面印刷着工整、熟悉的中文：

中国人民解放军

证书

默希卜拉·萨米姆上尉于2010年3月8日至2010年7月16日，在中国人民解放军石家庄机械化步兵学院，学习特种作战军官课程，成绩合格，特发此证。

中国情缘一下子拉近了我们的距离。萨米姆少校向我们介绍他的部队，一一一旅是喀布尔的城市卫戍部队，他们负责喀布尔城市的治安和防务工作。

阿富汗国家情报部门称，今天从贾拉拉巴德方向，将有车辆携带危险品进入喀布尔，可能是炸弹——就是我们进入喀布尔的那条线路。因此今天我们将跟随一一一旅巡逻中队，一起去检查全城哨岗，并在贾拉拉巴德入城方向的路口，设置哨卡，检查可疑车辆。

退伍将近20年后，我又在阿富汗的部队里，"临时入伍"了。

集合，列队，检查装备、武器，宣布任务，出发。

坐上只有在电影里才见得到的军用悍马车，就是一大铁疙瘩，哪儿都是硬邦邦的，轮廓分明，上面配可旋转炮台，架着M60机枪。霸

阿富汗国民军的悍马，已是伤痕累累。

气指数很高，舒适度就不提了，它只为战争量身打造。车里温度超过40℃，所有人还都穿着厚厚的防弹衣，他们确实不易，打个不太恰当的比方，这几乎就是在全天候桑拿的环境下工作——而且危险系数极高，随时可能殉职。

要知道，军车被袭击的概率，可比民用车大多了。

此时此刻，于我而言，倒没有去想太多危险的事情。能够坐在阿富汗国民军的悍马军车里，近距离接触他们，跟随他们一起出任务，这机会实在太难得，这事儿想想就刺激。我的兴奋劲儿，彻底把紧张忧虑感给压下去了。

坐在军车里，穿梭在喀布尔城区，全城巡防。跟之前在安保公司的防弹车里一样，都是只能在车里看，但是感觉可是完全迥异。如果说之前是观光客视角，那么现在就身临其境，是卫戍部队视角、喀布尔保卫者视角。

在荷枪实弹的士兵中间外出执行任务，兴奋劲儿过了之后，确实也会让人不自觉地开始紧张。酷热加上紧张，汗水“吧嗒吧嗒”从额头上往下淌。两个小时的巡防，我感觉自己都快要脱水了。

结束全城巡防，部队开往东部入城公路处定点布防。

萨米姆少校安排部队布局，让我大开眼界，这是货真价实的战争级别的布局。一辆悍马车开到最远处，炮台定向，机枪架好，子弹上膛。剩下四辆悍马，并排形成一个火力阵列。远处的军车发现可疑车辆就直接开枪，然后通报后方车辆，遇到袭击，阵列部队全部开火实施火力压制。

通行车辆挨个检车，车内、底盘、后备箱。那一刻我远远看着，但着实为这些年轻的士兵们担心，如果真的遇到汽车炸弹袭击，那些近距离检查的军人，肯定会和恐怖分子同归于尽，当场殉职。

我们和阿富汗国民军一起巡逻！

结束上午的巡防和盘查任务，携带危险物品的车辆并未出现。长舒了一口气，我只希望，那辆车、那些载着危险品和自杀式炸弹的车辆，永远不要出现。

和萨米姆上校拥抱作别，我说："欢迎你再来中国。"

他说："好运，朋友。"

ON THE ROAD

第五章
PART 5

喀布尔，不一样的烟火

1. 没有眼泪的孩子们
2. 沉默的布卡
3. 黑纱下的眼泪
4. “我是一个导演”
5. “为我的祖国拍一部电影”
6. 王宫里的孩子

1. 没有眼泪的孩子们

幸福的家庭都是相似的，而不幸的家庭各有各的不幸。列夫·托尔斯泰如此描述那个年代背景下的沙俄。在当下的阿富汗，梁红如此总结：每一个人都是悲惨的，不同的是各有各的悲惨。

在喀布尔，我们尝试去靠近一些阿富汗人，跟他们聊天，听听他们的故事，看看他们的生活。各种让人鼻子发酸的倾诉，让人感到似乎每一个人的生活，都被黑暗笼罩，被恐惧束缚，悲惨和意外始终如影随形。

我经历过汶川地震的汉旺现场，我进入过摩加迪沙的难民医院。今天，我们走进了喀布尔的一所战争伤害急救医院。

在战争国家的白色建筑里，这似乎是一个收容悲伤的容器，满满地盛放着一个个个渺小人物的眼泪、不解、疼痛和绝望。

医院是国际人道组织援助的，有一些无国界医生在这里服务，救助战争受伤病患。进去前，我们还被搜了身。一方面防止恐怖袭击；另外一方面，对里面那些身体和心灵都饱受战争伤害的人来说，武器出现在他们眼前都会是莫大的刺激。

接待我们的，是一位意大利女医生，吉奥吉娅（Georgia），她戴着厚厚的眼镜，留着一头卷发。她向我们介绍，这里接收的所有病人，都是因为枪击、地雷、炸弹袭击等遭受到伤害的不幸者。

吉奥吉娅和几名同胞在这里工作，但是每天都会有很多新的伤员送到这里。于是他们就着手教一些当地人急救和手术的知识，让他们帮忙参与救治。吉奥吉娅告诉我们，这里的所有治疗全部免费，医生和志愿者们，不会去问他们的受伤原因，也不会询问其政治派别和信仰。为了不刺痛他们，也为了保护他们的隐私。

所以，进了医院她向我们提议，如果要拍摄最好先征得病人的同意，而且最好不要把镜头对准孩子。我们默默地点了点头，外面的那些轮椅上的雄鹰，在坚强地活着匍匐前行；而这里面的很多伤者，可能根本就不能活着走出医院。

医院院子的一角修建了一个简易的儿童乐园，里面摆放着一些玩具，它们只是静静地摆在那里，甚至落了灰，并没有孩子在陪伴着它们。

病房里长长的两排病床，每张都没空着，被患者占据。人很多，却异常安静。病人们都安安静静地待着，脸上没有表情，眼睛无神，木讷空洞。或许他们也不明白自己为什么会这样，行走在路上被流弹击中，跟家人在屋子里被落下的炸弹炸到，跟朋友闲聊被突然的爆炸波及……命运的无常在他们的身上体现得如此清晰而震撼。

似乎在战争国家，每一个身在其中的人，都如困牢笼，无人可以幸免，平安只是一种奢望。

我们走过一个小男孩的病床，他眼神呆滞地盯着天花板，躺在那儿一动不动。这个孩子来自阿富汗东部的边境地区，本来他和小伙伴们正在巷子里追逐玩耍，突然就发生了恐怖袭击，他扬着笑脸奔跑的步伐，被几颗突如其来的子弹给截停，他的腹部中枪，童年里被烙上一道深深的伤疤。

见到我们的摄像机，孩子问我们可不可以给他拍照。当拿着照片时，他脸上终于露出了一丝笑容。这个孩子在这里已经有一段时间了，吉奥

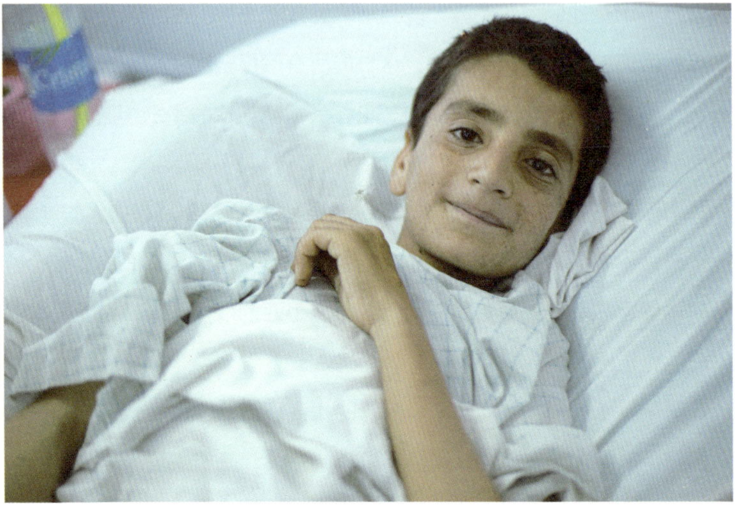

■ 他还没来得及品尝世间的精彩，已被卷入战争的旋涡。

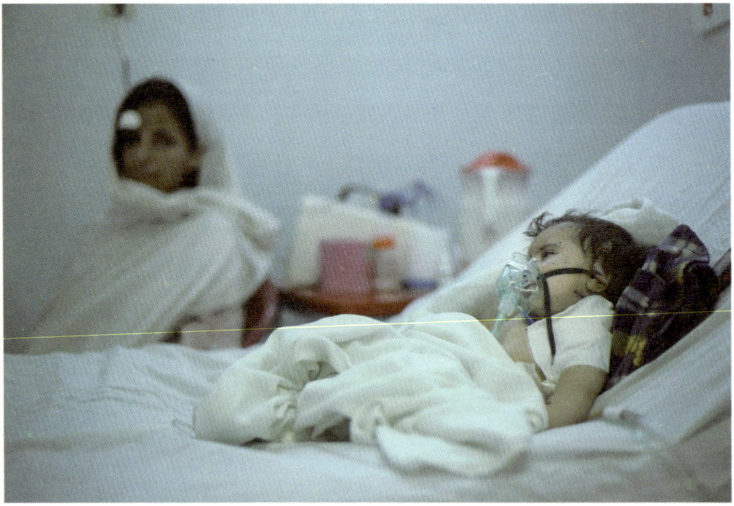

■ 她才三个月大，就被战争波及。

吉娅医生说，再有四五个礼拜他就可以下地走路了。伤痛在慢慢地愈合，希望留在他心里的阴影也能逐渐散开。

另外一个孩子脸上还罩着呼吸器，整个身体都被厚厚的纱布给包裹了起来。他是昨晚才被送到这里来的。昨晚城南发生了交火，这位 4 岁的小朋友，在家里被几颗流弹击中。

紧急手术挽救了他的小生命，他的眼神里满是惊恐，似乎还挣扎在昨晚的惨剧里。见到我们手上的机器，他脸上的肌肉扭动起来，瞳孔放大，小手乱挥。我们赶紧收了起来。

4 岁的孩子，刚开始懵懂地认识这个世界，战争却抢先跑来“问候”，并在他的体内留下几颗冰冷的子弹，让他的人生在伤痛和恐惧中起步。梁红走近他，想给他一些安慰，一个抚摸；她张了张嘴，却一个字也没有说出来，眼泪“唰唰”地就下来了。

病房的角落处，床上蜷缩着一个小小的身躯，那是一个 8 个月大的女婴。“庞大”的氧气面罩几乎完全遮盖住了她的小脸蛋，她身体的大部分也被严实地包裹着。女婴的小手无力地在空气中摆动，嘴里发出微弱的“咿咿呀呀”声，眼睛半睁着，看着病床边年轻的母亲。

她的妈妈年纪应该很小，围巾遮挡下只露出一张满是伤痕的脸，呆呆地坐在孩子的病床边，如雕像般看着前方，纹丝不动。脸上的那种表情无法言说，是在控诉这莫名的伤害，是绝望地妥协，或许是已经接受了这无边的黑暗生活。

梁红上前握了握小孩的手，再也绷不住了，扭转头捂着嘴哭了出来。

这安静无声的病房里，那些无光的表情，那些呆滞的眼神，是这个国家、这些人民生活痛楚的残酷表达。孩子们还没来得及拥抱这个世界的美好，还未绽放成一朵鲜艳的花儿，就已经受到战火的摧残，早早地凋零败谢。

梁红含着眼泪问吉奥吉娅医生："这个孩子情况怎么样？能不能活下来？"

吉奥吉娅看了一眼孩子，无奈地说："愿真主保佑。"

梁红没有再问，快走几步出了病房，再也忍不住了，放声哭了出来。我心里也完全不是滋味儿，默默过去揽过她的脑袋，让她靠在我的肩头。

眼泪从来都没法浇灌出希望，也无法愈合伤痛。我们被感染的情绪、被击中的悲伤，无法释放。

行走越久，见得越多，愈发增添一种深深的无力感。对这个世界的那些残忍，那些无名的、无端的伤痛，我们走过，我们亲历，我们无可奈何。

2. 沉默的布卡

将近半个世纪的时间里，阿富汗这个国家看上去一直处在倒退的轨道上。

三四十年前，喀布尔街头看不见武装车，也不是举目皆枪；姑娘们可以穿得花枝招展，花布衬衣、高跟鞋、短裙，长发、蝴蝶结，想怎么拾掇自己就怎么拾掇。

然而现在，已经有国际组织给阿富汗冠上了这个名头：全球最不适宜女性生存的国家。在这里，接近 90% 的女性遭受着歧视和暴力，每年有超过 700 名女性被杀。要知道这个国家，总共才 2700 万人。

宗教遗祸是变异的民俗，仿佛看不见的牢笼，将女性牢牢禁锢其中。而看得见的牢笼，也每日与她们为伴：布卡。

进入这个国家，我们看不见任何成年女性的脸，一袭或黑或白的长袍，把她们从头到脚包裹住。外面的世界，只留给她们一方网眼儿来窥视。

在塔利班执政时期，对于女性的歧视和荼害，在法规条例里令人发指地存在着：禁止女性上学接受教育、禁止暴露自己的身体、禁止穿颜色鲜艳和紧身的衣服、禁止与丈夫以外的男人说话……可以说，她们的世界被局限在小小的一间屋子里，可以说话的人也仅仅只有丈夫、儿女，而且他们夫妻之间的关系也不是对等的。

塔利班政权已经倒台，然而他们留下的乌云始终未散，不止女性，男人和小孩依然生存在其遗毒之中。而且塔利班依然在这个国家广袤的土地上无处不在地存活着，无形地威胁着每一个人。

我们在阿富汗的向导，叫迈赫迪（Mahdy），他的妻子——准确地说是他的家庭，也是受害者。迈赫迪的妻子叫巴托尔（Batool），在伊朗长大，是一位独立、自由的女性，他们俩在互联网上相识，并最终跨越国界，在现实里走到了一起。2008 年这对恋人完婚，他的妻子也离开了伊朗，来到阿富汗生活。

接受开放思潮教育的巴托尔，见到阿富汗的广大女性竟生活在如此的环境之中，决心要为女同胞们做点儿什么。她自己率先力行，拒绝穿戴布卡出门，并且开设了女性培训班，帮助女性维权。她还坚持写博客、写诗，把自己的眼见和呐喊，通过互联网传播出去。

直到有一天，一封来自塔利班的信摆在了迈赫迪家的门口。信中警告巴托尔停止自己的所作所为，否则他们会针对她实行暗杀。

无可奈何之下，巴托尔只得再次离开国家，离开自己的丈夫和家庭，独自逃到了国外。

塔利班不当权了，但是他们依然威胁着人们的安然生活，除此之外，那些沉疴顽疾的思想，也存在于很多极端民众的思维里。在阿富汗，杀死一个女人实在是太容易了。

阿富汗南部赫尔曼德省，一位女警察因为其性别被无端杀害。一位走上街头倡导女性平等自由的姑娘，因为人群中一个极端分子高喊一声“她撕毁了《古兰经》”，就被狂怒的人们当街用乱石砸死。

走在喀布尔街头，我们看到的除了满眼残破的建筑，还有那些步履匆匆、穿着布卡沉默走过的女人。我总会去想，面罩之下的这个人的样子，此刻她有着什么样的表情？她们是否会笑？她们是否还心存希望？她们是否有脱下布卡的那一天？

现在已经进入 21 世纪快 20 个年头了，交通工具和互联网的存在，已经让这个世界的联系更加亲近，沟通更加便捷。而在这个国家里，女人们与外在世界，始终隔着厚厚的一层布。

一个国家的倒退，我们不想去关心政治，不想去关心宗教，不想去关心经济，只想去关心其国民的生活。时代在前进，这里却在沦陷，为什么会这样？

我在资料上、照片里，知道阿富汗以前的样子；现在身在其中，看着它现在的样子，我想畅想一下它以后的样子。可是，眼前的种种，让我的脑海里始终勾勒不出一个有色彩的画面。

倒退已经是一种无法接受的残忍，而更加让人心痛和无奈的，是逐渐习惯和没有希望。这是国之殇，民之难。

3. 黑纱下的眼泪

我们无法去揭开人们头上的黑纱，但是我们可以去揭开布卡下的故事。在喀布尔城南的贫困街区里，我们敲开了一个独居妇女的家门。

屋子很简陋，没有灯，依靠半扇天窗取光。摆设的一些家用品，多是从外面捡回来的。女主人叫莎拉（Sara），自己一个人带着儿子生活，依靠平时为别人洗衣物挣点儿钱，养活母子二人。萨拉说，她并不惧怕生活的拮据和贫穷，她害怕的是始终笼罩在心头的恐惧。

我们刚进门时，隔着黑纱依然能听出她声音里的紧张。她怀里的小男孩见到我们这些陌生人，眼里没有好奇，全是恐惧。

她害怕敲门声，每当有人敲门她都会心惊胆战，紧紧地抱着儿子，不敢开门，不敢言语。她害怕让儿子独自外出，担心一个无端的意外就让母子生死两别。

原来莎拉是一位饱受家庭暴力残害的妇女，她的丈夫染上了毒瘾，时常对母子二人大打出手。萨拉说，从自己一出生开始，女性的身份，就注定了她的一生会是一幕悲剧。

在 17 岁的时候，父亲告诉莎拉有人上门提亲，希望她能出嫁。她和那个男孩仅仅有过十分钟的交流，随后就结为夫妻了。这在我们看来十分无稽和荒唐的一幕，却是阿富汗大多数女性人生的真实写照。因为没法选择自己的性别，继而她们的整个人生都失去了选择的权利。生活、教育、婚姻、繁衍、家庭，她们只有被动接受，她们只是男人的从属。

婚后没多久，丈夫就开始对她动手，有事没事一顿痛打。莎拉的生活，除了照料丈夫、孩子的生活，每天还要做繁重的粗活，而且挨打也逐渐成了每天生活里的一部分。她无法反抗，只能默默承受着，甚至眼泪，都只能在丈夫看不见的时候，才能去偷偷擦拭。

这样的状态，让莎拉做了自己人生里的第一个自主选择，离婚。她本以为离婚了，就可以摆脱暴戾的前夫，然而没想到她的身体和心理，却遭受到了更大的伤害。

前夫还是经常来敲门，无端地恐吓她、殴打她，甚至比离婚前还要变本加厉。

听到这里，我们都满腔愤慨。梁红问："难道警察不管吗？"

莎拉把手伸进面罩里，轻轻地摸眼泪，然后摇了摇头："没有人会管，在阿富汗，遭受家庭暴力的女人只有两个选择，要么自杀，要么就是趁机下毒毒死自己的丈夫。"

在这种情势之下，莎拉无能为力，寻求不到任何帮助和庇护。莎拉说："我现在每天都在担惊受怕地活着，有人敲门我就会心头一紧，害怕是前夫又来了，害怕他会杀了我，害怕他殴打孩子。可是我们又不敢出门，到处都是袭击、汽车炸弹。"

"可是，我们又能去哪里呢？"

听到这儿，梁红红着眼眶，既有同情也有无奈，而我全是愤慨。这种感觉，这种活生生的故事，实在太让人生气，压抑。我已经听不下去了，起身去门外抽烟，想压抑住此刻心头的业火。我特别想破口大骂，在我的世界里，一个男人，对家庭对妻子，应该有的是责任，是关爱。而眼前的这个家庭，不，肯定不只是这一个家庭，它只是一个缩影，告诉我的却是如此的一番景象，所谓家庭就只是一家之主的那个男人的小帝国，他可以肆意妄为，他可以无法无天，于我们而言生命里最重要的妻子、孩子，在他们的眼里就是可以随意鞭挞的牲畜一般。

我没有再进屋，后面的故事我已经没法再听下去了，我担心自己会失控。可是，和莎拉一样，我又能做什么呢？

不是我侠义感爆棚，小时候我们都曾幻想过自己能成为一个英雄，行侠仗义，匡扶济世，打抱不平。长大了我们变得所谓的成熟了，不再不切实际地想当英雄，但是那些关乎正义、平等和怜悯的诉求，是根植于一个正常人的内心深处、流淌于血脉肌理之中的。

我们可以同情，我们可以愤怒，我们所有成年人的情绪，都可以让自己消化掉。可是这种眼见残酷却无可奈何，这种深深的无能为力感，让我无所适从，让我坐卧不安，心神不宁。那一刻，我出奇地愤怒，这甚至是我想去躲避的借口。

梁红出来后，先是一言不发，缓和了很久的情绪之后，才终于开口，转述了莎拉最后的话：

"我有一个梦想，就是带着儿子离开这个国家，哪个国家都行，只要去一个他找不到我们，无法威胁我们的地方。或者只要能把孩子送出去也行，让他不用担心父亲的恐吓，不用担心路边的炸弹，不用担心不知道从哪儿飞来的子弹，能够安全地活下去。"

4."我是一个导演"

至少还有一个女人，在阿富汗过着自己想过的生活。

她叫萨拉·卡里米（Sahraa Karimi），是一位电影导演和制片人。向导迈赫迪向我们提起她，我就急切地想去拜访这位女士。这件事儿这太过惊奇，我知道在这个国家，没有一家电影院。

路上迈赫迪简单地跟我们介绍了一下她，他了解得也并不多，我们知道了个大概。这个女人在阿富汗是异类，也是个名人。

她的父母在她出生前，为时局所迫逃离阿富汗，去了伊朗，萨拉也得以在一个安全的环境里长大。四年前她进入伊朗最好的大学之一，攻读电影导演的硕士和博士学位。

在伊朗，她本该有着美好的前途，但是萨拉却半途结束了自己的学业，在进入大学一年后，就选择了离开安全的伊朗，返回故土阿富汗。

来阿富汗这些天，战争的遗迹和痕迹遍布，一切都是老旧的、破败的；一进萨拉·卡里米的办公室，我们仿佛进入了另外一个世界，那是久违了的“正常”的空间。

一张大办公桌，上头摆着笔记本电脑、打印机、计算器、笔筒等办公设备，书柜靠墙立着，堆码着录像带盒和一些书籍。空出来的墙壁上，贴着众多好莱坞巨星的海报，马龙·白兰度、格里高利·派克、玛丽莲·梦露、奥黛丽·赫本等人，悉数在列。窗台上，摆着一尊小金人。

窗外的风撩动窗帘，外头阳光穿透树叶闪烁，抛开这是在阿富汗而言，这一切都再正常不过；可是这间办公室是在阿富汗，就让这一切变得怪异和难得。

它的主人笑意盈盈地站在我们面前。萨拉可能是第三位我在阿富汗见到真容的女性，梁红算一个，电视山上的那位女老师是另外一个。萨拉没有戴布卡，只有一面天蓝色的头巾轻轻地搭在头上，我更倾向于认为那是她的服装搭配。蓝白碎花的上衣穿在她身上很好看，此前我们只见过穿着单一素色的女人。下面是牛仔裤，搭配着一双蓝色的皮鞋。手上戴着金银色的首饰，还有手表。这样的穿着打扮，入境以来，我眼里仅此一位。

她的英文很好，脸上也一直挂着笑容。对于她，我有太多好奇和太

■ 阿富汗唯一的女导演：萨拉。

■ 在游乐场我再次看到了萨拉的笑容。

多的问题想去问。我如此迫切地想去了解这个女人，比如她的生活、她的工作、她的想法；不知道梁红看到这句话会不会嫉妒。

我的第一个问题，是她为什么要离开伊朗。

她仰头想了想，说："伊朗很安全，但是我在那里却感觉并不自由。在别人的国家，我们始终都被当作一个外来者，而且受到种种限制，我是个阿富汗人，我想回到自己的国家，于是我就回来了。"

"可是阿富汗一直在打仗，这里很危险。"

"是的，恐怖袭击、枪支炸弹、无休止的战争，还有人们难以摆脱的思想禁锢，漫长而艰难的重建，等等。这个国家现在不好，这个国家现在不安全，所以我就更该回到家乡，因为我还抱着希望，我应该为我的国家做点儿什么。"

这话似曾相识，以前在索马里，医院里的那位武汉大学毕业的小伙子说过类似的话。当年听到，对他是一份赞赏和敬意；这次从萨拉口里说出，我不再只是肃然起敬，我更感到一股震颤和豪迈感。

这里不仅是一个不安全的国家，还是一个对女人处处束缚的国家，她的选择我们不必去理解为民族大义，而仅仅是一个国家公民的个体小梦想。她归来的脚步毅然决然，我却似乎看到步步豪迈；她的述说轻描淡写，我却似乎感觉到燃起的星星之火。

在和萨拉聊天的时候，有一些她的朋友们也前来拜访，有诗人，有设计师。在他们含笑的交流里，在他们讨论设计稿的专注中，我仿佛觉得这片萨拉的小天地，是藏在阿富汗的一个乌托邦，一座伊甸园。

在开口邀请萨拉一起去户外走走的时候，我犹豫了一下，担心可能会给她带来危险；不料她非常爽快地答应了。她说这么多人在一起，她很安全。而且她指了指我们的摄像机，说："我也很愿意带你们去看看阿富汗，可能你们拍的东西阿富汗人看不到，但是你们可以让更多的外面的人看到，来了解我的国家，来帮助阿富汗。”

萨拉决定自己开车，其实在我们知道她有车有驾照的时候，非常地惊诧。在一个遍地布卡、百般禁锢的地方，女人开车这事儿，实在是太过艰难了。

梁红坐上了萨拉的车，迈赫迪一下子就急了：“不行，太危险，女人在马路上开车，真的会被极端分子攻击的。”

梁红很坚持，我看了她一眼，同意了。我知道梁红的意思，我们不能为萨拉做更多，梁红坐进安保车萨拉应该也不会有意见，但是她更想坐在萨拉的身边，想用实际行动告诉萨拉我们对她的支持，希望她能够把自己这种生活和信念、坚持自我的勇气坚持下去。

对梁红自己而言，去陪着萨拉走一段路也很重要。萨拉似乎是孤身走在一条艰险的路上；而梁红伴我的这次西行，于她也是艰难重重。她想更踏实地去踩下每一步，想更亲近地去靠近路上遇到的人。

迈赫迪无奈地摆摆手，终于还是同意了，不过补充了几条禁令：无论遇到什么情况，都不要停车；然后，关上车窗不要让外面的人看见你们。

梁红后来告诉我，车跑起来后，萨拉打开了音乐，开心地跟她聊着天；安保刚刚给她的那些警告和压力感，瞬间就没了。她觉得坐在萨拉的车里特轻松，是出了中国国境之后从没有过的那种轻松。她们还是摇下了车窗，愉悦真的是可以感染和辐射的。

我们去了市中心的公园，我悄悄地退到了后面，让梁红去陪萨拉度过这一天。让这两个坚强的女人，去互相诉说彼此的故事和心路。

她们玩了旋转木马、空中飞车，还下到湖里去划了船。她们坐在岸边，像闺密老友一样聊着女人的话题，或者还有关于梦想、人生和国家这样的讨论。波光粼粼，蓝天白云，树荫婆娑，阳光温柔地抚摸着一切，和风也不甘寂寞地上前凑热闹。

我们把视线往上抬一点点，不去想那些无休止的袭击，不去专注于那些破败的痕迹，眼前就是一幅岁月静好的盛世画卷。

5.“为我的祖国拍一部电影”

一个电话打破了眼前似乎有点儿不真实的美好景象。政府通知萨拉，她的办公室附近发现了好几颗炸弹，要她返回协助处理。

似乎从一个美梦里乍然醒来，哦，我们还在阿富汗。萨拉向我们告别：“很羡慕你们的生活，你们是想通过旅行，更好地认识自己吧。”

三人会心一笑，挥手再见。

想起关于阿富汗的小说《追风筝的人》里最后一段：每逢春天到来，它总是每次融化一片雪花；而也许我刚刚看到的，正是第一片雪花的融化。

在离开萨拉办公室前，我们录了一段萨拉的心里话。我想在这里，代我们的朋友把它如实呈现出来：

我是一个电影导演，我拍摄关于阿富汗的故事，但是让人沮丧的是，我们国家还没有电影院。我的电影能够在阿富汗上映，能够让阿富汗人看到，是我一直以来的梦想。

五年前我拍摄了《方向盘背后的阿富汗女人》，素材量才

100 个小时，我却拍了三年，因为我需要经常换地方，打游击似的拍摄，我害怕被人杀掉。我并不害怕死亡，但是我还有太多的事情没有做完。

最后我还花了一年的时间来剪辑这部影片。窗台上的那座小金人，是这部电影在孟加拉电影节上获得的。对此我很骄傲，但是也很失落；电影从来都不是为了奖项而拍，而是为了观众。这部电影是为阿富汗人，为阿富汗的女人而拍摄的，可是他们却看不到。

这很让人难过，我的电影有时候会在欧洲，在其他国家放映，但是在自己的国土，却无人知晓。我们国家甚至有一两代人，都不知道有电影和电影院。

我写过一个剧本，叫作“喀布尔的钢琴师”，我想把这个故事讲给你们听。

在我们国家有一个传说，在遥远的山区，有一个湖泊，随着太阳升起，白云会在湖面跳跃。当然这种情形不是谁都可以见到的，只有勇敢与善良的人才可以。而且湖水有神奇的治愈功能，人下到水里，无论身患什么顽疾，都可以痊愈。

因此我想拍这样的一个阿富汗小女孩儿，她 14 岁，她的父亲在国外结识了她的母亲，两人相知相爱并走进婚姻殿堂，然后迎来了她的降生。她出生后，全家从国外回到了喀布尔。有一次，他们全家一起去探望爷爷，结果遇上了塔利班的袭击，爷爷遇害了。父亲受伤，妈妈也因此崩溃，疯掉了。

人生遭遇如此变故，小女孩儿却没有屈服。她喜欢弹钢琴，当她知道神奇湖泊的故事后，就开始更加努力地练习钢琴。

在阿富汗弹钢琴是被禁止的，但是她不害怕，仍然夜以继日地弹着。她想以后能成为一名钢琴师，挣到钱后就带妈妈去神湖那里。

这个剧本，我递给过无数的海外影视公司和电影节，没有人愿意投资拍，他们都说，这个故事太积极了，太正向了，这不是阿富汗。有一些西方人在阿富汗投资，但是他们却不肯发展阿富汗的文化，因为文化会让人产生自主意识，有意识就会思变。西方人不想看到阿富汗的改变，他们似乎不希望看到阿富汗拥有真正的和平。

所有国外的人拍阿富汗，都要把这里拍得很穷、很乱，都是负面。他们总是在呈现阿富汗有多惨，生活多么艰难。他们拍的东西，永远都是在说阿富汗人逃离祖国的故事，却从来没有人拍摄过阿富汗人归来的故事，阿富汗人心怀希望、渴望改变的故事。

我从未丢失过希望，我永不放弃改变的决心。

我是一个女人，在自己的国家里步履艰难，我甚至不能在外面走路、购物、进餐；像我这样的穿着打扮，出门真的会有很多人上来杀了我，不只是塔利班，还有很多当地的男人们。他们不是塔利班，但是他们的脑袋里，都住着一个小塔利班。

我想工作，我想改变，在这里真的非常非常困难。似乎我们女人该想的，就是什么时候会死。

在这个国家，坏人比好人多。于我而言真的很沮丧，因为我去过国外，去过欧洲，见识过外面的世界，然后现在又回到如牢笼般的家乡。这是我自己的决定，虽然我总是在笑着，但是心里始终是被难过占据着的；不管如何，我还是会坚持笑下去，因为我必须要用这种乐观的态度，来抵挡和消弭那些苦难和阻碍。

我选择了带着希望回来，就必须要承担这种矛盾和痛苦，这是我们这代人，在国家的剧变和过渡期必须要承受的。这大概也就是我的人生的使命吧。

再难再危险，我都会留在这里去坚持，去做自己想做的事情。

6. 王宫里的孩子

在战争面前，历史的荣耀都躺在废墟里哀伤。

在返回驻地的途中，我们绕道去看了阿曼努拉·汗王宫，那里已经是一片废墟，我只能通过残垣断壁的轮廓，在脑海里去勾勒它昔日辉煌的模样。

将近百年前，阿曼努拉·汗这位年轻的国王，带领阿富汗人民脱离了大英帝国的殖民统治，并且结束了部落和封建权贵掌权的时代，将这个国家带上和平统一的道路，并且积极推行改革。这位“少君主”近乎乌托邦似的想将阿富汗带上富强、世俗化的道路；这其中，就包括女性解放。

遗憾的是，阿曼努拉·汗没有切实考虑国情的改革，很快就招致了叛变，他的政府班子垮台。在一次匆匆的复辟失败之后，他便被迫远离自己的国家，开始了30年的流亡生涯，并身殒他乡。

后来的阿富汗的继任领导者们，相继搬进这座王宫，成为这里的主人。但是阿曼努拉·汗王宫，始终是其唯一的名字。

除了带领国家迈出独立的第一步，阿曼努拉·汗留给阿富汗的，现在似乎就只剩下这座见证过其当年荣耀的王宫了。而眼前的景象着实让人难过，已经看不见一丝辉煌穹顶的痕迹，灰黄和伤痕累累的墙壁，静静地曝晒在阳光之下。偶尔几丛绿树，也显得寂寥凄凉。

王宫前，有一个小孩站在那里卖鸡蛋，但是他面前的盒子里，只摆着一个鸡蛋。孩子的身后是一截土墙，上面涂了一行字：Find each other（找到同胞，团结一致）。

没有庄严护卫和哨岗位，取而代之的，是散漫横亘在门前的一圈铁丝网。院子里插着一面阿富汗的国旗，没有风，旗面耷拉在旗杆上。光秃秃的楼台之上，扎在其间的鸟窝，野雀啾啾，似乎在言说这里旧时王谢堂前的荣光。

王宫地处喀布尔西北角的山上，可以俯瞰整座城市。塔利班战争爆发后，这里成了战略要地，政府军和塔利班武装分子反复争夺，炮火中这座国家象征性的建筑，终于变成了现在的模样。

前几年塔利班活动猖獗的时候，这里还经常有军警守护，防止塔利班武装分子跑到这里，往城市里发射炮弹；如今，它已经连一个象征性的守卫者都没有了。因为国家安全形势问题，它也无法变成一个遗迹或者景点，供人参观。

现在陪伴着王宫的，只有那些来这里玩耍的孩子，他们或许并不知道这个地方的故事。能找到一处这样的乐园，没有大人，也没有爆炸和流弹，算得上是他们童年时代的一个大发现吧？

几个小孩儿在宫殿废墟的一角打闹，见到我们，他们一下子凑了上

■ 在王宫附近玩耍的孩子，他们通过写纸条向我们索要礼物。

■ 阿曼努拉·汗王宫，如今被铁蒺藜围绕着，冷冷清清。

来，好奇地问东问西；他们说的都是波斯语，我也听不懂在说什么。突然一个身穿皇家马德里球衣的小孩，向我们比画有没有纸和笔。

不一会儿，他在小伙伴们的簇拥下，递过来一张纸条。上面用歪歪斜斜的英文写着一些单词，语法有错，但是我们能看懂：

你是中国人吗？

你有多少兄弟？

我叫莫哈姆。

小伙子挺可爱的，我被逗乐了，一板一眼地回答他。他很快又写了第二张纸条，问我们有球吗，他们想要一个球。

我有点儿愣，问他们要什么球，足球、篮球还是排球。小伙子们一顿叽里呱啦，我一句没听懂。迈赫迪说，对他们来说，只要是球，是圆的就行。

这个小愿望我一定帮他们实现，就让一个安保队员去买。当他拿着一个足球、一个排球回来的时候，孩子们都疯了，笑得嘴都咧到耳朵根儿上去了；他们一拥而上接过球，先是球在谁手里就扎上去都去抢；接着扔在地上就光着脚丫子，呼呼啦啦地追着球跑了起来。

在千疮百孔的阿富汗，在孩子中间，我们总是能看见一些纯粹的快乐。一份小小的礼物，希望可以让他们的这份快乐持久，去迎接长大后将必须要去面对的艰难。

ON THE ROAD

第六章

PART 6

巴米扬，我们来了

1. 山谷里的图腾

2. 阿富汗的祖母

3. 初见南希

4. 阿富汗的国家宝藏

5. 巴米扬，不一样的阿富汗

6. 灰色警报

7. 哈扎拉炸佛人

8. 山洞里的流浪者

1. 山谷里的图腾

轰隆阵阵，浓烟滚滚，矗立在巴米扬山谷 1000 多年的大佛轰然倒塌。

在网上看到这段视频的时候，我们很是痛心疾首。我和梁红都不是佛教徒，被塔利班武装炸毁的这尊巴米扬大佛于我们而言，不是宗教图腾，不是信仰象征，而是世界的文化遗产。

巴米扬山谷地处古丝绸之路上，欧洲、中国、印度和波斯的古代商旅都必经此处，所以这里曾保持了数百年的繁荣，而且一度兴建了许多寺院。很多来自世界各地的僧侣慕名来此修行，其中就包括中国晋代的高僧法显和大唐圣僧玄奘。他们留下的著作里，也都提到了那两尊大佛。

千百年下来，巴米扬山谷的峭壁上，有着大大小小 3000 多个洞窟，其中有 6 个佛窟。最为世人所知的，便是两尊“巨佛”窟：西大佛塞尔萨尔，高 53 米，凿于 1500 年前；东大佛沙玛玛，高 37 米，凿于 1900 年前。

世代生活在山谷里的哈扎拉人，亲切地称呼它们为“爸爸”“妈妈”。

这些佛窟经受住了千百年风霜雨雪的考验，却经不住人为的破坏。进入 20 世纪之后，由于阿富汗动荡的局势，几个佛窟相继遭受到了不同程度的损坏。而到了 2001 年，攻陷了巴米扬的塔利班武装分子，在“领导人”穆拉·奥马尔“消灭阿富汗境内所有佛像”的指令下，开始了在巴米扬山谷的恶行。

他们动用了机枪、榴弹炮和炸药，来破坏这里留存的佛窟。历时一个半月的扫射和轰炸，使 6 个佛窟全部被毁。

暴行发生后全球哗然，特别是联合国教科文组织和日本、泰国、印度这些国家，以及全球各地的历史文物保护者更是愤怒。十几年来，联合国教科文组织制订了一系列针对巴米扬遗迹的修缮和保护计划，来自日本、德国、意大利、法国等国家的团队先后参与其中，梦想修复、还原巴米扬大佛。

碍于巴米扬当地的特殊气候以及阿富汗当地不安稳的局势，还有如何避免对遗迹造成二次损伤的技术问题，大佛的修缮、重现行动一直裹足不前。

了解了这些史实后，我和梁红定下西行计划的时候，就萌生了通过科技还原巴米扬大佛的想法，算是我们送给巴米扬、送给阿富汗梦想和平的人民的礼物。

我们想让世界再看大佛一眼。

产生这个想法很容易，但是付诸实践却很难。此前那么多国际团队都投身其中却无功而返，我们这伙中国人又该如何去达成这个目标呢？

气候和安全问题我们可以解决，技术问题则费了很大的劲儿。我们想要去重现大佛，必须要先提供一个可行的技术方案，得到联合国教科文组织的批准，才可以采取行动。

我最初的设想，是用光学投影技术来还原巴米扬大佛。此前有个日本团队就曾想用激光束来实现，这个方案被阿富汗政府采纳了，但是却被联合国教科文组织否决了：激光属于能量光束，投射出来后会使洞窟表面升温，形成不规则的热胀冷缩，势必会对遗迹造成二次损伤，导致龟裂或者坍塌。

于是我们就开始琢磨，选取怎样的光源，能够最大限度地降低投影

■ 从北京出发前，我们对投影进行了反复测试，确保不让大家扫兴。

■ 投影很成功，大家很高兴，但我内心深处还是有些不踏实。

后产生的温度。这个可选可见光有个范围值，那就是色温在 6000K 左右，因为这个色温和太阳光的色温差不多。

市面上并没有这样的投影设备，此前也没有这样的投影案例使用光源供我们参考。我们就只能采购设备，然后按照自己的需求来进行改装。我们根据巴米扬山谷的地形，测算了需要投影佛窟的面积和投影距离，想要达成这次投影，需要达到 100 万流明数——就是 100 万根蜡烛同时燃烧的亮度。

随后我们找了个地儿进行设备测试和光源筛选。测试点在北京以北 50 千米的居庸关，这么大亮度的照明测试肯定不能待城里，铁定扰民，搞不好还会刺伤路人的眼睛。

最初我们测试了碳棒，碳棒的亮度能够达到要求，但是设备受不了。碳棒燃烧时温度高达 1700℃，我们用的锅炉隔热玻璃都给烤变形了，直接烤坏了投影胶片。除此之外，色温还过高，需要的功率也很大，得带上一辆发电车去阿富汗才行。

这就很伤脑筋了，左右琢磨，我们决定换 6000 瓦的金属卤素光源试试，就是市面上很多汽车使用的大灯。测试的时候，亮度达到了，温度也降到了 1000℃左右，我们把隔热玻璃从锅炉玻璃换成了石英玻璃，完美地解决了这个问题。

我们试投影了一张侣行 Logo 的胶片，成功。现场的团队小伙子们纷纷鼓掌庆贺。我当时也笑了，但是很快就又犯起了愁。

首先，投影大佛的胶片，我们没有。制作胶片可行，但是在网络上和国内的资料库里，都没有大佛形象完好时的照片存在。其次，就是那些不可预见的因素，这套设备出入境、过关都不容易，出去了也极有可能在沿途遇到各国政府、军队，万一被没收……再者，这套设备有点儿脆，才往北走了 50 千米，灯座就有损坏，往西颠簸 1 万多千米，还要过山路和沙漠，会被颠成啥样我心里也没底。

无论如何，总算第一步测试成功，剩下的问题我们再一个个解决。

第二天一睁眼，右眼迷蒙蒙的，左眼前是各种闪光和火花。我急了，忙喊梁红："梁红，我瞎了。"

我当即被送往医院，检查结果是视网膜脱落，就是这段时间测试投影光源，眼睛曝露在各种强光之下造成的。幸好是轻脱，不用手术，休息和食疗就可能康复。我们一直提在嗓子眼儿的心这才放下去。我们将出发期往后延了半个月，我却没法儿完全休息，这一趟需要我这个队长琢磨的事儿太多了，只是需要看的文件和资料，都让梁红给代念了。

有惊无险地抵达阿富汗后，我就一直在等向导通知何时可以安全前往巴米扬山谷。此外我们还有个重要问题等着解决，那就是找到资料模拟出大佛的样子，制作投影胶片。

2. 阿富汗的祖母

这部书稿付梓的时候，南希奶奶已经去世。因为巴米扬大佛，我们有幸在喀布尔认识了这位"阿富汗的祖母"。

南希奶奶是美国人，却在阿富汗生活了近半个世纪。美国曾入侵过阿富汗，但是阿富汗人却没有仇视这位女士，还亲切地叫她"阿富汗的祖母"，在她身上一定发生了特别的故事。

南希奶奶的全名是南希·杜普利（Nancy Dupree），她的父亲是一位美国军人，在印度疗伤的时候喜欢上了这个东方国度，随后带着妻子在印度常住。1927 年，他们的女儿也在印度出生，就是小南希。

父母对南希的教育很开放，鼓励她自由地去见识这个世界。所以青年时期的南希，就一人一马游历了印度很多乡村。

1962 年，当 35 岁的南希第一次踏上阿富汗的土地，她就再也离不开了。南希说："从第一眼认识阿富汗开始，我的梦想就是向世界介绍这个国家。"

在阿富汗，南希还认识了自己一生的伴侣：路易斯·杜普利（Louis Dupree），他是第一个踏足阿富汗的美国考古学家。相同的兴趣让两人迅速走到了一起，他们在埃米尔国王的夏宫举办了婚礼。

他们的蜜月，几乎维持了一辈子。婚后两人开始了漫游阿富汗的"侣行"。

夫妻俩驾着一辆红色路虎，行遍了阿富汗的群山和沙漠，行遍了阿富汗的每一座城市、每一个村庄。在几十年漫游阿富汗的岁月里，他们在荒漠下发现了悠久的古城遗址，在一些洞穴里挖到了古老的人类遗骸，在偏远的乡村里找到了许多遗失在民间的文物古籍。

这两个美国人，是发自内心地爱上了这个国家，充满热忱地寻找着洞穴和遗址，孜孜不倦地进行挖掘和收集。他们曾合著了十几本书，向全世界介绍阿富汗，让世人知道在这片土地之上，并不是只有鸦片、战争和恐怖主义。

南希说，他们之间是真正的陪伴。

美好的故事因为和平被打破而结束。1979 年 12 月，苏军入侵阿富汗，杜普利夫妇和许多难民一起，越境逃到了巴基斯坦的白沙瓦。在难民营里的日子，他们拿出了自己所有的物资，来帮助那些无家可归的人。

这场战争让夫妻俩无比心痛的，除了殃及无数无辜的平民，还有许多珍贵的文物和古迹在战火中被破坏。路易斯和南希商量，他们应该去抢救阿富汗的这些国家记忆。

夫妻二人开始在巴基斯坦和阿富汗的边境来回奔走，四处搜集阿富汗的卷宗和典籍。他们希望有一天，等战争结束，和平归来了，再把这些东西都带回阿富汗。

1989 年，苏联人撤军，长达十年的“苏阿战争”结束，阿富汗却没有迎来和平。经年累月的战争，在阿富汗境内催生了多派势力，恐怖主义也滋生起来。

刚刚结束了外战的阿富汗，马上陷入了内战之中。塔利班迅速崛起，四处肆虐。这个国家的每一个乡村和城市，都陷入更为残酷的杀戮和毁灭之中。

而在苏军撤走的那一年，丈夫路易斯也去世了，南希在阿富汗唯一的亲人和伙伴离开了。

孤身一人的南希没有选择回到印度或者美国，这个倔强的女人，仍决心把丈夫的梦想继续下去。他们在阿富汗，与整个国家一起度过了彼此最幸福的时光，也一起经历了最艰难的岁月。他们是阿富汗的客人，也是对这个国家爱得最深沉的外来者，是阿富汗这半个世纪的记录者，还是阿富汗文明的守护者。许多年来，他们一直在竭尽所能地搜寻和保护阿富汗的历史文化遗产。

南希留在了自己的第二故乡——阿富汗，她执意要用余生完成丈夫的遗愿：在阿富汗建立一所学术中心，让这个国家的文化瑰宝不至于湮没在战火里。

她孤身一人踏上了后来的路，她四处找寻被掠夺和遗落的文物，她帮助修复了塔利班在巴米扬山脉摧毁的一座 7 世纪佛像。她在阿富汗和巴基斯坦的集市、古董店和旧书市场里，寻找着遗失的卷宗、地图、杂志、胶片、音像制品。

南希又用了 30 多年时间，四处筹款，几近破产，终于建起了喀布尔大学的阿富汗中心，把阿富汗自 1979 年之后最完整的历史材料收藏在了这里。她把巴米扬、赫拉特、巴尔克等写成了一本本书，传递出去，让世人知道这个国家的名片上，还有许许多多美丽和让人激动的元素。

在这些年里，最让南希难受和是心碎的，是眼睁睁地看着阿富汗博物馆被导弹击中，无数文物在烈火里熔化。当得知巴米扬大佛被炸毁的时候，南希的眼泪一下子就流下来了，那可是这个国家最为辉煌的图腾，最为弥久的见证者。

后来见到南希奶奶的时候，她对我们说，她自己总是很伤心，因为很多年轻一代的人，都不知道这个国家曾有多美丽。

但是，也正是因为她用毕生心血收集和保护的那些遗产，让更多阿富人对自己国家的认识不只停留在当下的伤痛与仇恨里，而是重新找回了这片土地的骄傲与荣耀。

直到 2005 年，在卡尔扎伊总统执政一年后，阿富汗的安全局势才趋于缓和。南希奶奶在这一年将 3.6 万卷文化典籍，用 4 辆卡车运回了阿富汗。

2013 年，她在喀布尔大学建成了阿富汗研究中心，之后便在喀布尔大学里生活、读书、讲课；同时帮助包括联合国教科文组织在内的一些国际组织保护阿富汗境内的文物。

这就是南希奶奶的故事。“阿富汗的祖母”，用了半个世纪来陪伴和守护阿富汗。她已经 89 岁了，仍在坚持做阿富汗历史和文化的守卫者。

3. 初见南希

我们听过很多伟大的人的故事，毫无疑问，南希奶奶就是个伟大的人。不只对于阿富汗，对于全人类来说，她都是。

定下光影还原巴米扬大佛的计划之后，我们需要找到一个对阿富汗历史和遗迹都很了解的专家，来帮助我们确定大佛在被毁前残像的模样，以及推演出千年前初凿时候的原始相貌。

几经介绍，我们联系上了南希奶奶。随后通过介绍人和阿富汗的向导，以及一些可查资料，我们才了解到南希奶奶的事迹。知道她的故事后，我们对远方这位和我们通邮件的老人敬佩得不得了，十分期待和她的会面。

去阿富汗完成大佛投影是我们的心愿，去喀布尔见南希奶奶则是我们的夙愿。

往复电邮好几个月，在路上行驶了 1 个多月、8000 千米之后，我们终于到了南希奶奶跟前。

5 月 31 日“大白”“小白”带着我们一行人来到喀布尔大学阿富汗中心。对比城市内外的满目疮痍，这座校园仿佛就是世外桃源，安静、整洁。阿富汗研究中心则是桃源里的明珠，它是一座极现代化的建筑，颇具佛罗伦萨风，矗立其中，熠熠生辉。

一位老人站在大楼门口等着，煦日和风之下，矍铄和蔼。她看上去就像是一个大家庭的祖母，满头的银发整理得很有型，黑色衬衣打底，套着件白色毛衣，还喷着淡淡的香水。年近 90 岁的她把自己打扮得魅力十足。

这就是南希奶奶，我们赶紧快步迎上前。南希奶奶也很兴奋，她往前走了几步，和梁红四只手紧紧地握在了一起。在我们开口之前，南希奶奶像个好奇的孩子一样，问着我们各种问题。

“你们开了多久？”“走了多远的距离？”“路上还顺利吗？”“一定很辛苦吧？”……

我们很意外，一一作答，本来是我们有很多问题想要请教她的，现场却成了她对我们的“采访”。我们给她带来了一份礼物：中国结。南希奶奶很高兴地接受了，她说自己很喜欢阿富汗文化，也很羡慕中国文化。简单寒暄之后，南希奶奶把我们领到了会议室，坚持让我们在这里吃午饭。

午饭期间，我们囤了一肚子的问题仍来不及说，整个过程依然是南希奶奶对我和梁红的提问。

年届 90 岁的南希奶奶思路依然清晰，心态也很年轻，她对我们俩的一切都很感兴趣。从我和梁红当年怎么相识、相爱，到如何一路走到现在，她全都问了一遍。提到我们俩北极求婚、南极结婚的时候，南希奶奶甚至还像个少女一样，眼神里露出了羡慕的光芒，觉得惊奇和浪漫。

南希奶奶说，20 世纪 70 年代她也曾和丈夫开着一辆越野车，开始了阿富汗全境的游历：“旅行是我们认识和了解这个国家的方式，也是我最怀念和享受的生活方式。现在你们两个的‘侣行’，是你们去认识和了解这个世界的方式，我相信也必是你们最喜欢和享受的生活方式。”

似乎冥冥之中，这就是我、梁红与南希奶奶的缘分吧。

聊到我们此行目的的时候，南希奶奶突然对我们表达了谢意：“现在阿富汗的情况很不好，人们都避而远之，还有许多的人正在逃离，只有你们还愿意逆流前来，为阿富汗做一些事，这让我十分感动。”

回到“重现”大佛的话题上来，南希奶奶表现得惊喜而严谨，她详

■ 从南希奶奶的笑容中我似乎感受到了她对我们的期待。

细地问了我关于光影投影的技术细节，包括设备制造、测试情况，以及到时候实地实践的成功概率，等等。

听完之后她点点头，把我们带到了大楼地下的档案库里，给我们分享了许多在阿富汗出土的佛像的图片和文字资料，还代为翻译。除此之外，她还绘声绘色地向我们描述起三四十年前，她和丈夫在巴米扬山谷亲眼目睹大佛时的场景，来帮助我们想象和构造大佛的肖像。

有个小插曲：在资料库里，南希奶奶找到了一本书，是关于阿富汗旅行导读的作品。这本书出版于 1974 年，市面上已经找不到了，封面上赫然写着南希奶奶和丈夫路易斯·杜普利的名字。原来这是当年他们夫妇合著的作品。

南希奶奶拿着书似乎想起了一些往事，随后她决定把这件饱含回忆的藏品当作礼物送给我和梁红："你们要去巴米扬，这本书或许能帮得上忙。"

递给我们前，她在扉页写下了一行字：

Amazing travellers

by Nancy Hatch Dupree

Kabul, June 2015

Amazing travelers，"惊奇行者"，这是南希奶奶对我们的形容，她似乎也很满意这个词语。在随后的多次通邮中，她一直在用这个称谓。

那个下午，我留在资料库里继续查阅，梁红陪着南希奶奶在办公室里聊天。

她始终对我们俩的"侣行"故事保持着极大的兴趣，也分享了很多年轻时候自己和路易斯“侣行”阿富汗的故事。

“那个时候我们也喜欢旅行，我和他开着路虎车把阿富汗转了个遍。那个时候街上没有什么检查站，到新的城市住店也没有任何恐惧，人们之间互相都很友善……但是现在一切都变了，现在阿富汗人每天都生活在恐惧中，西方人在这里，整天把自己关在一个小铁壳子里，哪也不去；大街上随时都有可能发生恐怖袭击，战争和混乱似乎没有尽头，人们之间的仇恨变得越来越多。一切都变了，但这一切的根源都是政治、政治、政治。”

梁红向我描述，南希奶奶回忆往昔时候的样子特别美丽和可爱，真的可以通过她的眼神和脸上发自内心的笑容，看到60年代她和一生的爱人共同瞭望远方时的幸福，看到他们第一次见到巴米扬大佛时候的震撼，看到他们每发现一处洞穴或遗迹时的惊喜，看到他们每完成一部书稿就开香槟庆祝时的开心……

南希奶奶时常在想念最美好的80年代，在想念那个陪伴了自己几十年的爱人。他们的爱情经历了阿富汗最美好的岁月，也经历了苏军入侵和内战开始后最动荡的时期。今天的阿富汗，不再像当年她和路易斯初识的时候，可以自由行走和生活。喀布尔被铁丝和碉堡围了起来，空中时常盘旋的直升机告诉她，那个曾经浪漫传奇的城市，成了她一生中最美好的记忆，却再也不会回来。

梁红问南希奶奶，现在会觉得孤单吗？她笑着摇头：“我的心里始终装着阿富汗，阿富汗人民也一直和我在一起。”

“今天的阿富汗需要包容，最重要的就是对文明多元化的包容。我想再次感谢你们的到来，祝你们在巴米扬的行动能够成功，我想邀请你们到时再回到喀布尔大学，给这里的学生和国际学者们分享一下这次行动。”

起身离开喀布尔大学的时候，她像一位邻家老奶奶一样，非常不舍地向我们这群远道而来的中国孩子告别。她一直把我们送到门口，一再叮嘱我第二天一定要去喀布尔博物馆，再去看看那里收藏的佛像样式。

直到我们的车发动，南希奶奶依然站在门洞那里远远地看着我们，笑着挥手。直到车走远，离开她的视线，她才慢慢转身踱步回到楼里，在夕阳下留下一个瘦小的背影。

4. 阿富汗的国家宝藏

阿富汗在地图上并不起眼，国人对这个国家的印象，除了它地处中国和印度两个大国之间，剩下的就是苏联入侵、美国在这里掀起反恐战争和本·拉登在此藏身了。

实际上，阿富汗有着只稍逊于四大文明古国的历史，各大文明都曾在此驻足，曾经美、苏对抗把战场选在了这里，也足以证明其在地缘战略上的重要地位。只是延绵 30 多年的战乱，让人们忘记了它曾经的辉煌。

如今想了解阿富汗曾经的荣光，只能去喀布尔国家博物馆管窥一斑了。

南希奶奶推荐我们去，她在给我们介绍国家博物馆的时候，提起了一段痛苦的回忆：“我个人所经历的痛苦，和这座博物馆相比根本算不了什么。它被一枚导弹击中了，到处都是大火和硝烟，展厅里的一些古老的铜像都倒在地上，碎裂不堪，在大火中熔到了一起。馆里到处都是碎片，要知道这些碎片可是记录了这个国家数千年历史的见证者；墙壁也倒塌了，那里几乎成了一片废墟，没人清理和维护。这样的情况持续了好几个月。幸运的是后来它被重建了，当我重新回到那里的时候，觉得那里就是一个奇迹，你们不能错过。”

博物馆于2004年重建后开放。地方不大，只有北京一个小公园大小，但是守卫很森严。能看得见门口有两个警卫，大门上方还有哨岗，人员都荷枪实弹。

进门有两道安检，第一道会人工搜身，第二道检查入馆人员随身携带的物品。我去过很多地方的博物馆，这样的安检规格还是第一次遇到，但是能理解其无奈和必要。

里面藏着的是这个国家的文明记忆，它已经被重重地伤害过一次了。

数十年的动乱，我们能想象到博物馆重建的困难，但是它依然立起来并对外开放了，可见人们下了很大的决心，用了很多的勇气，来拯救自己祖国的历史。

博物馆收藏了很多的佛像和古钱币，墙壁上贴着很多的照片。照片里的物品曾经都在这里收藏，却不幸地被塔利班掠走或损毁于战火之中，如今只留下照片供人观看。

我们这次来，最大目的是观摩馆藏佛像的特点，来制作投影大佛的胶片。馆内还真有一尊两米高的西大佛模型，讲解员耐心地介绍了大佛的筑凿始末，以及它历经风霜后面部逐渐脱落的过程。

我需要了解这一切，包括袈裟的颜色、佛手的姿态、佛面的表情，是真实且符合历史传统的。

在博物馆里我们遇到了一位阿富汗国宝级的雕塑家：海德尔扎德，他曾雕塑了各种规格的巴米扬大佛模型。他对我们说：“大佛被炸毁那天是悲伤的一天，塔利班不懂得这些佛像的意义，它不属于塔利班或者谁，它属于阿富汗，属于人类历史。”

南希奶奶的描述和资料，博物馆里的塑像和相关专家给的建议，让我们明确了将要投影的大佛的样子，包括它被炸毁前饱经风化的样子，以及千年前第一次站在巴米扬山谷时候的模样。

巴米扬大佛的面部在经受千年风霜雨雪的过程中，早已损毁了，在可查资料里，没有关于大佛最初样貌的记录，这意味着近一两百年，没有人见过大佛完整的样子。

我们只能通过阿富汗当地出土的犍陀罗佛像，以及当地佛教的传统，来推断大佛最初的形态。阿富汗佛教在历史上受希腊和印度两地的影响较大，所以在阿富汗很多地方出土的雕塑、佛像，都有西方雅利安人的高鼻梁、深眼窝等面部特征。

小心考证之后，我们找人模拟绘制了被毁前残损大佛的图样，以及一份大佛初凿时候的图样，发回后方，迅速制成胶片，然后让人肉快递送往巴米扬，我们将在那里会合。

5. 巴米扬，不一样的阿富汗

喀布尔去往巴米扬的路上，打成了一锅粥，开到一半我们只能原路返回，把“大白”“小白”留在喀布尔，改租了一架 AH−24 运输机，连人带装备，一块儿飞过去。

抵达巴米扬，这里似乎是另外一个阿富汗。

虽然依然是一样的土灰色，但是感觉完全不一样了。在这里人可以完全放松下来，街上看不见呼啸的武装车和全副武装的军人，小贩边做生意边闲聊，有逛街的男女、踢球的年轻人、玩耍的孩子。路人们会挥手和我们这些外国人打招呼，很多人的脸上都挂着笑容。

这种感觉，甚至比在国内的时候都要轻松。我们没有经历过七八十年代的阿富汗，或许此时此地，就是这个国家曾经的样子吧。

同样的阳光，洒在这儿，感觉就是清澈和干净的。

抵达巴米扬山谷之前，我们路过班达拉米亚国家公园，向导迈赫迪向我们介绍公园内的一大景点，阿富汗的圣湖：班达米尔湖。

传说这里的湖水有治愈功能。战前这里曾经游人如织，现在人流少了很多，但是远近的居民还是经常过来祈福消业。

“咱们也去看看，为还原大佛讨个彩头。”我说。

班达米尔湖在巴米扬山谷的山顶上，放在咱们中国可能命名为“天湖”或“天池”了。“班达米尔”在哈扎拉民族语言里,意思是“王者之坝”。据传说湖的形成和先知穆罕默德的女婿有关。

这里真的很美，由 6 个小湖泊聚在一起形成，湖面是蓝宝石色的。远处有雪山，环湖周围山丘的土色，把圣湖的蓝衬托得愈发如梦似幻，比天空更加湛蓝。白云的倒影游弋在湖面。站在岸边，甚至会让人产生到底哪里是天空的错觉。

当天湖的周围没有游人，一切都很静，只有微风的声音，让人心旷神怡。连日来从进入阿富汗境内起的那些压力和压抑，消散大半。

终于抵达了巴米扬山谷。从北京出发到现在，我们已经走了 8000 多千米，历时 40 多天。这里是我们此次西行计划里最重要的一个节点，准备了那么久，就是为了明天。

站在山顶俯瞰，整个山谷就像是一幅绝美的油画横亘在人的眼前。农田、村落、房屋、散布的树丛，远处的雪山插入了云层，山脊间未化

■ 阿富汗的圣湖——班达米尔湖。

的雪点缀着这幅画的背景。

而这幅画卷的鬼斧神工之处，就是山壁上那上千个洞窟，特别是东、西大佛的那两个巨窟，历经千年，陪伴和守望着这片人间奇境。

只是大佛不在了，我们此番，就是想通过我们的行动弥补这幅绝世画作上的缺憾。

6. 灰色警报

连夜进入山谷，我们的时间有限，耽搁不起，要抓紧时间测试。

晚上的山谷特别地空寂，就一轮明月做伴，但是月亮却是我们唯一的阻碍。我们的投影是一个发光点，月亮也是一个发光点，会影响投影效果。

其实有点儿小紧张，虽然我们已经在国内做过很多次测试，但是居庸关和巴米扬山谷的地形、气候完全不同，还是可能会出现偏差。如果测试失败，我们是没有多少时间和条件在巴米扬就地校正、解决的。

虽然有点惴惴不安，但是有此前那么多的前期准备工作打底，我觉得成功的概率在 90% 以上。

架设设备，距离按比例缩进，开机。结果和我们测试的时候一样，投影成功！我尝试调整流明和距离，扩大投影面积，依然可以稳定且清晰地投影。我们原计划完成对 35 米高的东大佛的投影，这次测试的成功让我确信，我们可以完成对 55 米高的西大佛的投影。

一切，只等待明天。

那天是 6 月 7 日，中国学生高考的日子。昨夜的测试成功，让大伙儿的心气儿和状态都很好。我把所有人聚在一起，安排当天的工作。

刚分派完活儿，向导迈赫迪举着电话过来了。他跟我说，刚刚接到了联合国教科文组织驻巴米扬办事处的电话，那边说有急事请我们过去一趟。我的心“咯噔”一下，不会出什么意外吧？

猜测没用，我带着梁红、夏特和迈赫迪，赶往联合国教科文组织的办公室。一位工作人员给我们看了一封邮件，是联合国安全机构发来的灰色警报：从 6 月 7 日到 11 日，阿富汗中部高地省份（包括巴米扬在内）的联合国办事机构，有潜在遭遇袭击的可能性——这是他们 15 年来第一次收到灰色警报，不排除与中国团队在巴米扬进行大佛光影重现活动有关。

联合国教科文组织的工作人员建议：你们去巴米扬省警察总部，与他们进行一下安保方面的沟通。

我们马上转场前往警局，与警察总长胡达亚尔·库特西将军沟通。这位将军在阿富汗也是一位颇具传奇色彩的战士，曾经在战场与塔利班和美军都对垒过，他还亲手抓捕过一名塔利班的头目。

在办公室里没有穿军装的他，更像个温文尔雅的长者。在听完联合国安全部门的预警以及我们的担忧之后，他微笑着摇摇头，双手一挥说：“不用担心，只要有我在，今天谁也不敢来捣乱，我会保证你们和所有在场人员的安全。”

随即库特西将军马上召集人进办公室，增加警力，部署当天巴米扬山谷的安保力量。然后他还给巴米扬省国家安全厅的领导通报了安保情况。

将军的这番话和部署，淡定而从容，真的很有大将之风。那一刻我真的觉得安全感爆棚，什么也不用担心了。

在我们向将军表达谢意的时候，他反而摆摆手说："应该是我说谢谢，你们远道而来为我们的巴米扬大佛所做的工作，所有人都会感谢你们。如果晚上时间充裕，我会去现场，和你们一起。"

7. 哈扎拉炸佛人

辞别将军，去巴米扬山谷之前，我们先去了趟城里。经过昨晚的测试，我准备租一台平台起降车或者脚手架，搭一个投影平台。跑了好几个巴扎都没有找到，最后遇到一家正在盖房子的，我把他们的脚手架全给买了。

我估算不出来巴米扬山谷的岩壁有多大的面积，上面星散着无数的洞窟，两个巨型的佛窟最为显眼，曾居住在这里面的两尊大佛，被居住在附近的哈扎拉人亲切地称为"爸爸"、"妈妈"。

不幸的是，哈扎拉人的"爸爸""妈妈"离开十几年了。

投影平台搭建好后，迈赫迪找到我，说他知道一个和大佛有着特别的故事的人，他今天也来了。

他就是那个炸佛者。

一个老人站在远处的一个土丘上，远远地看着我们，并没有上前。我们走过去和他打招呼。他叫费罗兹，称他为老人不太恰当，实际上他才 45 岁，但是面相上看去更像是个七八十岁的老人。他头上裹着布帽，须发皆白，眼眶深陷，整个脸庞都是红红的，还布满了黑斑。可以想象这些年来生活对他的折磨。

费罗兹开始还有些拘谨，迈赫迪寒暄几句之后，他讲出了自己和大佛的故事。

在人们的口里，费罗兹的名字有个前缀：第一个炸大佛的人。他是被大佛看着长大的哈扎拉人，却也是炸毁大佛的那个人，这种矛盾的冲突这些年来一直伴随着他。内心的煎熬和贫困的生活，让这个才 45 岁的男人看上去似乎到了耄耋之年。

费罗兹的家，在巴米扬大佛正南方向 10 千米处的一个小村庄。那是一个典型的哈扎拉人村落，女人们在山谷里种地，男人们去山上放羊，孩子们帮着妈妈干活儿。贫困且平静。

“很小的时候，父亲告诉我山壁洞窟里是一座高大的佛像，是哈扎拉人的‘爸爸’和‘妈妈’，不是巨人。那时的我也并不理解一尊佛像对我和我的族人，有什么具体的含义。只是习惯了大佛的存在，我和族人的祖祖辈辈，都在大佛的注视下出生、长大和繁衍生息。”

后来费罗兹当了民兵，1997 年的时候还和北方联盟的士兵一起，在大佛顶上储备枪械和弹药来抵御塔利班的入侵。他们坚持了几个月，因寡不敌众而失败。那一次，塔利班还没有伤害大佛。

15 年前塔利班夺取了阿富汗政权，攻入巴米扬，开始了对哈扎拉人的种族屠杀。巴米扬山谷里的哈扎拉人几乎被屠杀殆尽，只有少数逃到山上的人躲过了这一劫难。

幸免于难的还有费罗兹和他们整个村庄。塔利班包围了村子，把包括费罗兹在内的 20 个青壮年绑了出来，让他们去山体上对大佛实施爆破，否则就杀了全村老小。

站在空洞洞的佛窟前费罗兹唏嘘万千，他跟随我们再次攀上了佛窟，在那里回忆起了他人生中最黑暗的 10 天。

当时大佛已经被机枪扫射得千疮百孔，塔利班还不肯罢休，决心要

■ 被逼着炸毁大佛的费罗兹，此刻他心中只有无限的内疚。

炸毁整个大佛。当时士兵用枪指着费罗兹的脑袋，他被缆绳吊放到洞窟里，先用铁镐砸，后来换成反坦克地雷炸。

“我每天都背着地雷和雷管，被绳子吊放到大佛上埋爆炸点。我脸上的伤疤，就是那时候挂在岩壁上被晒伤的。这样的工作一直持续了 10 天，大佛被我和我的族人们一点一点地亲手摧毁了，一点不剩。”

“当时如果我不去，我们全村人都会被杀，而且他们会继续屠戮哈扎拉人，直到我的族人流尽最后一滴血。我当时很害怕，脑袋里什么都想不起来，唯一能想的就是自己能不能活到明天。家里人每天都做好了我可能回不去的心理准备。每次回家之后，我做的第一件事就是和家人抱头痛哭。”

“这件事情这么多年一直在折磨着我，直到现在，每次我看往大佛的方向都会很难过。”费罗兹静静地说。

8. 山洞里的流浪者

很多人闻讯聚到了山谷里，除了附近的居民，还有从其他城市和远方村落赶过来的人。

我们都在等待傍晚的到来。在这个时间空隙里，我想去看看那些仍住在岩壁小洞窟里的人。迈赫迪点头答应了，他带我们去了半山腰的一个小洞窟前。家里的女主人看见我们带着摄像机，赶忙就套上了布卡。

她愿意和我们聊聊，但是希望我们不要公开她的名字和她家的具体位置，她担心丈夫的殴打和邻居们的报复。

她是怎么住到山谷的洞窟里来的？她就是巴米扬省的人，小时候家里的田地被其他族的人抢掠之后，她就跟着家人一直居无定所。在苏联入侵时期他们就失去了家园，流浪到巴米扬山谷，拾掇了一个闲置的洞窟就当家住了下来。

这里没有水，没有电，装上一块木板就是门。无论如何，他们一家人有了一个遮风避雨的地方。那个时候的生活还行，山谷里有许多巴扎，丈夫能够替人干点活儿谋生。

但是没多久就赶上了内战塔利班夺权。1997 年塔利班疯狂地向巴米扬进攻，很快就控制了这个行省。他们把山脚下的房屋和巴扎都摧毁了，见着哈扎拉人就杀。她和丈夫、孩子为了躲避屠杀，往北跑了三个月，在马扎里沙里夫当了一段时间的难民，在那期间大儿子因为颠沛流离和过度惊吓导致精神失常。

在外当了五年的难民，2004 年巴米扬的安全局势缓和一些后，他们一家人就返回了故乡。找到原来居住的洞窟，也算是回家了。

“唯一不同的是，我们家旁边的大佛没有了。但是对于我而言，大佛与我无关，我每天醒来要思考的问题，是怎么让一家人活下去，怎么能找到吃的，怎么度过寒冷的冬天。”

我们来到阿富汗后，采访了好几位阿富汗的女性，除了女导演萨拉和电视山上的女老师，其他人在讲起自己生活的时候，都会偷偷地用手在布卡后面抹眼泪，但是这位女主人却没有。虽然隔着布卡，我们看不见她的表情，但是从声音里能听出她是在无奈又平淡地追忆往事。或许这么多年经历的残酷生活，早已经让她心如死灰，变得麻木。

她有两个儿子三个女儿，虽然生活艰辛，但是这位女主人还是坚持把五个孩子都送去了学校。这让我们很意外，在阿富汗很少有人会送女孩儿去上学。她说：“我是个文盲，更像一个盲人一样，坠入了生活深渊，就再也爬不起来。我希望我的孩子们能够上学，能认识字、掌握一些知识，这样他们就会拥有比我更广阔的视野，他们就能够做一些改变，将来的日子不会像我这样艰难。”

这是一个饱经生活磨难的女人，也是一个还未彻底对生活丧失希望的母亲。

或许我问了一个不该问的问题：“你最美好的记忆是在什么时候留下的？”

布卡后的她停顿了一会儿，才语速缓慢地回答：“我连饭都吃不饱，甚至都想不起来上一顿吃的是什么，我又怎么能回忆得起曾经的美好呢？最美的记忆，或许是在小时候，家里的田地还没有被外族人抢走的时候吧。”

她说现在的生活没有任何快乐可言，丈夫每天都去集市上做苦力，借此来支撑整个家庭。她自己呢，每天都会拎着桶去很远的地方取水，然后把能吃的东西准备好。他们夫妻之间经常争吵，贫贱夫妻百事哀，当吃不上饭的时候，饿肚子的时候，总会无端地爆发一些争吵。

我们环顾了一下洞窟——他们的家，15 平方米的空间里，住着他们全家 9 口人。屋子里唯一的家具是一个小木桌子，剩下的就是地毯上被遮起来的被褥。

洞里唯一能和现代生活沾边的，就是联合国捐助的太阳能发电设备，一组蓄电池和一块太阳能板，这能让家里的灯泡亮起来。说到这儿，她的孙子，一个很可爱的小男孩，跑过去把电线接到蓄电池上，再拧开电源，我们头顶的灯泡亮了。

小男孩高兴地向我们展示着这个家里唯一的电器，就像是在向我们展示一个神奇的玩具一样。

这段采访让人很觉得心酸，岩壁上的洞窟里还住着许许多多这样的哈扎拉流浪者，他们失去了家园，寄宿山谷。没有水没有电，夏天要忍受酷热，冬天要迎接严寒。他们的眼前是恍若仙境的巴米扬山谷，他们的生活却又如同人间炼狱。

从苏联入侵开始算起，阿富汗动乱了 36 年，他们饥寒交迫了 36 年。生活似乎看不到一点希望，却又必须要坚持活下去。

ON THE ROAD

第七章 PART 7 / 死亡悬赏『关照』

1. 山谷里的节日

我们无缘见识大佛被毁前的样子，此刻站在巨大的洞窟前，我们渺小得如巨树下的蚍蜉。可以想象大佛完整的时候是多么的雄伟和震撼。

佛窟里现在只剩下密密麻麻的支架，支撑着洞窟防止其坍塌。洞窟的前方散落着很多的土石块，这些就是大佛被炸毁后剩下的碎片。碎片上都贴着联合国教科文组织的标签，这附近的所有土石块都禁止被带走和挪动。

除了那些碎块，洞前还散落着许多的机枪弹壳和榴弹炮的碎片，还有反坦克地雷的残骸。可以想象当年塔利班是以怎样的手段来对待大佛的。

山谷的人渐渐多了起来，远处的土丘上能看见一些路过的人，或把摩托车停下，或把行李卸下，驻足等待着。

四辆插着阿富汗国旗的武装车驶了过来，开始我们还以为又出了什么意外，原来是库特西将军亲自带着警察部队过来了，为今夜的活动保驾护航。士兵们选好位置布好保护岗，架设上了机枪。

这时夏特领着一个人到了我面前，向我介绍：这是雕塑家阿巴斯。在阿富汗他算是一位国宝级的人物，我们在喀布尔的国家博物馆见到的巴米扬大佛雕像，包括喀布尔机场的大佛雕像，都出自他手。

阿巴斯说他毕生的梦想，就是重建大佛。在 2003 年前后，他找过

■ 为保证我们晚上的活动顺利举行，库特西将军派军警为我们保驾护航。

很多次当时的总统卡尔扎伊，提出重建大佛的计划。因为当时战争局势刚刚缓和，美军也尚未撤离，整个国家百废待兴，所以阿巴斯的计划一直搁浅。

这次阿巴斯得知我们抵达巴米扬，要用光影还原大佛时，马上从喀布尔赶了过来。昨夜我们刚抵达的时候，他就想来找我们。他拿出自己的手机，里面有他雕塑的各种规格的大佛塑像。

过去 10 年他雕出来 8 尊佛像，接下来他将着手制作一个 5.5 米高的大佛，也就是原大佛 1/10 的比例。“我想通过这种方式，掌握大佛更为具体的数据信息，为将来重建大佛做准备。”

人群里响起一阵喝彩声，一伙年轻人骑着自行车，耍着各种花式动作冲进了山谷，那是阿富汗自行车国家队的成员。他们的到来让一直静静等待的人群气氛一下子活跃了起来。

人越聚越多，甚至有些人在山谷里辟出了一块场地，开始了一场足球比赛。

“像一个大集会，或者说是个节日，就是这种感觉。”梁红说，“也只有大佛能把所有人都聚集起来，让大家开心地在一起了。或许这就是我们此次来巴米扬最大的意义了吧。”

费罗兹是来得最早的那个人。跟我们聊完后，他又独自站在了远处，静静地看着眼前的一切，眉头稍微舒展开了些，眼神里充满期待。夏特过去跟他聊了会儿，问他期待大佛回来吗。

他说：“我非常地期待大佛能再回到我们的身边，不止是今天，我希望以后每一天都能看见大佛。”

“那么对你自己的未来呢？你有什么期待吗？”

费罗兹抬头又看了一眼大佛才回答：“我对未来的期望是和平，希

巴米扬山谷的孩子就像看露天电影一般早早围在我们身边。

为了晚上投影不掉链子，我们提早搭建投影台，还要进行测试。

望塔利班不会再卷土重来。”

又有一辆皮卡开到了现场，车上装着很多脚手架，是上午我买了别人家盖房子的脚手架的施工方。当时买还真有点儿贵，车上下来个人，跟我握手说：“上午我不知道你们是来还原大佛的，知道后我又去买了很多的脚手架送来，这些是免费的，真的很感谢你们。”

这一天收获的是满满的感动，我也不知道说什么，只是鞠躬道谢。他招呼着人开工，帮我们加高和加固投影平台。

2.“大佛又站起来了”

太阳最后的余晖隐到了山谷的后面，头顶的流云也越走越远，天空终于黑了下来。今夜苍穹无星辰，月亮也会到 10 点后才出现，天时地利人和齐了，今天有了完美的光影投影条件。

山谷里安静了下来，所有人都屏息凝神，齐刷刷地看着我们的投影台。我站在 3 米高的台上俯瞰，颇有小时候看露天电影的感觉。

梁红站在佛窟里佛眼的位置，我在投影台上。对焦，检查胶片，检查发电机……这一系列流程我们已经测试了无数次，到登台这最后的一次，我竟依然有些紧张。

我用对讲机小声和梁红通话：“你那边怎么样？”

“就等你了。”梁红似乎从声音里就听出了我的心思，“放心，咱一定行。”

有了她这句话，我挺了挺腰杆，咱开始吧。

开关的两声“咔嚓”，光亮从投影台射向岩壁上的洞窟，一座金光闪闪的大佛出现在洞窟里，夜空瞬间被照亮。

金光熠熠，佛面慈睦。夜空里光影下，重新站立起来的大佛，比电影里的特效更具魔幻气息，更加震撼逼人。视线挪离大佛的伟岸，看那些细节纹理处，佛袍栩栩，袈裟似随风动，掌怀万物，膝承众生。

这也是我第一次见到大佛，在当下这种魔幻的感觉下，我似乎也陷入了一种奇妙的梦境，像是千年前和玄奘大师一起西行，一起在山谷里驻足仰望；像是随百年前的驼队，在这里休憩过；像是曾生活在这里的村民，曾和大佛朝夕相处……

“亮起来了，亮起来了。”对讲机里梁红的声音把我拉回现实。

屏息凝神许久的人群里，气氛瞬间像大坝开闸泄洪一样，人们开始欢呼、喝彩、呐喊、吹口哨……

人们纷纷拿出手机拍照，有人摆起了大佛的姿势，有人依然一动不动地盯着大佛，眼噙泪水。站在投影台上，看看远处的金色大佛，看看下面欢乐的人们，我的内心此刻也澎湃不已，激动、欣慰，眼泪欲出。

长久以来，我们听到的都是阿富汗的各种负面消息，暴力动乱、种族屠杀、文物破坏……从我们亲自踏上阿富汗的土地开始，见到的也都是让人悲伤的场景。布卡下女人的眼泪、与坦克做伴的孩子、妻离子散的家庭、备受压迫的普通人、医院里抓着梁红手的那个小孩、被枪逼着运炸药的费罗兹……

人群之外，我发现了远处的费罗兹，他安静地坐在一把木凳上，眼睛直直地望着大佛方向，没有说话。他发现我在看他，咧嘴从胡须堆里露出笑容，他远远地朝着我竖了竖大拇指，然后又把目光移向了大佛。

我没有去打扰他。此刻现场已经变成了一场狂欢的舞会。人们唱起了歌儿，几个小哥和大叔跟着音乐扭起了腰肢，人们自觉地空出一片场地，那里就变成一个舞台。不断地有人加入到唱歌和跳舞的队伍里去。

有很多人是带着乐器来的，手鼓、冬不拉、吉他，他们耍起了各自的手艺为这场聚会助兴。

巴米扬省文化信息局的局长卡比尔·达德烈斯，兴奋地爬上脚手架和我握手，他激动地不停说着感谢："谢谢你们的礼物，谢谢你们送给阿富汗、送给巴米扬这世界上最美妙的礼物。让我们、让世界再一次看到了巴米扬的震撼与美丽。"

"大佛看起来和原来一模一样，你们让我儿时的记忆在今天重现了。"一位老人靠近脚手架告诉我。 还有一位村民说："当看到今天这一切的时候，我仿佛看到了 20 年前巴米扬山谷的景象。2001 年我亲眼看到塔利班炸毁佛像后升起的烟尘，那是对我们国家的破坏、对我们历史的破坏。但今天我又一次看到了曾经熟悉的大佛，我确信阿富汗曾经失去的一切都会回来。"

晚风中脚手架有些飘摇，投影佛像有些轻微抖动，几个年轻人悄悄过去紧紧地扶住脚手架。另外几个人回家拿了些工具，帮忙把平台加固。不知道什么时候，有村民偷偷地放了几桶汽油在我们的发电机边。

现场的人越来越多，有很多是居住在远方，看到这边的光亮才过来的，有的是在场的人打电话呼朋引伴赶来的。两辆小巴上下来五六十个孩子，一位老师带着孤儿院的孩子们也来了。

一位德国籍的阿富汗裔科学家米尔扎伊，让迈赫迪带着他找到我。他非常兴奋，导致语速非常快，经夏特翻译我才听明白。

米尔扎伊近十年来一直致力于还原巴米扬大佛，一方面在国外寻找着资金，一方面和各国学者交流探讨还原大佛的办法。"很高兴你们做到了，这是最好的手段。"不过喜悦之下难掩忧伤，他还说，"大佛如果

■ 点亮巴米扬大佛，我们做到了。

■ 如此激动人心的时刻，我们能不与“巴米扬大佛”来张全家福吗？

不再维护，最多两年佛窟就会出现坍塌，那个时候大佛真的就不复存在了。现在缺少资金、缺少技术，更重要的是缺少稳定的环境，希望很渺茫。但是你们今天给我们带来了一个好消息，相信今天发生在这里的事情，会让世界开始关注巴米扬，或许会为这里带来帮助。”

说话间，有人抓过我和梁红的手，一把将我们俩拉进了露天舞台的中央。我们也跟着人群随着节奏起舞。

从北京出发以来，这一定是我们这次西行最欢乐的时刻。一路上我们见到的、听到的都是压抑的场景、无奈的人们、悲伤的故事。此时此刻在这个山谷里，只有欢笑和舞蹈。在大佛的面前，是美丽的山谷，是欢声笑语的众生，没有战争压迫，没有乌云笼罩。

希望以后阿富汗的每一天都能如此。这是我们这几个中国人的祝福，也是所有阿富汗人的愿望。迈赫迪的、南希奶奶的、萨拉导演的、费罗兹的、电视山的女老师的、山洞里布卡后面的妇女的、独腿老兵阿里的、女医生吉奥吉娅的、萨米尔少校的……

3. 我们会走，希望大佛长留

“巴米扬”在波斯语里的意思是“光芒闪耀的地方”。昨夜大佛再次“站”了起来，闪耀山谷。昨夜现场的景象，我想自己一定会终生铭记。

巴米扬的工作，是我们此次西行最重要的节点。很高兴我们成功了，这一路上的惊险、危机、疲惫，全都去了九霄云外。这二十几个小时里，我们和巴米扬山谷里的那些阿富汗人的感受一样，只有高兴。

在酒店醒来后，迈赫迪拿着手机兴奋地给我们念各方发来的消息，有巴米扬文化信息局的、有巴米扬省警察总部的、有联合国教科文组织的，还有阿富汗社会各行业的名人，以及社交网络上海外关于此事的讨论。除此之外，他还告诉我们，阿富汗的很多电视台和报纸都报道了昨晚大佛重新“站”起来了的新闻。

阿富汗颇具影响力的报纸《八点晨报》如是说：“巴米扬大佛复活了，大佛复活了，大佛从来没有消失——人们对着光影大佛高呼，仿佛回到数百年前一样。”

完成了大佛投影，我们将要离开阿富汗。昨晚的活动，是我们送给阿富汗人民的礼物。临别，我们还准备了另外一份礼物。

昨天在山谷的现场，我们教会了当地的文物保护工作人员如何使用投影仪，投影结束后，我们将带了8000多千米的设备，捐赠给了巴米扬人，由文物保护者哈米德·贾利亚代为接收。

我们会离开，但希望大佛能长留。

从红其拉甫出了国境之后，我的情绪一直就不太好。这一路见了太多此前对这个世界认知的盲点，全是颠覆性的，不能说毁三观，但是与我的脑海里所知道的、所接受的、所理解的，完全相悖。

感觉走的地方越多，人就变得越脆弱。我曾以为任何事情，只要我想去做就能做到；任何地方，我想去就一定能到达。可是这一切只限于我和我身边的人，走出我们几个人的小圈子，去到这个地球上的别处，去到那些生活在别处的人的生活中，他们生活里面对的那些挫折、那些无奈，很多我只能眼巴巴地看着，我想为他们做些什么、改变些什么，却发现什么都做不了，什么也改变不了。

这种无力感是我此前从未遇到过的，内心里在某些方面我是倔强而执拗的。而这种无力感让我开始怀疑很多事情，怀疑很多曾坚信的东西。内心认知的动摇，会让我们脚步蹒跚，不再坚定。

从巴米扬回到喀布尔后，点亮大佛的喜悦稍退之后，我的脑海里开始涌现几年来路上那些令我无奈的画面：

在摩加迪沙的难民营里，那些眼神空洞却又无可奈何的人；在南非的加冕公园的贫民窟里，那些怀揣希望却又处处碰壁的白人；在白沙瓦的学校里，那些张贴在墙上的照片里的孩子的笑脸；在喀布尔的民居里，那些摘不下布卡的女人的眼泪；在巴米扬的山谷里，那些哈扎拉人脑海里曾被屠杀的记忆……

我们在路上，在我们的路上，我们在看见别人的生活。我们总在试图去参与别人的生活，为他们做点什么，让他们的生活能好一点，让我们路过的地方比之前能够明亮一些。

又或许，正是这些无奈和无力感，让我们变得更加强大，我们会更加坚定地走下去。

这一尊大佛的点亮，能够让在场的几百人高兴起来，或者还有那些身在远方、得知消息会有些许欣慰的人。我们能做的只有这么多，我们也很欣慰于当下给他们带来的欢乐，但是我更奢望能让他们的生活有所改观，譬如能有希望，譬如能有和平。

孩子们能够去游乐场玩儿，女孩儿也可以去学校，家附近的空地上能够放风筝，上街可以随意闲逛，山洞里的人能住进房子，水电和食物不再是生活里最大的困难……

进入阿富汗后，我们没有看见过笑脸，没有听见过欢呼，这一夜全都齐了。希望这些笑脸和欢呼，能为他们的明天带来一些力量。

我们和他们一样，都还有很远的路要走。谨希望那夜巴米扬山谷的那抹光亮，是点亮黑幕的一颗启明星，黑夜渐去，晨曦将至，太阳能够照射到所有的阴影。

4. 南希奶奶的来信

我们回到喀布尔的第一件事，就是去给南希奶奶送这份特别的礼物。

南希奶奶早早地就在阿富汗中心的大楼前等着。今天她还特意打扮了一番，把满头的银发梳得整整齐齐，换上了一身节日时才穿的阿富汗传统服装。我们快步迎上台阶，南希奶奶热情地和我们一一拥抱。

进了她的办公室，我们把在巴米扬光影还原大佛时候的照片和视频播放给她看。看着那一帧帧的画面，老人深陷的眼眶开始散发别样的光芒。她在看大佛，我们在看她。我们和南希奶奶对大佛的理解和感悟都不同，看着她脸上兴奋的样子，我们知道，至少这位老人很喜欢这份礼物。

或许那一刻，她会想到 30 多年前，自己和丈夫在山谷瞻仰大佛时候的情景；或许大佛被炸毁后这些年的心痛，此刻会得到些许慰藉。

但是南希奶奶告诉我们，最让她高兴的不止这些，而是外界关于阿富汗的报道，都是黑暗的，都充斥着恐怖与动乱；而我们做的事情让阿富汗有了一个让人兴奋的消息。阿富汗需要这样的消息。

南希奶奶托人去把喀布尔大学孔子学院的 20 多个学生，以及一些在学校工作的国际学者，全部请了过来，让他们一起来分享这份礼物，让我和梁红给他们讲讲在巴米扬的故事。

南希奶奶还告诉我们，很多国内外关心大佛的人都联系了她，想通过她和我们取得联系，希望请教和交流一下光影还原大佛的技术问题。

我们都答应了。

送我们离开的时候，南希奶奶坚持要送到门外。这一次她表现得比上一次更加不舍，但是她没有挽留，她说：“我知道你们还有很长的旅程要走，我也知道你们还会给更多的人带去惊喜，我会一直为你们送上祝福，惊奇行者。”

这位老人必将是我和梁红生命里遇见的最特别的一个。我们离开阿富汗后，也一直和南希奶奶保持着联系。她的邮件里，有时会给我们带来一些阿富汗的好消息，譬如巴米扬文化节的时候，她去了现场，当地政府用我们留下的设备，重新又点亮了大佛一次。

“身临其境的感觉很美妙，我觉得那一刻自己仿佛又回到了 30 多岁、第一次到那儿时候的样子。看着现场的哈扎拉人像过节一样开心，我们也无比欣慰，因为这为他们带来了希望。”

当然，有时候南希奶奶的邮件里也会有坏消息传来。爆炸和恐怖袭击依然在喀布尔频繁地发生，对这种现状她很愤怒，但是却无能为力。

我和梁红也时常想，什么时候有机会再去探望南希奶奶。遗憾我们再也没有机会了，在 2017 年中国的教师节这天，我们收到了来自阿富汗的消息，南希奶奶在喀布尔的一家医院去世了，享年 89 岁。

收到消息的时候，我和梁红沉默了很久。我们在喀布尔相见时的点点滴滴，全都涌上了心头。阳光下的那个精神矍铄的小老太太，回忆往事时那个神情幸福的老人，为阿富汗奔走大半生却仍觉得自己做得不够的伟大祖母……

南希奶奶没有等到企盼的和平到来的那一天，就先走了。但我们都相信，她会一直活着阿富汗人民的心中。而南希奶奶也将长眠于那片她钟爱的土地，直至永久。

第二天，世界上很多地方、很多人都在悼念南希奶奶，包括阿富汗总统、喀布尔大学、美国大使馆、《纽约时报》、路透社，还有印度、巴基斯坦、德国的媒体，以及全世界关心阿富汗的人。

还有我们这一伙中国人，除了我们曾和老人相聚一室的整个团队，还有无数通过我们的节目认识了南希奶奶的人。

希望南希奶奶在天堂过得快乐。

在这里放出一份邮件，是去年南希奶奶给我们最后的来信，存念。

张昕宇、梁红：

你们的来信总是让我激动不已。你们真是让人惊奇的行者，很高兴能够和你们相遇。

你们说得很对，现在这里的局势仍没有好转。很不幸的是，这里的很多人都已经习惯生活在暴力之中。外国在阿富汗的使馆，都被高墙、铁门、混凝土包裹得严严实实，没有人敢外出，外界对于阿富汗的报道依然是充满黑暗。

上个月底，我在西班牙大使馆出席了一个活动，晚宴进行到一半的时候，安保人员告诉我们，有 4 枚火箭弹飞向了喀布尔机场的方向，随后我们就被告知远离窗户。

但是在活动现场的人，仿佛什么也没有发生，依然围坐在一起享用着美味的晚餐。不远处的窗外发生着爆炸，而这个封闭的室内，只是一场酒会变成了席地而坐的晚餐。

更让我难过的是，第二天我什么新闻都没看到，没有听到昨晚哪里受损严重、有多少人伤亡的消息。也许是因为这样的事情已经见怪不怪了，人们甚至都没有意识到这是新闻。

这个国家太需要和平了，此外伊拉克和叙利亚的局势也没有好转，我越来越不理解这个世界了。愿意在阿富汗这个国度投资的投资者越来越少，我们的学院也需要不停地四处募捐学费和研究资金。

喀布尔大学阿富汗研究中心今年比任何时候都忙碌，我们就像征途上的士兵一样前进着。谢谢你们发来的好消息。祝你们所有人好运。

南希

写于喀布尔

5. 危情喀布尔

我们被悬赏了，每颗人头 5 万美金。

在回喀布尔的时候有个花絮，从巴米扬回喀布尔的飞机上，我们在 5000 米的高空上，办了一场生日会。这天是队员叶尔夏特的生日，出来这几个月他估计自个儿都忙忘了。梁红悄没声地带了块蛋糕上飞机。我们在空中把机舱变成了生日会现场，闹心的是蛋糕里没有配刀叉，全部都上手了。

风里雨里枪炮里一路走来，看着眼前这群小伙子，我十分感慨。我是队长，我和梁红是哥哥姐姐，一路上大事儿我们担着，但是背后也正因为有他们抬着，我们心齐才能走到现在，并且继续走下去。

落地喀布尔，气氛又凝重起来。从巴米扬到喀布尔，我们似乎又重回了最初的那个阿富汗。危机的乌云再次飘了回来。

迈赫迪连续收到安保公司的三次警告，我们被塔利班通缉了，我们的营地附近极有可能遭遇人体炸弹袭击。点亮巴米扬大佛的事情，几乎全阿富汗都知道了，当然包括塔利班。情势紧急，我们被迫放弃了去赫拉特的计划。

我们开始启动逃离喀布尔的计划，但是收到的全是坏消息：我们走不了。车和行李上不了飞机，人员离境要经过阿富汗好几个部门的盖章，走很多手续。这些部门和手续跑完，估计要忙活很久了。

营地不能待了，我们得换个落脚点，全员连夜搬家，重新找个避难所。气氛一下子又搞得很紧张，非要说有什么高兴事儿，那就是我又见到“大白”“小白”这俩大宝贝儿了。

找了个“和平饭店”做新营地。悬赏这事儿很讨厌，这说明什么？全面动员呀，虽然这个城市里大多都是好人，但是说不定人群里混着个坏人，放个冷枪就拎着我们领赏去了。

接下来的行动我们得低调低调再低调。出门跑手续，“大白”“小白”这俩挂着中国牌照的车不敢上路，我们给藏了。梁红也没法跟着，人越少越好，就我、夏特、迈赫迪和几个安保，租着一辆当地的车出去。

内政部、商务部、安全部等一大串部门来回跑，我们像个皮球一样被来回踢，多跑跑没事儿，可是问题就是得不到解决。我曾愤慨过这个国家的机构逻辑和办事效率，但是想想现在的安全局势，多少也释然了一些，乱世里没什么事儿是容易的。

他们几个天天躲在酒店里出不来，我们几个在外面猫着跑也没结果，团队里的气氛压抑到了极点。我只能想着法子让大伙儿苦中作乐，担心他们在这儿心态崩掉。感觉又回到了被困白沙瓦的状态。

除了等待和每天往返跑各个政府机构之外，我们似乎什么都做不了。

那几天的情形很奇怪，空隙时间里，有很多媒体来“和平饭店”采访我们，阿富汗国内的、美国的、欧洲的都有，还有咱们中国的新华社。我们还上了阿富汗的 ToloTV 新闻频道早间谈话节目，据说我和梁红还是首次出现在阿富汗荧屏访谈节目的中国人，梁红更是数十年来的第一个女性。

可以说，那时候我们在阿富汗家喻户晓，报纸、电视上、口耳相传间都在说那个中国团队。然而我们却不能在喀布尔自由活动，也无法出境。

6. 哈扎拉人的英雄

耽搁了整整 10 天，我们的手续齐活儿了，但是依然走不了。为什么？地面出境不可能，打着仗呢。空中路线呢？我们是从喀布尔飞到巴格达，战区到战区，对不起，没这项服务。

这一段经历着实是我最不愿提及的，之前路上的困难，是我们在和危险、恐怖势力斡旋，但是这一次困住我们的，却是混乱的体制和不作为的各个政府职能部门。

我们在阿富汗内政部、外交部、商务部、边防部队总局、机场边防局、机场海关等部门间来回奔波，天天跑，到最后几天，这几个机关的哨岗都跟我们混眼熟了，见到我们直接放行。

不停地找人和会晤，中国大使馆的领事和参赞也帮了不少忙，南希奶奶也通过她的人脉在帮我们想办法。

折腾得瘦了半圈，我们终于在内政部拿到了给边防总局的正式函件，可以出境了！那会儿真的有点儿热泪盈眶，像当年唐长老求取沿途各国的通关文牒一样，我们拿到证儿了。

高兴劲儿只持续了几个小时，出现了一个大问题，没有航空货运公司接我们的运输出境的业务！战区飞战区，还得载上两辆汽车、一辆拖车，国航、民航和商业运输的公司，都干不了。

这个只能我们自己来想办法，又是一通疯狂联系，兜兜转转，我们联系到了一家俄罗斯的公司，他们可以租一架伊尔 -76 运输机给我们，送我们大部队去巴格达。费用不用说，巨贵，但是我们没有别的选择。

事儿都定下来了，悬着的心却落不回肚子。飞机从日本过来，但是却没拿到巴基斯坦的空域飞行许可，需要绕一个大圈，经哈萨克斯坦、塔吉克斯坦、土库曼斯坦到阿富汗，停降喀布尔。

这中间出一点岔子，我们就得继续滞留。

迈赫迪找到我，说飞机的事儿不要担心，一定会顺利来接的。他想邀请我和梁红去参加一个聚会，是在喀布尔的一些哈扎拉人为我们准备的一个答谢会。迈赫迪也是哈扎拉人。

最初我本想拒绝，办通关文件和运输机变故，让我的情绪特别不好，烦躁，带着负能量。看了看迈赫迪，他的眼神里透露着殷切，我想了想说：“兄弟，咱们去。”

聚会的组织者是一位名叫莱拉·海达里的大姐，她和南希奶奶一样，也是一位颇受阿富汗人尊敬的人。在阿富汗有很多吸毒者，因为战乱，毒品在阿富汗泛滥早就不是秘密了，有许许多多的年轻人误入歧途。莱拉建立了一个叫作“美丽生活”的公益组织，来拯救这些年轻的吸毒者。

在看到我们光影还原巴米扬大佛的新闻后，莱拉召集了在喀布尔的哈扎拉族的文化学者、音乐家、诗人、文物保护者，和她的公益机构里的那些年轻人一起来参加这个聚会。

地点在一家波斯餐厅里，我们刚一进门，就响起了热烈的掌声，冬不拉和手鼓也奏了起来。说实话，看着现场人们脸上的表情，我得感谢迈赫迪的邀请。那种情形让我感觉像是重回了巴米扬山谷，喜悦中带着感动，这些天的不快一扫而光。

莱拉迎上前，和内政部副部长拉扎·卡特比一起向大家介绍我们。他们说我们是来自中国的英雄，这让我和梁红受宠若惊。

落座之后，人们就把我俩围了起来。莱拉想让我和梁红给大家分享一下光影还原巴米扬大佛的初衷。

在这种场面之下，我有些语塞。这个国家给我的感觉太复杂了，一面是恐怖和黑暗，一面是感动和惊喜。在这种炽热的气氛下，我竟有些凝噎。我看了看梁红，她的眼眶有些红，沉吟了一会儿她接过了话头：

“谢谢大家，我和老张开着车，走了 1 万千米，从北京来到了阿富汗，去到了巴米扬。我们曾以为阿富汗只有战争，没想到在这里我们看见了美丽。这里的湖水，传说能治愈所有的疾病。这里的群山有着闪亮的积雪，对面的岩壁却铺着金色的光。岩壁下的哈扎拉人，有着和我们中国人相似的面孔，也给了我们一路上见到的最多的微笑。

“千百年来这群微笑的人，生活在巴米扬山谷里，长久陪伴着他们的，是两尊站立了 2000 年的大佛。大佛看他们长大，大佛是他们的邻居，他们亲切地把大佛称作‘爸爸’和‘妈妈’。

“1000 多年前，有个叫玄奘的中国僧人曾路过这里；1000 年后，我们这几个中国人沿着丝绸之路来到了这里。巴米扬大佛曾是世界最高的立佛。塔利班用坦克与炸药轰炸了一个月，大佛才被仇恨化为碎片。轰炸后的洞窟也有很多裂缝，依靠脚手架支撑才没有坍塌。大佛不会想到，战争的伤口这么难愈合。曾有艺术家想用激光重现大佛，还有更多人想要重建这座大佛，因为技术不成熟或是时局太乱，都失败了。

“大佛也不会想到，14年了，大佛脚下的人，依然无辜地被战争牵连着。所以，我们希望能做些什么。我们在中国国内的时候就做了很多的测试，经过试验，我们认为使用光影技术，让大佛重新站立是可行的。

“那些被摧毁的记忆，不该被遗忘。我们希望能让世界再看巴米扬大佛一眼。这是我们这群重走丝绸之路的中国人送给巴米扬的礼物。只希望微弱一束光，照亮这儿的人。”

情到深处，梁红一口气说完这些，我在她旁边竟也听得澎湃不已，帮忙翻译的迈赫迪早已经湿了眼眶。

现场瞬间沸腾了，所有人都站了起来，用力地拍手。现场再次变成一个欢乐的Party，欢声笑语，歌舞不止。

莱拉女士端上来一个蛋糕，上面用奶油写着：Congratulation to Rebirth of Buddha，即“祝贺大佛重生”。随后她和几位长者一起，给我和梁红献上了一份礼物：两顶哈扎拉族的小花帽。莱拉说：“这是哈扎拉族最尊贵的礼物。”

一位哈扎拉族的老先生说：“1000多年前，中国的僧人玄奘从大唐来到阿富汗巴米扬，他把大佛记载进了《大唐西域记》，让世界第一次了解了巴米扬的璀璨与辉煌。1000多年以后，又一群中国人来到巴米扬，再次让世界看到了阿富汗曾经美丽辉煌的那一面。这一切好像轮回一样被安排。感谢你们。”

……

那原本是一场半小时左右的聚会，最后却持续了两个多小时。离开的时候我们和每一个人握手作别。那是一次很棒的经历，真的，在我们行将离开阿富汗之时，在我们被各种问题困扰之时，阿富汗的人们再次给我们展示了他们善良的一面，也让我们重拾积极的心态。

回去的路上我们再没有负能量，人和人之间最坦诚的交流果然是世间良药，能释怀不快，能融化隔阂，也让我们再次确认自己所作所为的意义所在。

7. 再见，我的阿富汗兄弟

如同每一次天灾或者人祸，负责救援、运输、撤侨的伊尔 -76 都从不迟到一样，这一次它准时地出现在了喀布尔，我们得以逃离了。

收拾行囊，在掩护棚里捞出“大白”“小白”，安保公司全员出动，把我们送出“和平饭店”，直奔喀布尔的一个军用机场。

我们在这里困了太久，现在急不可耐地奔向自由的天空。在这样的情势下，我们原本以为会非常迫切地想离开，不想在分别前，却又伤感了。

在一个哨卡前，我们都下了车，迈赫迪上来和我们一一握手、拥抱。他说：“我的兄弟们，我的朋友们，我不能往前去了，咱们以后再见。祝你们一路顺利，我会为你们祈祷。”

说实话，那一刻真的很不舍，进入阿富汗后迈赫迪与我们日夜相伴，从贾拉拉巴德，到喀布尔，再到巴米扬，我们一起走了不少危险的路；甚至在安保公司放弃保护我们的时候，迈赫迪也始终与我们相伴。

平时与迈赫迪交流最多的夏特，在和迈赫迪拥抱的时候，久久不愿分开，两人都落泪了。

临别时刻，我想起了许多事。迈赫迪在坦克前做礼拜的场景，为了帮我们和警卫发生争吵时候的场景，邀请我们去哈扎拉人的聚会时候的场景……很多很多。我们和迈赫迪，这也是过命的交情了。

离开阿富汗后，我们和迈赫迪一直保持着邮件联系，包括南希奶奶去世的讣告，也是他发给我们的。在2017年的年底，我们还收到了迈赫迪的一封报喜邮件，他终于等到了绿卡，已经带着儿子去美国和分开三年的妻子团聚了。里面附了一张照片，是他们一家在美国的全家福。

在这里我很想讲一讲我们的阿富汗兄弟迈赫迪的故事。

从北京出发前，我们就在托各种人或者机构，寻找中东各国的向导。经人介绍，我们和巴基斯坦的向导阿克巴，以及阿富汗的向导迈赫迪联系上了。当迈赫迪知道我们是要去巴米扬光影还原大佛的时候，在电话里就表现得极度兴奋，他迫不及待地等着我们到达阿富汗。

迈赫迪的童年在伊朗东部的阿富汗难民营里度过，15岁的时候他跑回了阿富汗参军，想和同胞们一起参加对抗入侵苏军的“圣战”。入伍之后他发现，各路“圣战”组织之间，还有着很多派别和斗争。迈赫迪在17岁的时候离队前往北部城市马扎里沙里夫，那里是一座他的同族人居多的城市。

苏军撤走后，阿富汗迎来了短暂的和平，但是在当时美苏争霸和“冷战”的特殊形势下，阿富汗陷入了无尽的内战之中。

1997年塔利班攻陷了巴米扬和马扎里沙里夫，他们对城市里的哈扎拉人进行了血腥的屠杀。为了活下去，迈赫迪和弟弟、父亲只能一直躲在地下室。兄弟两人后来忍受不住地下室的暗无天日，装扮成乌兹别克族跑上了地面，不幸很快就被塔利班抓住投进了大牢，并将被处死。

迈赫迪给我们讲述过自己在监狱时候的经历：他几乎每天都会遭受

酷刑，会被吊起来，用匕首划开肩膀上的皮肉，任其流血。老父亲变卖了所有家当，通过行贿和找关系，才算保住了迈赫迪兄弟的性命。

出狱后迈赫迪又参加了阿富汗北方联盟军，对塔利班进行反攻。无穷无尽的战争终于让迈赫迪厌倦，他放下了枪开始学习摄影。很快他就成了巴米扬地区的第一个摄影师，很有天分的他还成了“北约国际安全救援部队”在阿富汗的战地摄影师。“如果你生活在巴米扬，那么不做摄影师将是你一生的遗憾。”

当上摄影师之后，迈赫迪又转型做了战地记者。因此他对阿富汗各地的情况、势力、地形都很熟悉。于我们而言，他是这个国家最适合我们的向导。

迈赫迪和妻子是通过网络认识并相恋结婚的，在阿富汗能自由恋爱的人并不多，迈赫迪夫妇估计是全国唯一一对网恋并结婚的人了。前面我简单介绍过他的妻子巴托尔，是一名为阿富汗妇女争取权益的社会活动家，这样的女人在阿富汗必然是十分危险的，塔利班数次对她进行了威胁和追杀。为了活命，妻子在 2014 年被迫前往美国留学避难。一家人就此分隔两地。

迈赫迪给儿子取名耶尔沙尔(Yershar),在当地语言里是永生的意思。迈赫迪说寓意是不想他被战争牵连过早离开人间，他唯一的梦想就是将来能带着儿子离开阿富汗。妻子去美国后，迈赫迪独自带着六岁的儿子在喀布尔生活。

每当儿子问起爸爸身上伤疤的来历的时候，迈赫迪会给儿子讲一个故事：这是爸爸当年和怪兽搏斗的时候，被巨龙的利爪给抓伤的。在六岁的儿子心里，他的爸爸就是世界上最了不起的英雄，因为他曾经和怪兽搏斗过。

■ 伊尔 -76，这架运输机将帮我们连人带车离开阿富汗。

■ 速度与激情，把“小白”“大白”和拖车开进了伊尔 -76。

迈赫迪还有一件事情让我们钦佩不已，他曾拿着一把 AK-47 顶住了自己父亲的脑袋：“如果你不让妹妹们上学，我就一枪打死你。”原来迈赫迪还有两个妹妹，他父亲和阿富汗大多数的父母一样，不让女孩儿接受教育。迈赫迪不干了，坚持要送妹妹们去上学。

最后迈赫迪的两个妹妹一个弟弟全都上了大学，妹妹们现在都在国际组织工作，迈赫迪自己的正式工作单位也相当光鲜：联合国儿童基金会。

我们在阿富汗能够没有大灾大难地走下来，并成功地完成了在巴米扬还原大佛的项目，幸亏有迈赫迪在；包括我们最终能够顺利离开，也拜托了迈赫迪动用自己的人脉四处斡旋。

在巴米扬山谷点亮大佛的那夜，我拉着迈赫迪的手向他表示感谢。迈赫迪说：“别这么说，兄弟，这不是我的功劳，反而是我的荣幸。我一直想为我的国家做些什么，可我什么也做不了。幸好我终于等来了你们，这些来自中国的朋友，是你们带着我一起，为我这饱受战火蹂躏的祖国做了这么了不起的事情，这是我终生难忘的时刻和毕生的荣耀。”

依依惜别，挥手再见。转身离开，到视线将断处再回头，迈赫迪依然站在那里对我们挥手。

ON THE ROAD

第八章 PART 8

这里是伊拉克

1. 初见巴格达

这很穿越，我也不敢相信自己把车开到了运输机上。我和梁红坐在“大白”里，“大白”在伊尔 -76 的机舱里，伊尔 -76 在 1 万米的高空之上。画面特别梦幻，像是大片《速度与激情 7》里的情节。

脚下是茫茫云层，我们作别了阿富汗。我们庆幸逃离了险境，也难舍这个国家的故人。

机舱内的气氛特别好，但是落地之后瞬间就变了。伊尔 -76 降落在巴格达的一个军用机场时已经入夜，机组人员催促着我们赶紧下人卸车。在整个过程里，工作人员手脚都倍儿麻利，运输机的发动机也一直开着，似乎随时准备起飞。

他们一刻也不想在这个是非之地多留。

伊拉克比我们已经走过的地方更加危险。在巴基斯坦和阿富汗，都是内战的局势，是政府和塔利班之间的斗争；而我们刚抵达的伊拉克和接下来要去的叙利亚，则是混战区。在这两国的土地上，各自的政府军、各个不结盟的反对武装、ISIS 以及一些恐怖组织，都在混战。

我们几乎是被扒光了裸着进入巴格达的：“大白”“小白”和拖车都被扣了，所有摄影器材，除了俩手提，都被扣下了。例行检查，等候通知来取。安保公司提供的临时出行车辆还是台事故车，前挡风上有一块爆炸的裂痕。

■ 猜猜我们在哪？我们在 2 万米的高空之上。

■ 我们在车里，车在飞机里，飞机在天上。

在市中心的一家酒店里驻扎下来，我们住的是高楼层，视线挺好。透过窗户俯瞰巴格达，这个城市与我们印象里的很不一样。10 年前电视里天天就是这个地方，到处是慌乱逃窜的人群、爆炸的硝烟、坍塌的建筑和荷枪实弹在街上游走的士兵。

此刻站在这里，对比我们此前路过的巴基斯坦、阿富汗两国的城市，巴格达真算得上是一座很现代化的城市了。高楼大厦，灯火辉煌，五颜六色。有街心游乐场，还有路边摊和大排档，马路上熙熙攘攘跑着下班回家的车，还有饭后在路边消暑散步的居民。

这里，真的是一个战争城市吗？

安保的一席话把我们拉回现实："最近一个月内，巴格达就发生了 4 起人体或汽车炸弹袭击事件，包括一次在美国大使馆附近的，造成了 160 多人受伤，48 人死亡。"

根据联合国公布的数据，在刚刚过去的 6 月份，伊拉克有 1466 人死于恐怖袭击，其中平民 655 人，另有 1687 人受伤。

这，才是真实的伊拉克；这，才是真实的巴格达。

酒店附近有条街道，我们决定天亮去看看。这是以伊拉克的一个古代诗人的名字命名的街道，有点儿像咱北京的南锣鼓巷或者琉璃厂，文艺分子逛的。

看来白天看到的巴格达才是真实的巴格达。这条街两旁的建筑多是荒废的，底层都有爆炸后的痕迹，高层的玻璃都被震碎，墙壁也裂了。

这是一条步行街，街道要比我们平时所见的步行街宽敞很多。向导说，这里曾经也车水马龙，但是 2003 年，伊拉克战争爆发后，汽车炸弹就成了整个国家最常见的恐怖袭击方式。不让车进来也是出于安全考虑。街道唯一能跑的就是巡逻的武装皮卡，街头街尾也有军人在执勤。

我们刚进来的时候，随行的安保就被拦住了，要求他把所有武器先缴存了才能入内。现如今的社会局势下，来逛这条文化街道的，多是学者和知识分子。他们要绝对保证这里的安全。

“这里对于巴格达，对于我们国家很重要。即便在战时，这里也没有被关闭。”向导变导游，向我们介绍这里，“知识和文化需要留存。”

没什么临街商铺，都是地摊或者几张桌子支起一个摊儿，摆的都是书或者报纸、杂志。有的已经很破旧，纸张泛黄，看得出来经历了不少年月甚至经受过炮火的洗礼；有的还是全新的，塑封都没拆。“有点儿像地坛书市或者潘家园的旧书市场。”

本来我们想去一家在这条街上久负盛名的文化咖啡馆，不巧赶上穆斯林的斋月，关门歇业了。安保提醒我们，在斋月这种特殊时期以及一些节假日，恐怖袭击会比平时更加频繁。就在我们昨晚落地巴格达之前，城里就发生了一次大规模的汽车炸弹袭击事件，45 辆汽车被同时引爆。

2. 废墟上的大师

我们回到酒店刚坐下，就听见“轰隆”一声巨响，赶忙跑到窗户那儿去看。就在离我们大约 3 千米的地方，空中升腾起浓浓的黑烟。

像战地记者似的，我们马上拎着机器奔去现场。

爆炸地点在一片居民区，很多人在这里围观，现场没有警戒线，没有维序和救援人员，只有一台救护车刚刚离开。当地军方给出的解释是，一台战斗机飞过这儿的上空的时候，不小心掉下的一枚炸弹就地爆炸了。3 个家庭、6 间两层的房子被毁，14 人当场死亡，2 名妇女重伤。

■ 我们刚到巴格达，这里就发生了大爆炸。

见我们带着摄像机，附近的居民以为我们是国际媒体的记者，上前来向我们描述事故发生的过程。“上午 10 点的时候，我正在家里做家务，就听见一声巨响，瞬间像地震一样。我就跑出来看，然后我的邻居们的房子就都塌了，人都死了，都死了。”

“早上家里的女人带着孩子出去买菜，回来的时候就这样了，家没了，家人也都死了。”

他们向我们描述的时候，就像是在说一件日常的事一样，没有震惊的语气，没有诧异的表情。好像一切都是稀松平常。

在废墟上站着一个戴着帽子的矮胖中年男人。他叫伊萨，这次突如其来的爆炸，他家也受到波及。伊萨带着我们进了他的家里，一半的房屋被炸毁，另外一半也倾斜了，二楼没法上去了；家里的家具全毁，所有的玻璃都被震碎；此外还有 3 个家人受伤。我看到他的右手缺了两根指头，他说是在 2007 年的时候，不小心碰到恐怖分子放置的简易炸弹，被炸掉的。

这座房子已经成了危房，受害者伊萨向我们讲述着刚刚发生在自己身上的不幸，他的言语和动作与外面的那些围观者一样，像是在说一件身外事，没有知觉，没有表情。我无法理解这种情况，抑或是因为这样突如其来的炸弹和死亡，在他们的生活里早已司空见惯?

生活在这里的人，他们的内心可能早已如眼前爆炸后的废墟，对于生活和生死，早已麻木无知觉。

现场突然安静了下来。废墟之上有一个蓄着大胡子，穿着一身礼服的中年男人，他找了个平坦的地儿摆上一把椅子，卸下自己的包，里面是一把大提琴。

调弦，端坐，中年男人开始了在废墟上的表演。他演奏的是巴赫的

《G 弦上的咏叹调》，面色平静。仿佛周围的一切都不存在，爆炸后的废墟似乎成了一个剧场，一方平坦的地方就是他的舞台，那些破碎的残砖断瓦是他的乐队。

音乐在废墟上响起，所有人都伫立原地，静静地看着、听着。人们都沉浸在大提琴的旋律里，忘了刚刚发生在这里的爆炸和死亡，忘了生活里每天不可预见的危机。

一曲奏完，他把提琴放进琴盒，起身准备离开。围观的人们也从音乐里醒来，各自散去，回到自己的生活里。没有欢呼，没有掌声。

我们迎上去想和他做一些交流，他爽快地答应了。“这 15 年来，除了军队，很少有外国人愿意来伊拉克了。”

他叫卡里姆·瓦斯菲，美籍伊拉克人，是一位著名的艺术家、大提琴师。20 世纪 80 年代移民去美国后，在那里过上了优渥的生活。1991 年海湾战争爆发时，他买了一张从洛杉矶到巴格达的单程机票，回到了祖国，这一待就是 24 年，再也没有离开。

“那次回来我就没有准备再回美国。近一个世纪以来，我的祖国一直在遭受着战争。从奥斯曼帝国开始，到英国，再到‘两伊战争’、海湾战争，还有 2003 年美国的到来。曾经我的祖国是海湾地区最强大的国家，现在却成了最混乱的土地。和平总是很难维系，可战争却总是那么轻易地就发生了。”

卡里姆回国,就是想为自己祖国的和平进程做点儿什么。“十几年来，我会去每一次爆炸后的现场演奏，不管有没有观众，有没有掌声，我都会去。我没法去谈判桌上争取和平，所以我想在废墟之上，用音乐来传递我对和平的信念。让所有深受战争残害的巴格达人、伊拉克人，都能坚持生活下去，一起去看到明天的希望。”

谈话间一声巨响远远传来，城北又发生了爆炸。现在正值穆斯林的斋月，以及所谓的 ISIS 建国周年，恐怖活动愈发频繁。

我们和卡里姆一起赶往现场。所幸爆炸点是一处闲置建筑，没有人员伤亡。卡里姆照例找了一个平整地方坐下，然后开始了自己的演奏。

这块场地的现场确实像极了一场音乐会的舞台，四周有墙壁环绕，中间是一片草地。卡里姆坐在中间，优雅地演奏着自己的大提琴。人们或站或坐在草地上，白云、空气以及呼吸都被他的音乐凝固住。他是一个归国侨民，也是一位硝烟之中的大师。

曲罢，卡里姆才继续和我们的谈话。他说：“有的时候爆炸刚刚发生，我会演奏《巴格达的早晨》，那是献给逝者的，我想告慰他们的亡灵。有的时候是巴赫的曲子，那是演奏给活着的人听的，我希望还活着的人不要丧失生活的希望。

“战争一直在制造破坏，破坏房子，破坏生活；我想通过我的音乐来重建人们的生活。生活与生命都是可以跨越时空的，逝者和生者也是可以有关联的，所以我用音乐来联结时空，把废墟与生命连接起来，让生者有坚强活下去的理由。音乐是我缅怀和纪念逝去者的方式，也是激励生还者勇敢地怀揣希望去迎接和平的方式。”

希望就是未来，有希望就一定能带来和平。也许战争会摧毁一个国家及其民众的体质，但是无法摧毁人们心中的信念和希望。人民心中的信念和希望便是一个国家的脊梁，脊梁不垮，未来可期。

■ 聆听大师的演奏，不仅是对艺术的尊重，更是对逝者的安慰。

3. 武器“菜市场”

大街上两个开“三蹦子”的小孩，一脸得意地向我们炫耀手里的武器，还往天空来了一枪。我们愕然，在巴格达枪支可以这么泛滥？莫名一声枪响甚至吸引不了人们的注意力。

向导说：“我带你们去一个地方看看就明白了。”

我们直奔萨德尔城。其实这个“城”只是巴格达的一个区，这里盘踞着一支实力很强大的武装势力，独立于外，所以被称为萨德尔城。

到了地头，向导仔细想了一会儿说：“我们还是回去吧，别进去了，这里面太不安全。”

他的变卦让我愈发想进去瞧一瞧，这里到底是个什么样的存在。一番商议之后，向导和安保终于同意我们入内，但是要求只能快速地逛一圈，不准逗留。同样地，摄影设备不准带进去。

像是进了迷宫，七转八绕，不是熟人带着根本找不着。终于进到一条巷子，入眼的场景让我不敢想象这样的地方真实存在：整条街就是个军火库，或者说像是个武器博览会现场吧，无数个临街摊贩，摊上摆着的不是日用百货，不是食品水果，而是各种枪支弹药！

电影里的军火交易，都是各种对暗号，反复改交易地点；而这里则是直接明面上摆出来，款式多样，任君挑选。

手枪、冲锋枪、步枪，还有狙击枪，各种枪支的配件也都有。各类枪支就摆在桌子上，整条整条的子弹带躺在那儿，塑料袋子里盛放着不同口径的子弹。

这地儿也不冷清，光天化日之下，来转转、挑把趁手的武器的人还挺多。有枪贩向我们兜售自己摊上的产品，我就问了一句这把手枪的性能如何，老板抓起来直接对天放了一枪，破空“砰”的一声把我吓了个激灵。

几年来我们听过不少的枪声，可是这一枪确实让我心虚，莫名感觉身上哪儿在疼。这是头一回当着我们的面开枪，或者说是试枪。老板抓上就扣扳机，干净利落，也说明他们摆上来卖的这些枪，子弹都是上膛的，保险也都开着。

越往里走，里面摆出来的家伙越让人害怕，可能有些人会觉得兴奋。轻机枪、重机枪相继露面，RPG 也出来了，还有 TNT 和 C4 炸药、反坦克地雷……

后来我们不敢往里走了，后面的商贩们不像街头的那些那样热情地招徕生意，而是用怪异的眼神盯着我们这些陌生人。向导向我们打手势：赶紧原路返回。

逃出了“军火巷”后，一个安保才告诉我们说：“这里很少有外国人来，”他指了指梁红，“据我所知，还没有女人进去过。”

听了这话我们才觉得后怕，48℃的高温之下脊背一阵发凉。那里面真出一点事儿，甚至不需要缘由，我们这几个生面孔就可能会被打成筛子。无论如何好歹是出来了，有惊无险。

安保队长掏出一个 AK-47 的满仓弹夹，他刚在里面买的，仅仅 100 多美金。这趟“菜市场”算没白跑，他顺了点儿货。

这就是巴格达，你不知道什么时候在哪里就会发生爆炸，不知道什么时候头顶上就会掉下一颗炸弹，不知道面前那个顽皮的孩子兜里是不是揣着一把枪。在这个城市里，没有绝对安全的区域，也没有绝对安全的人。

2003 年伊拉克战争结束后，全城混乱，到处都是袭击和爆炸。联合国维和部队和美国人，在原伊拉克总统生活、办公的萨达姆共和国区域，划了一片大约 10 平方千米的土地，建起了高墙壁垒，设立了重重关卡，名曰“绿区”。

那里曾是一片与外面完全不同的地方，有五星酒店，有高大上的办公楼，驻扎着各国的大使馆。想要进去除了需要许可证之外，还得接受多道严密的搜查。那里，曾被认为是巴格达唯一一片绝对安全的区域。

12 年过去，这个城市的重建遥遥无期，和平进程也停滞不前。近几年，恐怖分子在不断地尝试着冲破“绿区”的防线；居住和驻扎在“绿区”内的人，相继撤离。现如今，巴格达最后的一片安全区域，也不安全了。

4. 欢快的拆弹部队

在阿富汗巴米扬的大佛项目完成后，有国外记者问过我，下一步的计划是什么，我只说了一个词：伊拉克。

换回自己的车跑在巴格达的马路上，安全感一下子就回来了。抵达伊拉克 20 天之后，我们终于收到了通知，去机场取“大白”“小白”和扣押的器材物品。

伊拉克最吸引我的，除了幼发拉底和底格里斯两河流域及古巴比伦的文明，当然还有拆弹部队。2008 年上映的《拆弹部队》，囊括了当年奥斯卡多项大奖。电影里的很多场景，至今回想起来依然震撼人心。

这一次，我想去看看真实的拆弹部队。

联系和沟通并不复杂，很快我们就得到回复：欢迎前来参观。对于伊拉克来说，拆弹部队可能就和我们的消防大队差不多，是允许普通民

■ 与拆弹部队的第一次亲密接触。

众参观的。向导还说了另外一个情况：“你们在巴米扬的事迹，伊拉克很多人通过电视和网络都知道了，你们是英雄，他们很期待见到你们。”

这一点我还真没想到，双方都期待见到彼此，这场约会应该会很融洽。

驻伊美军在奥巴马任期内已逐渐撤离，真实的巴格达拆弹部队的主角不再是美国大兵，而全部是伊拉克汉子。

拆弹部队大院里的气氛，绝对是我们进入阿拉伯世界以来最轻松愉快的了。大男孩们和中年大叔们，每个人的脸上都挂着轻松的笑容，面对着我们的镜头，有摆 Pose 的，有做鬼脸的，还有扭起来的。有的还像追星族一样，找到我和梁红拍合影。

很难想象，这是一群每天游走在爆炸和死亡边缘的男人，面对如此残酷的生活和工作，现实生活里他们却是如此的乐天和友善。在这一刻我才真正理解到，我们上小学时教室里挂的那几组词的意思：团结、互助、紧张、活泼。

真正让我觉得不可思议的，是拆弹部队成员的成分。众所周知，伊拉克是一个派别冲突很严重的国家，但是在这支相处融洽、每天一起同生共死地工作的队伍里，有什叶派和逊尼派，还有库尔德人。

我对电影里的排爆服印象深刻，他们现场就从装备库里给我拿了一件，让我试穿。很厚很重，自个儿肯定穿不上去，得有人帮忙。整套衣服重量达到 45 千克，我穿上后，“270”变成“360”了。

排爆服是拆弹部队的人工作上的唯一防护，但是实际上能提供的保护实在有限，对刺穿和小型爆炸有防护作用，真的遇到了大量的炸弹，这件排爆服唯一能做的，就是给拆弹人员留一个全尸。《拆弹部队》电影里有一个镜头相当写实：拆弹专家在拆除炸弹的时候发现了负责手机

■ 责任让这些拆弹部队成员个个英勇无比，
将生死抛之脑后。

引爆的恐怖分子，紧急撤离的时候炸弹还是炸了，离爆炸点十几米开外的拆弹专家飞了出去，防护面罩里，是被剧烈爆炸震死的人喷出的一片猩红。

部队里有一间展览室，橱窗里陈列出来的，是这支队伍的“战利品”：他们此前拆除的各种炸弹。有那种简单粗暴的炸药和引线缠绕在一起的，也有做工很精细复杂的科技炸弹，还有一些更像是特工用的炸弹：设计在裤腰带里的，缝合在毯子内的，等等。

走廊的墙壁上挂着很多人的照片。这是一面光荣墙，上面挂着的，是牺牲在拆弹工作中的士兵的照片。

有 17 张照片是新挂上去的。一个组员有些沉痛地向我们讲述：

“他们是在最近两次爆炸中牺牲的，两个小组全军覆没。一个小组 6 人，一个小组 11 人。在排查的时候炸弹突然被引爆，所有人都死了，无一幸免。我们去到现场后找不到他们的尸体，只捡回了一些被炸碎的残肉。”

这样的画面我无法去想象。对于死者，这样的结局很残酷对于生者来说，同样如此，他们该是怀着怎样的心情，去拾捡同事残留的尸骨。

这是一份随时可能没命的工作，我也尝试着去理解，为什么拆弹部队里的气氛会那么欢快。每天的工作都游走在生死线上，倘若再时时愁眉苦脸，一片肃杀，我相信这份工作将会是折磨，担心生，担心死。

我相信对于这些大男人来说，这绝不仅仅是一份工作，更是信念和责任。

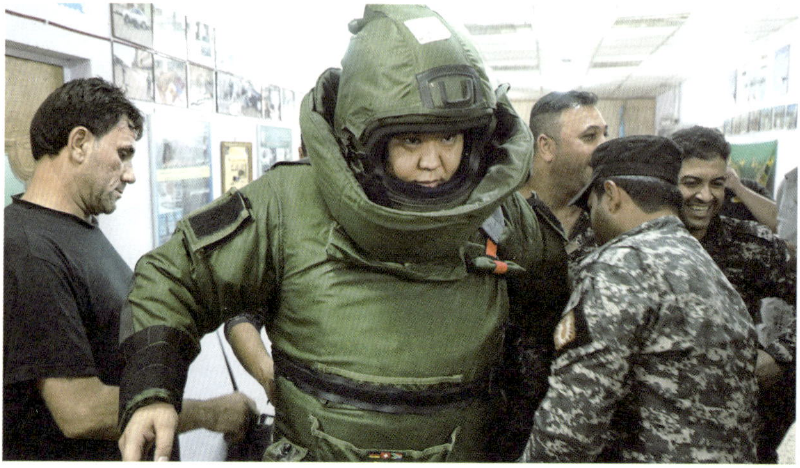

■ 穿上拆弹排爆服的我瞬间变成了“360”。

■ 拆弹部队的每一枚荣誉都是用生命换来的。

5. 拆弹 24 小时

“入城主干道发现可疑车辆，请出勤检查。”天刚入夜，拆弹部队就接到了任务。

一辆大卡车停在路边，这是一条快速通道，正值下班高峰期，来往的车辆非常多，突然停着这么一辆车确实很蹊跷。在这么个位置，安全隔离带肯定没法拉了，地点特殊，指挥官要求速战速决。

第一次跟拆弹部队出任务，我确实有些紧张。队员们用一个简易的炸弹探测仪走了一圈，然后全员出动，开始上车搜索。

站在边上我都压抑得不行，这种氛围很可怕，两旁车水马龙，我却感觉现场安静得出奇，汗水滴答，我能听见大伙儿的呼吸声和心跳声。作为一个旁观者都觉得特别的煎熬，做这个工作对人的心理要求太高了，你明知道那儿可能有危险，还得迎着上去；你不知道炸弹在哪里，不知道何时会爆炸。如果意外真的发生了，不会留给你任何思考和躲避的时间，瞬间就死无全尸。

这个过程中梁红不停地提醒我，站远一点，站远一点，危险当前，往后退不算㞞。

我还是执意要跟上去，这伙人干的大概是人类最危险的工作，但也是最高尚的工作，他们是在拯救人命。我不想让自己的躲避给他们一丝冷漠的感觉，或许我帮不上忙，在旁边也说不上支持和壮胆，但就是想让他们知道，他们不是孤军奋战。

在这个过程中，我始终张大着嘴巴。如果是个大型炸弹；做什么都没用；如果是颗小型炸弹，爆炸发生后，张着嘴能给体内减压，冲击波不会把眼球给冲出来，耳膜不会被震穿。

那20分钟特别漫长，一番排查结束，指挥官打了个“OK”的手势，安全。所有人长舒了一口气，几个队员击了一下掌，大伙儿这才顾得上伸手去擦拭眼前早已淌得一片模糊的汗水。

离开现场，在车上那会儿心里特别平静。我们来到伊拉克29天了，此前的28天里，巴格达每天都会发生爆炸，今夜的这一次有惊无险，希望是一个好的开始。我们和拆弹部队队员分别道了晚安，相约明日。那一夜城里没有响起爆炸声。

新的一天，昨夜的宁静让我们对今天的巴格达充满了期待。回到拆弹部队大院，见到他们在紧急地整理装备，准备出任务。市郊有人报警，发现疑似汽车炸弹。

现场比较空旷，临着一处住宅房屋停着一台白色的SUV，附近并没有什么车辆和主干道，车停在那里着实很诡异。可以看见两个后轮胎下压得很低，这说明后备箱有重物。报案人说，这车停这儿两天了，没有见人靠近过。

拆弹部队快速行动，划了一个60米的安全警戒线，队长开始部署排爆计划。

三名队员准备上前检查，出发前我发现了他们之间一个细微的小动作，每个人都与队友一一击掌。是互相鼓励，也是彼此信任。谁都不知道近前之后会发生什么。每一次走向目标车辆，对于他们来说就是生死各半，没有炸弹或者发现炸弹但成功拆除就是生，炸弹突然引爆就必死无疑。

我还是决定上前和他们一起并肩战斗，摄影师小权和夏特都决定跟上来。突然，小权让我等一等。他放下机器摸出手机，开始编辑短信。

我说：“你干吗呢？”

小权抹了把脸上的汗说："给女朋友留个信息，如果一会儿没事儿就算了，不发；如果炸了，麻烦你们帮我发出去。"

我愣了一下，心一沉。这群孩子跟着我和梁红走到现在，我一直在倔强地一往无前，似乎忽略了他们的心里还各自住着牵挂的人。我拍了拍他的肩膀说："来，机器给我，你们和梁红就在这儿待着，别靠近了。"

他们没有撒手，说："老大你走着，咱们跟着你。"

那一刻我不知道该说些什么，这种情况我确实不知道该怎么表达，一如当年在马鲁姆火山上，通讯设备失灵后梁红在上面安排后事的场景。我只能说自己很感恩，也很幸运，有着这么一群愿意跟我生死与共的人。

"千难万难都过来了，相信我，今天肯定不会有事儿。"我这么在心里对自个儿嘀咕着，往嫌疑车走了过去。

拆弹队员们的行动迅速且熟练，砸开车窗、打开前盖、断掉电源，然后开始全车检查。车内空间快速排查，然后四扇门和顶部的夹层全部拆卸，然后几个人聚在一起，开始检查后备箱。

这会儿外围的场面有些嘈杂，围观的人越来越多，还有不少人在打着电话。

《拆弹部队》电影里的镜头我记得很清楚，正是一个恐怖分子用手机引爆了炸弹。按程序，现场应该会架设一个信号屏蔽器，但这里是巴格达，他们并没有这样的设备支持。

当天室外温度达 49.5℃，在太阳的炙烤下，拆弹部队的队员们一丝不苟地工作着。当时的气氛可以用这个词来形容：烈日灼心。拆弹确实是一份内外双重高压之下的工作。

排查终于结束了。队长指着正对驾驶座前挡风玻璃的位置说："看，那儿有个弹孔，这辆车确实被袭击了，司机可能被绑架了，也可能被杀害了。幸运的是，这辆车没有被做成汽车炸弹。”

我们确认安全，撤掉警戒线，几个小孩儿拎着水壶和杯子跑了过来，给拆弹队员们倒上了冰冻凉水，边倒边说：“你们是英雄。”这个场面爱意满满，或许对于这些舍生忘死的拆弹队员们来说，抛开荣誉、抛开使命，在这样的时刻，得到孩子们的认可，他们应该会特别地欣慰吧。

回到驻地稍作休息，另外一个任务就追过来了：市中心的一条街道边，发现一台疑似汽车炸弹的车辆。这是 24 小时之内第三宗汽车炸弹报警。

时间已经入夜，此时的巴格达街头和我们第一天在酒店俯瞰的场景一样，闲适悠然，漫步在街头消暑的人很多。那台疑似汽车炸弹的车辆，就停在街心绿化带旁边。

昨天和今天的两次有惊无险，让我对这次出任务乐观了很多。队员们非常熟练地上前做排查，我的注意力则放在附近围观的路人身上。按理说如果是平时在国内，我遇到了疑似汽车炸弹，肯定会站在安全距离之外，等待专家来解决。而这些巴格达的市民们，似乎并不惧怕，站的距离都不远。

正对嫌疑车辆的地方有一家小店，门口聚集了很多人在看拆弹部队行动。我上前找了一个人闲聊，他正巧是小店的老板。

我问他：“离炸弹这么近，你们不害怕吗？”

他摇摇头，说早就习惯了。上个月就在他店子的正对面，就发生了一起汽车爆炸事件，他好几个朋友在那次事件中丧生。

“这里每天都会发生爆炸，躲避是没有用的。我们也会害怕，但是没有办法。就算我待在家里，也可能被炸死。”旁边的一个年轻人凑过来接话。我想起我们来巴格达的第二天，那枚军机上掉下来的炸弹。确

■ 拆弹队员每一次平安归来，就是一次短暂的胜利。

实，在巴格达，你没法躲避危险。

随时可能发生的爆炸，似乎已经成了人们生活的一部分，他们早已习以为常。这是一种很可怕的习惯，战争的阴霾笼罩太久，生活在这里的人们就像温水里的青蛙，当他们逐渐习惯了爆炸声，丧失了对危险的恐惧之后，他们的生活将会走向怎样的方向？

我不知道。幸好还有拆弹部队在，或许他们是这个城市里，人们生活仅存的依靠和安全感来源。

6.“活着下班，活着醒来”

“我是个军人，我想为我的国家做点什么。我不想去战场，只有来拆弹部队当兵，才只需要救人，不需要杀人。”

回到营地，队员们卸下装备和一天的疲累，和我们聊了起来。我问一名叫赛义德的战士为什么选择来拆弹部队，他如是回答我。

“只需要救人，不需要杀人”，这番话当时听得我特别震撼。他是一个士兵，他也想保家卫国，但是他更希望自己的使命是去拯救生命，而不是去互相厮杀。

“这么多年不断的战争，已经有太多的军人和无辜的平民失去生命。”赛义德说，“我的工作很危险。最初我也会害怕，还记得我刚来拆弹部队的时候，有一次出任务，我突然就想到了自己的孩子们，我想自己可能再也见不到他们了。但是这个念头很快就过去了，拆除前方的炸弹就是我的任务，我必须去完成它。”

赛义德说完看了看墙壁上的挂钟，然后在地上铺了张毯子，开始做礼拜。出任务的时候他是个威风凛凛的战士，此刻跪在那里安静地做礼拜，他又是一个虔诚的信徒。

礼拜完他说：“我每天都会祈祷，祈祷我能够活着下班回去，抱抱我的孩子们，祈祷明天能够活着从自己的床上醒来。”

在现代生活里，我们接触不到这种英雄式的大义，导致那一刻我语塞了，不知道该怎么和他对话，怎么去形容他以及他的战友们。他们从事着可以说是世界上最危险的工作，怀揣着最高尚的初心和信念，而他们的诉求却又是那么的简单朴实：活着下班回家，活着在床上醒来。

另一位士兵脱下了军装，和我们告别。他要接着上班去了，他还有一份工作：开出租车。在伊拉克拆弹部队的待遇并不高，有不少人为了养活一大家子，还通过兼职来挣钱。

梁红问他：“那为什么不选择一份安全或待遇较高的工作呢？”

他说：“不是没有想过，但是来拆弹部队是我的梦想，拆除威胁人们安全的炸弹是我的使命。对于我来说，这是一份神圣且光荣的工作。”

说罢，他留下一个笑脸，闯入黑夜里。

一天的工作结束，队长拉伊德和队员们一个一个地握手告别。他告诉我们：

“我很荣幸能和这些人共事，他们都是伟大的战士。我们不只在市区内拆弹，有时候也会被调往前线战场去拆弹。我们可以说是全世界最好的团队，我们的队伍里没有人是拆弹零记录，有的人拆了 20 个炸弹，有的人已经拆了上百个。放在全世界的范围内去比较，我们可以去挑战任何国家的拆弹部队或者小组，因为我们是实战经验最丰富的拆弹部队，每天都要处理各种各样的炸弹。我为他们自豪。”

这是实话，巴格达有着全球最密集的机车炸弹和最频繁的炸弹袭击。

这伙汉子每天都在和各种随时会取人性命的恶魔打着交道。混乱的局势，造就了他们全球最雄厚的拆弹实力，也锤炼出了这群人最为伟岸的身影和英雄的人格。

向巴格达的拆弹部队致敬！

ON THE ROAD

第九章
PART 9

古巴比伦：文明之光，文明之殇

1.10 万年的记忆

2. 世界上的第一座城市

3. 永恒的乌尔

4. 巴比伦的骄傲

5. 辛贾尔难民营

6. 恶魔在人间

7. 生死亚述

8. 图瓦萨的邂逅

1. 10 万年的记忆

2003 年伊拉克战争爆发后，战乱成了这个国家的代名词；但是在此之前，这里曾是人类文明史上一颗璀璨的明珠。两河流域的美索不达米亚平原上孕育出了一系列闪耀世界的文明：苏美尔文明、阿卡德文明、巴比伦文明、亚述文明……

战争已经成了这里的主旋律，诸多文明古迹都湮没在了炮火里。现在想要瞻仰和追忆这片土地的荣光，只能去毁而复建的巴格达博物馆里管窥一斑了。

伊拉克国家博物馆曾是中亚地区最大、馆藏最为丰富的博物馆，馆藏品历史时间跨度也世所仅有，美索不达米亚平原上从公元前 10 万年到公元 600 年的文明遗迹，都被这里收录着。2003 年战争爆发后，这里沦陷了，遭到了抢掠、打砸，与之一起沦陷的还有许多承载着千年记忆的文物。直到 2011 年，修复才完成，重新对外开放。

这家博物馆是禁止携带摄像机入内拍摄的，但是这一次却史无前例地给我们开了绿灯。伊拉克国家文化部部长特批，允许我们入内拍摄记录。获此礼遇我们受宠若惊，官方人员说，他们都知道了我们在阿富汗的事迹，当了解到这次我们是为 3D 扫描亚述古城搜集资料而来之后，他们愿意为我们破这个例："希望你能像给阿富汗带来好消息一样，为伊拉克制造一些惊喜。"

■ 侵略者为了将文物掠夺走，将其切割得支离破碎。

■ 伊拉克博物馆的每一件文物都流淌着这个国家的血液。

漫步馆内，似乎是徜徉在两河流域的千万年历史里。进门的第一件展品，就是《汉谟拉比法典》——人类历史上的第一部法典，篆刻在黑色的玄武岩上，3000 年不褪色。顶部的浮雕图案，是汉谟拉比王从太阳神手里接过权杖。

10 万年前的石器工具静静地躺在展览柜里，描述着那个蛮荒时代的模样；精致的陶罐和牛头竖琴，似乎是在炫耀着苏美尔第三王朝的富庶与奢华；无上的权杖和古老的兵刃，昭示着巴比伦王朝的强大与雄心。

这个博物馆内的馆藏，见证了政权的更迭与兴替，疆土的一统与瓦解，城邦的兴盛与衰退。它们的使命，就是见证与记录，让后人知道那段历史，让后人以之为荣，以史为鉴。

让人有些心伤的，是许多藏品的破碎与不完整，以及有一些是真迹遗留在国外的复制替代品。千年前的陶罐只留下瓦砾，巨大的石雕被割成了多块，权杖上的珠饰位置只留下若干空洞……它们没有损毁于千年的风霜雨雪，却损毁于战争人祸。这里沦陷后，武装分子拿起了大锤、铁锹，将它们推倒、砸碎。

两河流域保存和考证最完整的文明——亚述文明的分馆是我们最感兴趣的，也是此行的主要目的，我们想从这里尽可能地了解关于亚述文明的历史和资料，然后前往其遗迹所在地，对它们做 3D 扫描。

近几年里，极端恐怖组织已经先后破坏了伊拉克摩苏尔的哈特拉古城、尼尼微省的杜尔舍鲁金古城，以及叙利亚的巴尔米拉古城。这三座古城的历史，都已经超过了 2000 年。伊拉克境内之前保存最完整、考古最详尽的亚述古城，更是牵动着无数人的心，人们担心它也会被摧毁。

在伊拉克国家博物馆工作了十多年的考古学家迈赫迪告诉我们：“亚述现在的情况没有人知道，除了网上偶尔的一些新闻和图片之外，没有人知道亚述古城现在怎样了，因为那里是战区，没有人能去到那里，没有记者和摄影师能见到它。甚至亚述古城是否还存在，都没人知道。”

迈赫迪曾经参与了多年的亚述考古，还在那里发掘了很多文物。他给我们讲了很多关于亚述的历史和十几年前的情况。但是他说，他已经和亚述失联很久很久了，他很渴望重回那里。

博物馆有一个特别的纪念册，他们希望我们能在这里留下一些话。梁红执笔，用中文留下了我们的祝福：

伊拉克国家博物馆：

感谢你们保护了伟大的文明，但愿全世界的人们都懂得保护文化、尊重历史。愿伊拉克越来越好，愿世界和平。

向历史与文化致敬。

中国《侣行》团队：张昕宇、梁红

2. 世界上的第一座城市

虽然通过各种渠道，但我们得到的关于亚述现状的信息不多。被提及最多次的信息就是，那里是战区，现在极度危险。

我们无法贸然前往，文化部建议我们去纳西里耶。我想了想，觉得可行，那里的局势相对亚述所在的尼尼微省要好一些，那里也存在着一座历史古城：乌尔，世界上的第一座城市。我们可以先去尝试对乌尔古城进行全方位的 3D 扫描，做数字建模。

离开巴格达上路，在沙漠里跑高速的感觉很奇妙，有点儿古代侠士

■航拍到的乌尔古城，它的宏大，让我很震撼。

的感觉，黄沙茫茫的大漠里，我们驾着“大白”“小白”双骑绝尘。在路上遇到一群骆驼排队横穿高速，我们停下来让路，突然惊喜地发现驼队里有一头白骆驼。向导告诉我们，在伊拉克的传说里，遇见白骆驼的人会交好运。

“好运”！这也是我们在伊拉克最想要的。

进入纳西里耶后，武装检查站开始增多，每个检查站我们都得停下来，连人带车接受详细的检查，然后回答一些《苏菲的世界》里的那些哲学问题：你是谁、你从哪里来、你要到哪里去。

抵达穆盖伊尔，广袤的沙漠上，远远就能看见前方矗立着一座庙塔，城池四方，墙壁金黄。正前方有一座拱门，周围是那些被历史风化了但是依然可见的城邦遗迹。

站在乌尔古城的面前，我们有些兴奋。虽然这一次我们是为亚述而来，最后误见了乌尔。它是整个美索不达米亚平原上最具历史感的遗迹，也是人类史上的第一座城市。

6000 多年前，苏美尔人在这里建成这座城市，世界上最早的城市就此诞生。它承载着此前 1500 年的苏美尔文明，传承着后世 6000 年的记忆。乌尔古城包含着 7500 年的文明史。有人说，这里是人类文明的发源地。

我们眼前的那座神庙，就是乌尔古城目前保存最完好的月神庙。神庙是座长方形建筑，从下往上有点儿像金字塔，分为三级，逐级变小，顶部是一座圣殿。整个建筑都是由砖头砌成的，不知道它本来的颜色就是这样的金黄，还是千百年来的风沙掀去了它曾经的颜色，把它渲染成了沙漠的颜色。

很难想象 6000 年前人们就建成了如此雄伟壮观的建筑。在沙漠的

■ 前面蹲着的就是乌尔古城守护者达夫。

■ 我和梁红与乌尔古城合影，其实就是与历史合影。

热浪里，站在古城的遗迹之上，看着眼前的月神庙，我的脑海里真的涌现出了很多想象中的画面。

人们聚集在这里，开始搭建房屋、修筑城墙、凿荒垦田；一排排房屋立了起来，一条条街道开始出现，一片片田地在结出粮食。一座王宫盖了起来，一座城邦的规模具备了，一个国家的雏形也在这里诞生。

幼发拉底河改道，六天六夜的狂风暴雨，让这座城市湮没在了历史的洪流里。直到 18 世纪，欧洲一些考古学家的到来，才让乌尔城重见天日，苏美尔文明才露出它的痕迹。

乌尔古城是幸运的，过去的 150 年里，这片平原之上发生了无数次战争。德国人、英国人、美国人先后来到了这里，但是他们都没有破坏它。

2003 年伊拉克战争期间，美军对伊拉克全境进行空袭的时候，有三枚炸弹落在了这里，对遗迹造成了一定程度的破坏。“幸运的是，当美军地面部队到达的时候，他们没有把军车开进来。当看见他们的时候，我很害怕，担心他们会破坏这里。但是他们下车了，是走着过来的，我就放心了。”古城的守护者达夫说。

达夫老爷子是我们在乌尔古城见到的第一个人，他是古城唯一的守护者。前几年美军还留了一个小队在这里担任守护任务，美军撤离伊拉克之后，达夫又成了那个孤独的古城守望者。

“我们家世世代代都生活在这里。”达夫和我、梁红三人坐在月神庙的墙根聊了起来，“我父亲一辈子的工作就是守护古城，我也是，在这里守了大半辈子，以后我死了，我的儿子也会接替我的工作。如果有人想破坏古城，就必须从我的尸体上跨过去。”

一个身体看上去有些虚弱的老者，特别硬气地说出这番话，让人由衷地佩服。

或许古城对于达夫，对于他的家族而言，比历史文明的传承更重要的意义，是家族使命的传承。他们世代生活在这里，也将世代守护着这里。

3. 永恒的乌尔

这次西行，我们拖车里最重要的设备有两件：一件是在巴米扬光影还原大佛的投影仪；一件是准备扫描亚述和乌尔古城的高精度 3D 三维扫描仪。

在阿富汗，我们想让世人再看大佛一眼。在伊拉克，我们希望留存这些古迹的数据，如果它们在战争里倒下了，希望人们将来还能再见到它们。

在沙漠里架起设备，我们要用扫描仪全方位地扫描古城的月神庙，把所有的建筑点记录下来，形成点云，再在电脑上数据建模，形成三维立体图像，让世人在网络上就能看到乌尔古城的全貌。如果它不幸被毁了，这些数据将来也可以帮助重建。

我们的水平尺在进入纳西里耶的时候被没收了，在沙漠里校准平衡很困难，而且全方位、各个面、各个角都要进行详细的扫描，我们不能遗漏一个阴影、一个拐角，所以扫描工作进行得很慢。

除此之外，当时的实地温度接近 60℃，机器不停地发出高温警报，我们时不时地得停下来，把机器拿到车里，开空调降温。

天完全黑下来的时候，沙漠里阵阵热浪来袭，扑在脸上滚烫滚烫的。随行的迈赫迪告诉我们，这个时候沙漠里起热浪说明沙尘暴要来了，我们还是先撤离，明天再来继续吧。我们无奈只好收拾装备离开。

回城的时候，我们被扣留在了一个检查站，例行检查后就晾在那儿不管了，不放行也不说明原因。这就让人很忐忑了，一顿瞎琢磨到底出什么事儿了，是城里出事儿了，还是我们有事儿了。

猜得云里雾里的时候，一阵警笛呜咽，来了一溜的警车，堵在了我们的后面，领头的车下来一个军官，走过来跟我握手，说明情况：纳西里耶政府知道我们这个中国团队来了，他们派了大批的警察过来保护我们，保证我们在纳西里耶的安全和乌尔古城扫描任务的成功。

那会儿我惊得不知道说什么好了，只是一个劲儿地说“谢谢、谢谢”。

警车开路，我们第二天出城顺畅了很多，过各个检查站时都是跟着警车从快速通道呼啸而过，那安全感甭提了。

回到乌尔古城，达夫在那里等着我们。昨夜沙尘暴过后的狂风，像把这里洗刷了一遍，空气涤净了，古城上的灰尘也拂去了。

我们开始继续昨天的扫描工作，我也得以有一个更特殊的角度来细细地观察古城的纹理、细节。它是 6000 年前的人们智慧和劳力的结晶，是 6000 年前的人类文明的见证和明证，6000 年的风云变幻都没能让它倒下，如今它依然屹立在美索不达米亚平原之上。每一块墙砖，每一块瓦砾，感觉都饱含了风霜，饱含了岁月的痕迹。

经过 8 个小时的全方位扫描，人和机器都经受住了高温的炙烤，在扫描仪宕机之前，我们终于完成了所有的工作。

“We made it。”我最喜欢的一句台词，在巴米扬山谷我说过，在乌尔古城前我情不自禁地又说了一遍。迈赫迪、达夫、来协助安保的酒店工作人员都凑了过来，看着电脑屏幕上生成的立体三维图像，鼓掌、欢呼。

“够热的，好歹是完成了。我请大伙儿喝矿泉水。”

远处的夕阳快没入沙漠的尽头，古城在余晖下只剩下模糊的影子。

它已经在这里存在了6000年，希望无论是能够侵蚀万物的时间，还是能摧毁一切的战争，都不要染指这里，让乌尔古城能够一直矗立下去。

4. 巴比伦的骄傲

离开乌尔，我们的前方是巴比伦古城的遗址。

从小，各种课外读物和历史课本上都提到了巴比伦空中花园。近前了，我想去看看两河流域的诸多文明里，曾经最强盛的巴比伦文明的遗迹。

巴比伦古城其实是一座“城上城”。最早定居在这里的巴比伦人，将两河流域之间的这片沼泽地开垦成为肥沃的农田，并在这里建立家园，逐渐形成国家，发展出人类史上最早的文明：古巴比伦文明。

到了公元前8世纪，他们被北边的亚述帝国吞并，古巴比伦的版图就此从地图上被抹去。大约200年后，生活在古巴比伦地区的迦勒底人联合米提亚人，攻进了亚述首都尼尼微，结束了亚述文明。随后他们在古巴比伦城的土地上，建立了一个新的国家，为了和历史上的那个巴比伦王国区分开来，后人称之为新巴比伦。

我们现在要去的，就是这个新巴比伦王国的遗址。这座古城也是整个两河流域存在过的文明里最为庞大和强盛的存在。他们曾经征服过叙利亚、巴勒斯坦、耶路撒冷，灭掉了犹太王国，让周围的各个城邦和民族，都沦为了“巴比伦之囚”。

但是这个强盛的王国，以及这座曾被认为永远不可能被攻破的巴比伦城，只存在了88年，就被逐渐崛起的波斯王国给攻陷了。一度繁荣

■ 航拍巴比伦古城，更能感受到它的宏伟与雄壮。

■ 历史已远去，唯有汉漠拉比王依旧孤独守望。

到鼎盛的巴比伦文明，从此彻底成为历史。

在古巴比伦王国的土地上，我们见到的第一个建筑，就是一座巨大的汉谟拉比王雕像。他因为颁布了史上第一部法典而永存人类史。雕像孤单地站在荒原里，迎接着我们的到来。

进入古城遗址，所有人一下子都安静了下来，屏息凝神。这次倒不是因为紧张，而是这座古城实在太过雄伟壮观，已经过了 2600 年，它依然有着强大的气场，让今人到达这里后，会不自觉地肃然起敬。

仍然高耸、威严的城墙，森然矗立的宫殿，一眼看不见尽头的马车通道，井然有序的房屋建筑……壁画和图文刻录显得神秘而神圣，威严的石狮扑倒了敌人，在城门处守卫了千年。

一面墙壁上刻着彩色的世界地图，这应该是史上第一幅世界地图：中间的大陆是巴比伦王国，幼发拉底河从中流过；外围全部是海洋，海洋之外是别的国家。彼时在他们心里，巴比伦就是世界的中心。

这座古城虽然只是 2000 年前的巴比伦王国的缩影，但对于现在的我们来说，依然过分庞大，复杂繁多的建筑群，让我们无法全方位对其完成 3D 扫描，只能退而用 4K 摄影机将它的全景拍摄下来。

巴比伦古城里还有一位工作人员：讲解员法鲁先生。他见到我们很高兴，因为这里很少有人来。作为世界上最早文明的遗迹，这里曾是全世界游客都向往的地方，但是战争爆发后，就极少有人来了。

法鲁先生于 1980 年留学英国，拿到了威尔士大学的奖学金，本该有着光明的前途。随后“两伊战争”爆发了，他回国应征入伍，并且在战争中不幸头部负伤。“战争让我失去了人生的机会。”

“和伊朗的战争结束后，我退伍来到了巴比伦。30 年里我一直在这儿，我爱巴比伦，虽然没有多少人来，但是我就等在这儿，我想向每一个来

■ 巴比伦古城遗迹，已经被铁栏杆保护起来了。

■ 巴比伦古城的壁画虽已经历千年风雨洗礼，但人物形象依旧栩栩如生。

■ 法鲁先生是巴比伦古城唯一的讲解员，
与他交流仿佛在与历史对话。

到这儿的人介绍、讲解巴比伦的历史。”

“我们的国家这些年一直很乱，但是我为我们曾经的文明和历史而骄傲。我老了，不能再上前线去保卫国家了，在这里守护着巴比伦，向世人介绍巴比伦也是我的荣耀。”法鲁说得自豪而动情。

5. 辛贾尔难民营

我们下一个目的地，是伊拉克北部的埃尔比勒。那里离我们想去的亚述古城所在地尼尼微省比较近，虽然也有些区域被裹挟进了战区，但是大部分地区还在政府军控制下。

凌晨 3 点出发，为什么选这个时间点？路上相对安全点儿。其实这次出行我们的安保保障相当给力，因为伊拉克政府派了总统卫队的两个连来协助。伊拉克政府真的时时刻刻在给我们受宠若惊的惊喜，在纳西里耶是警车护卫，这一次总统卫队都来了。

埃尔比勒是伊拉克当值总统的故乡，他很愿意我们去他的家乡看看，但是那里临近战区，所以他就动用了总统卫队来支援我们这次的行程。

虽然有总统卫队随行，但是离战区太近了。这是一次急行军，路上我们的车速非常快，时速必须得在 100 千米以上，才能躲避 RPG 的瞄准袭击。

路特别不好走，我们的安保车抛锚在路上了，得拖着前进。路上的风光再也没有奔驰在沙漠里的那种瑰奇，路旁时不时地可见一些战场工事和废弃的村落、被炸毁的房屋、被丢弃的车辆。这条高速此前还控制在极端恐怖组织手里，三个月前才被夺回来。有几个工事特别的触目惊心：钢制的外墙被子弹打成了筛子，有一座底部还有个大窟窿，那是RPG留下的。可以想象当时隐蔽在工事后的战士，死得有多么惨烈。

有一段路，我们还听见了密集的爆炸声。向导指了指我们的左手边，说就在那个方位的2千米外，正进行着拉锯战。那一刻，我们离生死战场就只有2千米。

到了一个军事检查站，车队停了下来。再往前就是安全区了，总统卫队的大部队需要回巴格达执行别的任务，给我们留下了两台车和6个人。检查站的另外一边，埃尔比勒的特种部队在等着我们，他们将负责我们后面的安保。

那个现场特别穿越，在离军事前线不远的地方，我们在总统卫队的护送下抵达，然后被“移交”给特种部队，这一切看起来都像是电影里的场景。

过关之后环境祥和了许多，青山绿水，村落和房屋也有了人烟。几个小时的跋涉之后，我们到了一块山地，山脊上的平坦地带，散布着成千上万的帐篷。这里就是现在伊拉克境内最大的难民营：艾桑难民营（Esyan Camp）。

这里还有个称呼，辛贾尔难民营。因为目前居住在这里的人，绝大多数曾经都是生活在辛贾尔山区的居民，大半年前那里被极端恐怖组织攻陷，并进行了惨绝人寰的种族屠杀。男人全部被杀掉，女人被带走，进行凌辱和贩卖。

他们是逃出来的幸存者。“离开的时候，整个山谷里都是我们族人的尸体，到处都在淌血，空气里全是尸体腐烂的气味。”

艾桑是伊拉克政府设立的临时安置难民营，这里有个管理处。我们从那里了解到，这儿扎着3003顶帐篷，住着2588个家庭，其中有7846

■ 被派来保护我们的总统卫队，全副武装，让我们的团队安心不少。

■ 总统卫队战士很热情，他们对保护我们的安危充满了信心。

名男性，7469 名女性，还有 56 名孤儿。这些人绝大多数来自辛贾尔山区，还有一部分人来自摩苏尔边界处。这里居住着库尔德人、雅兹迪人、阿拉伯人。

因为是政府设立的，这里的物资和药品储备都比较充足。从这些方面看，它不像是个传统意义上的难民营，更像是一个社区。只是这个社区里没有房屋建筑，只有帐篷。

我们走进了几户家庭，想要听听他们的故事。不承想接下来的几个小时，我们听到的，几乎是这一路走来最为悲惨的各种故事。

第一户是个雅兹迪家庭，接受采访前户主要求我们对采访镜头做一些处理，因为他们家的遭遇在雅兹迪族群里，是不可接受的丑事。原来，他的两个女儿，在被极端恐怖组织掳走后，遭受了长期的强奸和轮奸。这是一个很荒唐的情形，受害者遭受了非人的对待，然后还在族人那里成了丢脸的"丑事"。

这位父亲提起那些不堪的过往，情绪有些波动。他一边擦着眼泪一边激动地说："他们抢走了我家里的所有东西，最后还抢走了我的女儿们，抢走了我的所有尊严和希望。我可怜的女儿们和几千个雅兹迪少女，每天都在遭受着强奸和残害。"

他的大女儿就在旁边，今年 17 岁，特别漂亮，眼睛大大的，笑起来很好看。面对我们的镜头，她没有犹豫，决定勇敢地讲出自己的遭遇。在她这个年龄，在他们族人的教义禁锢下，这真的很需要勇气。

"当时被掳走后，我们也不知道会被带去哪，将会被怎么对待。后来我们被关在了一个地方，大概有 500 个女人和少女。"她平静地回忆着，没有她父亲那般激动。

"几乎我们每个人都遭受了强奸和轮奸，这种事情每天都在发生，

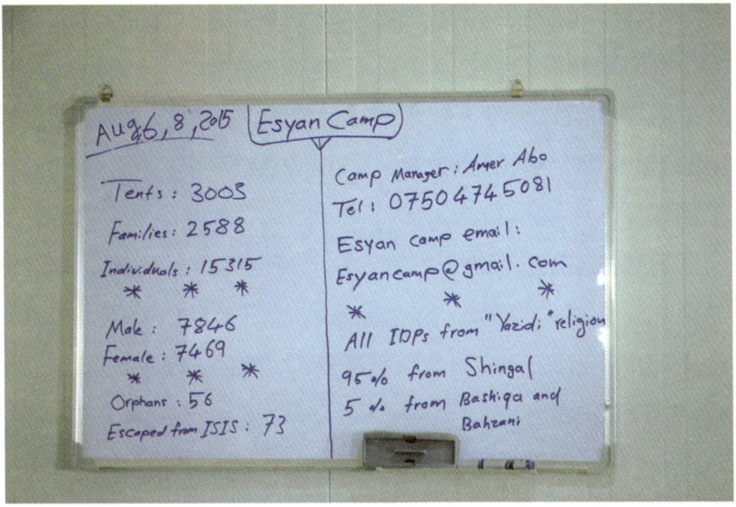

■ 悬挂在辛贾尔难民营墙壁上的白板。

到后来我们甚至都失去了反抗的能力。然后我们随时可能被扔到营地的市场上面，像蔬菜一样被人买来卖去。

“这样的事情持续了 8 个月，整整 8 个月，从来没有间断过，包括生病时和生理期。我们没法逃避，甚至连自杀都不可能，因为死了就卖不出钱了。

“我想要逃出去，哪怕死在路上都行，我在那里生不如死，却连死都不可以。有一次，我和一个女伴用身体吸引了负责守门看住我们的小兵——他们平时是没有资格参与强奸和人口买卖的。然后我们找了个机会，跑了出来。

“我们跑了很久，没有鞋子，光着脚在山上跑。当时我的心里就一个念头，无论如何都不能被抓回去，哪怕被他们开枪打死都行，我不能再回到那个地狱里。”

然后，她遇到了政府军，被安排到了这里，还在这里找到了父亲和其他家人。我们看到她的脚跟，起着厚厚的茧子，可以想象当时她光着脚跑了多远、多难走的路。她活着逃离了魔窟，可她的妹妹依然生死未卜。

一边的父亲低着头听完女儿的讲述，再次失声痛哭起来。他有句话让我特别地动容，跟着眼角发酸：“我人生中最幸福的时光，就是她们姐妹俩还小，一边一个爬在我的腿上，我给她们讲故事的时候。”

■ 辛贾尔难民营的父女，他们似乎没有其他奢求，只希望能够活下来。

6. 恶魔在人间

第二顶帐篷里，住着一个老太太、一个妇女和三个孩子。

三个孩子一脸天真浪漫，似乎不知道在自己身上、在自己家庭的其他人身上发生了什么，只是好奇地看着我们。那个老太太向我们讲述了他们的遭遇。

极端恐怖组织攻进他们村庄的时候，把所有人都抓了，聚在一起，然后当场杀掉了所有的男人。她和家里的12个女性，亲眼目睹了这一切。随后她们被关进了“集中营”里，每天等待她们的，就是无穷无尽的强奸凌辱和来回的被买卖。

无论老幼他们都不放过，包括她年仅7岁的孙女，也被性侵和买卖数次。“我可怜的孩子，她才7岁而已，就遭受了这样的对待。现在她每隔两三天就会精神崩溃，突然地哭闹，或者昏厥。”

那个孩子当时就在旁边，特别可爱的一个小姑娘，皮肤特别白，圆嘟嘟的脸上嵌着两只大眼睛，褐色的头发扎了个小辫儿。真的，我不知道需要怎样的想象力，要用什么样的形容词，才能描述出那些恶魔对这样的孩子下手的画面。

“我们逃了出来，家里现在就剩下我们几个人了。没有男人，其他的女性家属也不知道怎样了，不知道被卖到哪里去了，也不知道是否还活着。”

旁边的那个妇女，从我们进来的时候就一直低头掩面在哭，我们试图和她聊一聊，她却根本开不了口，不住地抹眼泪，有时候甚至悲恸得抽搐。过去的悲痛经历，有的化作了一些人坚强活下去的力量，有的是一些人心里一直在不断流血的伤疤。

后来，通过别人的讲述，我们知道了她的经历。她的丈夫此前是摩苏尔的警察，城镇沦陷后丈夫被斩杀后分尸了。当时她哭着抱着孩子，去找丈夫的尸体，一块肉一块肉地捡，也没有捡全，凑成一堆给下葬了。

面对这样的故事，我和梁红都失语了，不知道该说什么，不知道如何去安慰，甚至不知道怎样去递上一块手帕让她擦拭眼泪。他们经历的这些事情，我们的脑海里甚至都未能想象出这些画面，这是电影、电视剧都不曾编撰、描述过的惨状。

“家里什么都没了，连能证明这些孩子身份的东西都没了。没有人愿意接受我们，也没有组织愿意帮助我们。”老太太最后对我们说，“希望你们能够帮我们，把我们的遭遇说出去，让外面的人知道，希望国际社会能够对我们有些关注，提供一些帮助。我们还有很多家人依然下落不明，生死未卜。”

我默默地点头，这或许也是我唯一能做的了。

整个下午，我们去了几个帐篷，听了很多不一样但是同样悲惨的故事。

“我的妻子和我的女儿，被他们掳走之后卖掉了。”

“他们当着我的面，砍掉了我丈夫的脑袋。”

“在我两个孩子的面前，他们轮奸了我。”

“即使我们逃了出来，我们还活着，但是我们依然不安全。几百年来我们雅兹迪人，已经被种族屠杀了 70 多次。”

……

整个下午，面对这些人，听着他们的故事，我真的一句话都说不出来，甚至不知道用什么表情来面对他们。

我们只能去到那里，走进他们的帐篷，听他们的故事，然后拍拍他们的肩膀。我们什么也做不了，这种无力感比我在阿富汗的时候更加强烈。这个世界到底怎么了？恶魔在人间，地狱空荡荡。

这不是我认知里的世界，这里还发生着很多超越我们想象力的事情，发生着根本就不该属于这个时代的事情。万恶的战争，万恶的刽子手们，他们摧毁了国家、城市、家庭，还毁灭了生命、健康以及人心，还有尊严和希望。

马丁·路德·金有句名言："黑暗无法穿透黑暗，只有光明才可以。"这么多年了，属于阿富汗、属于伊拉克、属于叙利亚、属于利比亚等战乱国家的光明，何时才能照射到这里？

7. 远眺亚述

那是有生以来，我最挣扎的四个小时。

来伊拉克之前，对这个国家我最大的目标就是完成对亚述古城的 3D 三维扫描建模；来了之后的各种讯号，都告诉我们亚述古城所在地极度危险，尼尼微省现在是极端恐怖组织占领区。

这意味着如果要去亚述，我们得"深入敌后"。我太想去完成这个任务了，不停地在给自己找自信的理由。我们冲出过罗布泊，我们冲进过伊斯兰堡，我们在贾拉拉巴德走了个来回，我们还冲出了白沙瓦，冲出了喀布尔，也冲进了巴格达，冲进过纳西里耶。这一次我们会不会延续幸运，成功地冲进亚述？

那晚在酒店，我向团队里的所有人都说明了亚述现在的局势："敌占区"、局势不明，没有安保保障，如果进入，生死难料。但是我还是要去，大伙儿可以自己选择去或者不去。不强求，全凭自愿。

让我意想不到的是，所有人都举手了。“一起来，一起走，共进退。”

那一刻我特别地感动，但也反而让我犹豫了。我和梁红去亚述，是为了完成我们的一个梦想；这些年轻人此刻的坚决，可能夹杂着对我们的信任、对去战区冒险的那种刺激的向往等等情绪。

“去亚述没有安保，伊拉克第七战区的司令官也特别正式地告知了我，那里是极端恐怖组织的完全占领区，有多凶险他们自己都不知道，政府军都打不进去。”我如实陈述，“他希望我们能等一等，他向我承诺，一旦摩苏尔战役发起，总攻开始了，他就会联系我们，和我们一起去尼尼微省，一起去亚述，完成对亚述古城的 3D 扫描计划。”

我顿了顿：“看现在的战场局势，我很担心亚述撑不到那个时候，甚至它可能已经被毁了，所以我等不了，我想这一次就去看看。”

依然没有人缩回自己的手。

“那这次我们务求速战速决，快去快回。所以我们轻装简行，不用全员都去了，我和梁红，再加两个人就可以完成对亚述的扫描。”

依然没有人愿意缺席。“那好吧，咱们抽签吧。”

那夜在酒店里的那个场面，我至今仍觉得特别感动。那可能是一场生死抽签，我们有极大的概率去而不返，身死他乡。这样的情势下，依然没人往后退一步，坚持同行。

几个小纸球被扔在了桌上，没有人谦让，纷纷上前各抓了一个。方鹏、夏特、小权，他们仨抽到了写着“亚述”的签。

抽完后房间里依然出奇地安静，没有抽中或者没中的喜悦或遗憾，几个留守的，用力地和他们仨握了握手。

我也没多说什么，出行在即，我去渲染危险的局势或者“风萧萧兮易水寒”的悲壮都没有意义，反而会给这些年轻人造成不必要的心理负担。“那就都回去抓紧休息，凌晨 3 点我叫你们，咱们出发。”

房间里只剩下了我和梁红。她问：“老张，你真的想清楚了？”

我点头：“咱们准备中东线路的时候，就特别划了咱俩最感兴趣的亚述，现在到眼跟前了，咱不能放弃。”

“做计划的时候，伊拉克还没这么乱，亚述还是和平区域。现在情况不一样了，我建议你再考虑考虑。”梁红说，“但是只要你真的想清楚了，你决定了，不管情况怎样，我都陪你去。”

我看了一眼这个女人，我没法形容自己的深情了。从认识到现在，32 年了；从 2008 年开始“侣行”计划到现在，也已经第 7 个年头了，她陪着我走了太多危险和艰难的路，在索马里第一次面对那么乱的局势；在奥伊米亚康和我去挑战极限低温下的露营；在马鲁姆火山上的生死相随；在去南极的路上晕船到休克还依然坚持着，在我情绪崩溃的时刻甚至还要来安慰我……再到这次西行的一路，对于女人而言，她的不便和危险大过我们所有人……所有的时刻，我情绪激动的时刻，是她在帮我抚平；我情绪低落的时刻，是她在帮我重拾信心……

我没对她说过什么情话，她说的那几句话，却是我的世界里最温暖、最美的情话。“老张如果出事儿了，我也跳下去陪他”“老张去哪儿，我就去哪儿”“他在旁边我就安心”，还有刚刚的这一句“你决定了，不管情况怎样，我都陪你去”。

怕她看见我红了的眼眶，我赶紧关了灯。我伸手摸了摸梁红的头：“睡吧，丫头！”

8. 图瓦萨的邂逅

凌晨 3 点我没有叫醒他们，让所有人都睡到了天亮。

辗转反侧了半夜，“冲进亚述”和“绕道前行”两个小人儿，也在我脑海里搏斗了半宿。我是个凡事认定了就一定要去做的人，在此前的都市生活和工作上，在这么些年的“侣行”路上，我都没放弃过的先例。

最接近放弃的一次，是 2014 年我们开帆船去南极的途中，船员相继病倒，梁红晕船呕吐到休克，我自己的意志力也临近了崩溃点。那一次我在船上失声痛哭，开始自责带着朋友和爱人来受罪，开始痛恨自己并没有强大到可以劈波斩浪的地步。那一次，我动了放弃的心思。

怀里病恹恹的梁红挤出了笑容，她在那个状况、那种情势之下，反过来安慰和鼓励我，我才和大家一起坚持了下来，成功抵达南极长城站。

今年的路上，各种凶险状况频发，我也从来没有一丝的动摇，然而在这个关口，在这个夜晚，我终于还是动摇了。

我总说，“侣行”可以是探险，但绝不是冒险。此刻亚述局势的变化，我再坚持前往就是冒险了。每一次行程，每一次出发，我都做足了准备，我从不是个莽夫。我是船长、是队长，我需要对每个人的安全和生命负责。有些事情可能真的只是我的个人梦想，而不是所有人的梦想。有些事情可能值得我去押上个人性命，但是不一定值得别人也跟着赴汤蹈火。

抛开我自己，跟着我的这些孩子还有在国内记挂着、关心着他们的家人，我不敢去想象我们这些人在伊拉克的土地上从此杳无音讯，或者国内的人在新闻上看到一条讣告的情形。还有我身边的这个人，梁红，她愿意陪我去闯天涯，我却不能带着她去做一对听起来很美的殒命鸳鸯。我还想和她一起去看更多地方的风景。

“不去亚述了。”我小声在梁红的耳边说，“不能闹出人命。”

她也没有睡着，只是轻轻地说：“好，快睡吧。”

“换地方，咱们去叙利亚。”第二天所有人都聚在了我的房间，我通知了这条消息。所有人都很默契，没有人追问昨晚后来发生了什么。

大伙儿各自忙了起来，我对梁红说：“等局势好点儿了，以后我们一定要回来，把亚述补上。”

梁红笑着点了点头：“一定。”

我把 3D 扫描仪捐给了伊拉克文化部，乌尔古城的扫描数据和三维建模捐给了美国数字方舟——他们是一家致力于建设世界文化遗产网络博物馆的公司。我们和数字方舟的创始人本·卡西拉（Ben Kacyra）先生视频通话的时候，他特别激动，如是对我说：

“世界正在不断地被破坏，很多的历史文化遗产都在消失。你们的行为真让人震惊和敬佩，我特别地敬重你们。你们这样走出去，为世界做一些事情，是在为我们的孩子和子孙后代留下历史和世界记忆，让他们将来在网络上还能看见那些璀璨的文明遗迹。这是你帮我们所有人留给后代的遗产。”

我们在回巴格达的路上，经过了一个特别的地方：图瓦萨。

在 2003 年前后，这个地方在新闻里出现的频率很高，但是又逐渐被人忘却了。世人都知道切尔诺贝利，却没多少人知道图瓦萨。在萨达姆时期，这里曾被称为“伊拉克的国宝”“伊拉克核希望的未来”。或许正是因为这里的存在，才诱发了十多年前的那场战争吧。

没错，图瓦萨是伊拉克的核基地。这里也曾经差一点儿变成了第二个切尔诺贝利，将周围的方圆千里变成焦土和鬼城。2003 年，以美国为首及其盟国组成的所谓的“联合国军”对图瓦萨的核设施进行了密集

我将 3D 扫描仪捐给了伊拉克文化部，这是我们留给伊拉克国家博物馆以及这个国家的祝福。

的轰炸。如果当时的袭击引起核反应堆爆炸，这里发生的故事将和1986在苏联发生的故事一样。切尔诺贝利的一声巨响，对乌克兰、白俄罗斯以及北欧诸国造成了不可磨灭的影响，大片土地成为无人区，数百万人被核辐射荼毒。

避免这场人类浩劫的，就是仍坚守在图瓦萨的这些人。

伊德玛博士是这儿的领导，当时正是他带着大伙儿，在空袭的炮火下冲出了避难所。空中的轰炸已经破坏了核电站的安全壳。伊德玛博士和同事们冒着炮火，用吊机将核燃料棒一根一根地吊出来，避免其在轰炸中引爆；然后将这些危险的燃料棒储存在桶中，再用水泥浇筑，埋入地下。

他们当时的这番大无畏举动，拯救了至少数百万人。这样的一群人，称之为英雄毫不为过。

ON THE ROAD

第十章

PART 10

叙利亚：被战争毁灭的天堂

1. 越境叙利亚

放弃了去亚述的计划后，车队改道，前往扎胡：伊拉克、叙利亚、土耳其三国交界的地方。我们将从这里出境，进入叙利亚。

接下来的路，没有警车开道，没有总统卫队护送，也没有特种部队保驾了，只剩下我们和安保团队。

在伊拉克和叙利亚常年的战乱之下，这里已经没有了边境的概念。没有海关，没有哨岗，我们沿着一条大路开出了伊拉克，进入了叙利亚。那座边境城市叫作科巴尼，过去的 5 年里一直是前线的一个主战场，大概一个月前才被政府军从极端恐怖组织手里收复。

路上安静得出奇，没有过往的车辆和行人，没有人类生活的痕迹，一些废弃的户外工程和油田在默默地等待着，路旁躺着一具半腐烂的骆驼尸体。

进入城市——这根本就算不上是一个城市。满目疮痍，整个科巴尼没有一栋完整的建筑，看不见玻璃，看不见炊烟，看不见招牌，甚至看不见天空有鸟儿飞过。全城只有两种颜色：废墟的土灰色和侥幸逃过炸弹的树叶绿。

我们走过的每一座城市，都有被战争破坏的痕迹，但是没有哪一个地方像科巴尼一样被破坏得如此彻底。它不像是原子弹爆炸后被夷为平地的广岛，而是被炮火一寸一寸地推过去，伤痕累累，体无完肤。

■ 战后的科巴尼如废墟一般，唯有他们的旗帜迎风飘扬。

战争已经持续了很多年，科巴尼就像是这次风暴的风眼，4 年来，它沦陷、被收复、再沦陷、被复夺……在这个城市上发生了无数次拉锯战。每一寸土地都沁过血，每一块砖头都挨过子弹。

地处叙利亚和土耳其边境的科巴尼，在极端恐怖组织眼里是一块战略重地。只要拿下了科巴尼，他们就能把已经占领的叙利亚阿勒颇省和拉卡省的战线连接起来，就此控制大半个土、叙边境。

极端恐怖组织对科巴尼志在必得。他们切断了这里的水、电、燃料和各种物资供应线，然后用装甲车、坦克、火箭弹等对科巴尼进行了一轮又一轮的攻击。

然而据守在科巴尼的库族武装，拿着 30 多年前的老旧苏式武器，与极端恐怖组织进行了殊死搏斗。这座只有 5 万人的小城，很多人成了难民，留下的都站了出来用生命来抵抗侵略。双方寸土必争、来回拉锯，直到城市完全变成焦土，极端恐怖组织也没能如愿拿下科巴尼。

科巴尼保卫战，也被称为“叙利亚的斯大林格勒战役”。

2. 科巴尼的颜色

我们在科巴尼走的每一步，所闻、所见的每一样东西，都在向人诉说着这里曾经发生的残酷往事。下车推开车门，眼前就是一枚巨大的喀秋莎火箭弹，一半轰入了半截已毁的墙壁里。

走在路上“噼里啪啦”，脚下的碎砖块里，密密麻麻地混着各种口径的子弹壳、弹片。这个城市如果不被重建，一定是一个战后的战场博览馆。硕大的火箭弹、航空弹、自制炸弹遍地都是，反坦克导弹、高射炮弹、各种军车的零部件随处可见。被烧到熔化变形又凝固的枪支，像纸片一样被撕碎的悍马，只剩下龙骨的 T55 坦克……

要多猛的火力，才能把这些重型战争机器毁坏成这样啊！

一栋垮塌了一半的大楼，是科巴尼的临时政府办公室，驻派来组织城市重建的工作人员在这儿上班。从外面看是危房，进去之后你一定会怀疑它随时可能塌掉。墙壁和天花板已经严重变形，唯一的一间办公室里摆了个长桌子和几把凳子，这就是他们全部的办公用品，我甚至没有看见电灯。办公室还有一半的空间，堆放着还没来得及清理的砖石块。对了，办公室的窗户空洞洞的，没有窗框，没有玻璃。

过道里和大街上一样，走几步都能踢到弹壳和迫击炮的弹片，“叮叮当当”作响。

不远处一栋废弃的建筑，是科巴尼中学。如同城市里的其他建筑一样，这里所有的玻璃都被炸碎了，稍好一点的是它还没有垮塌。我在一个布满灰尘的课桌前坐下，想象着这里曾发生的事情。

在脑海里清扫完灰尘，重新装上玻璃，仿佛时光穿越了：我当时就坐在这间教室里，坐在孩子们中间。黑板上的粉笔字还没有擦去，教具和地图都仍挂在墙上，墙角里摆着孩子们的玩偶。然后炸弹响了，防空警报响了，哭喊声和机枪的扫射声，夹杂着人们惊慌逃窜的脚步声，一切似乎都在眼前，在耳边。

在学校外边，我们遇到了两个小孩子。他们给我们唱了一首歌——《科巴尼之歌》：

科巴尼的颜色

今天成了悲伤

■ 没有爆炸的喀秋莎火箭弹，让人心有余悸。

■ 科巴尼的临时政府办公室，就在废墟上将要坍塌的楼房里面。

科巴尼的颜色
她的心被打碎了
眼泪抑制不住流下来
我们感受到了你的痛

唱完他们都摆出了一个剪刀手“V”的手势。

两个孩子一个 10 岁，一个 11 岁，都浓眉大眼的，挺帅气，身上都套着布满尘土的衣服。不知道他们是否懂得父母教的这首悲伤的歌的意思。

两个孩子并不害怕我们这些外国人，笑着向我们介绍这里曾经的样子。

年长的那个孩子告诉我们，他的爸爸妈妈是城里负责清理尸体的，每天就开着一辆皮卡，在城市的各个废墟里找寻尸体，然后运上车送去集中埋葬点。

梁红问他们害怕吗，两个孩子异口同声：“不害怕，因为这里是我们的家。”

他们又摆出了一个剪刀手的手势，然后唱着歌跑进了废墟里；我远远看见他们捡起了一颗未爆弹，他们不知道那东西有多危险，只知道在这个废墟一样的城市里，那是他们唯一可以找到的玩具。

我们去了遇难者墓地，所有的安保队员在一个简易的坟前列队站立，肃穆许久，然后鞠躬敬礼。那是我们的一个安保队员的弟弟的坟墓，他也是一个士兵，在一年前的科巴尼保卫战中牺牲。

小伙子站在那里久久地看着那个小小的土包，紧紧地锁着眉头，闭着嘴巴，似乎是在强忍住眼泪。我只能上前拍了拍他的肩膀，不知怎么安慰，也不忍打扰他。或许此刻他想起的，都是小时候和弟弟一起玩耍的时光。

过了一会儿，他弯腰伸手从坟包上抓了一把土，用一个袋子包了起来，塞进了口袋。他说要把弟弟带回家，给妈妈看看。

或许因为当时的局势太紧张，遇难的人太多，所以墓地修建得特别简陋，葬坑挖得不算深，腐烂的味道一直弥漫在空气里。

3. 墓地的糖果

墓园外不远处的一块空地上，有几个人坐在那里。一个大婶，还有几个孩子。

我们上前去看，我们的向导兼翻译认识她。那个大婶在修缮两座坟墓，“这个是我儿子的，这个是儿媳妇的，”大婶告诉我们，“他们结婚才一个月，这么年轻，就都死了。”

就在眼前这一小块地方，埋葬着大婶的四个家人。

“那天我们一家人在家里准备晚饭，儿子和儿媳妇还在聊着想去大马士革度蜜月，然后就有人敲门，自称是民兵。我们就打开了门，迎来的却是一阵机枪扫射。他们是极端恐怖分子，穿了民兵的衣服进城来滥杀无辜。”

本来沉浸在幸福喜悦里的一家人，当场死了四个，还有好几个再也无法站起来。大婶边陈述着这一切，边流眼泪。墓地里的风将她的泪吹干，她眼里很快又流下新的两行。

大婶抹了抹眼睛，挤出笑容，把供在坟前的一包糖果拆开，一颗颗

■ 无以安慰，只有一个深深的拥抱！

地分给在场的每一个人。大婶说："你们一定要吃这个糖。"这是叙利亚的风俗，也是她唯一能送给这些远方来的人的礼物。

大伙儿安静地接过，包括那几个小孩儿，一边剥糖纸一边擦眼泪，年轻的向导小伙子则把脸转了过去。梁红早已哭得抽搐了，大婶剥开一颗糖果递给她，她接过塞进了嘴里，再也忍不住了，上前抱住了大婶。

反倒是大婶，一边流着泪，一边笑着拍着梁红的背，来安慰她。

大婶站起来，和每一个人拥抱。没有人再说话，傍晚的山岗之上，风吹得越来越大，大伙儿的眼泪很快就被风干。我们起身离开，背后的大婶继续在坟头忙了起来。希望逝者在另外一个世界感受到生者的眷恋，希望生者能够坚强地活下去。

深入城市的街道，我们惊喜地发现废墟里还生活着许多人，甚至发现一间临街、垮塌了一半的店铺已经开业了，卖包子和摊饼。一个中年男人坐在一片垮塌的废墟旁，他就生活在那里；那是他曾经的家，现在只剩下左右两面墙了，头顶是斜垮着遮住太阳的大石板。

我过去和他聊了起来。战争爆发后他成了难民，逃到了外地，五个月前他回来了，家里的人都死了，只剩下他一个人，房子也没了，只剩下这两面墙。

"那你为什么要从安全的地方跑回来呢？"

"因为这儿是我的家啊，虽然被破坏了，但是只要人在这儿，就一定能被重建起来。"

周围聚集的人越来越多，他们都从各种废墟的阴影里钻了出来。原来已经有这么多人回来了，他们在未完全垮塌的房屋里重新开始了生活，哪怕房子随时可能会塌，哪怕废墟里还散落着许多危险的未爆弹。

战争让他们成了难民，背井离乡。战争尚未结束，他们就纷纷从远

■战斗暂时结束了，孩子们回到了科巴尼，
至于他们的未来，一切都是未知数。

■ 坚守在废墟中的科巴尼人，他们相信只要自己还在，家园就在。

■ 开在废墟中的蔬菜商店，他们面对我们镜头的手势，也是我们共同的期待。

处跋山涉水回到了家乡。回来的人几乎都没什么行李，但都会带回来一束鲜花。科巴尼已经没有花了，他们需要花来祭奠逝者。

他们沦为难民逃离国境的时候，经历了种种生死磨难。局势稍稳之后，他们又再次冒险穿越层层封锁线，回到了已经千疮百孔的家乡。

“战争终究会过去，房子可能没了，但是只要人回来了，家就能再建起来。”

“在外面，我们的名字是难民。只有回到了科巴尼，我们才是主人。”

“在难民营里，我们只能在帐篷里等着接受救济活着；回来了，哪怕家园已经成了瓦砾，但是我们还能找回生活。”

在科巴尼，我们见到的每一个人，都会对我们摆出一个“V”形手势。老人、小孩、士兵，每一个人都会做这样的手势。最初我以为这代表着胜利，后来才觉得它其实有着更多的意义：坚持、留守、回来。

不止是对我们，这个手势已经成了他们互相问候的方式。

这就是科巴尼。刚到科巴尼的时候，我们感慨这个城市被破坏得如此彻底；在城市里走了一圈，悲伤的故事过后，这里的人给我们的却是各种温暖的力量。干净的笑容、坚定回家的步伐、逐渐被清扫的废墟，以及重建家园的决心。

4. 战地玫瑰

离开科巴尼，我们继续往前线阵地进发。

路过另外一座城市，它和科巴尼一样变成了废墟和焦土，不同的是科巴尼已经有人回来了，而这里还没有。道路两旁挖着特别深的战壕，这在常规战争里并不常见，这是为了防备各种自杀式袭击的车辆。

见到的前线阵地和我想象中的很不一样。我以为，在如此旷日持久和焦灼的战争中，这些战士们早已是心神俱疲，实际情况并不是这样。除了正在执勤的，阵地上的人都出来了，每个人脸上都带着笑，一一和我们握手。

队伍里什么年龄段的人都有，有头发胡子都白了的老兵，也有脸上刚冒出青春痘的小伙子。每个人都特别地和善、客气，和我们打招呼，讲述这里的战况。阵地布置得很简陋，只有战壕和土筑工事。他们就在如此简陋的环境里，筑起了这么一道防线，来对抗前方穷凶极恶的敌人，来保卫后方自己的同胞。

一位将军带我们去了不远处的一个营地，那里是整个伊拉克、叙利亚前线战场最特殊的存在，因为驻扎在那里的，是一个女兵营。

那儿的小姑娘们年龄都不大，身着戎装完全挡不住散发出的青春气息。可以说每一个都很阳光、漂亮。我们刚到的时候，这些女孩儿们面对镜头还有些害羞，反倒是我们队里的一些小伙儿和安保队里的人绷不住了，平时一个个沉默寡言的，这会儿话都多了起来，聊得特别欢。

我们派小权表演了一段街舞，几个安保队员也参与了进去。我打开车上的音响，慢慢地女兵们也不再拘谨，跟着节奏互相手挽着手跳起舞来。这个战场的前沿营地，变成了一场交际舞会的现场。

跟大家混熟了之后，这些姑娘们才显露出少女天真烂漫的一面，她们开心地笑着，唱着歌儿，不太熟练地扭动腰身，脸上泛起了羞红。我悄悄地离开了人群，把现场交给了她们。

看着这些年轻漂亮的女孩子，我的心情却特别复杂。我不敢去亲近她们，我害怕自己会喜欢上她们，就像对我自己团队前后方的那些孩子

刚开始与这些女兵交流的时候，还是有些距离感的。

们一样，我会把她们当成妹妹，当成家人。但是我又特别清楚地知道，她们现在和以后将要面对怎样残酷的生活。

一旦我融入她们，对她们产生了特别的感情，然后又要很快地转身离开，继续自己的行程、自己的生活，我会不舍；而她们将依然留在这里，端着武器守着阵地，面对世间最穷凶极恶的敌人。这是她们的命运，我无法参与进去，也无法给予帮助，使之改变。她们随时可能会牺牲，香消玉殒在最美的年华。

这些姑娘们年龄在 17 到 27 岁之间，在花儿一样的年龄里，她们本该穿着漂亮的衣服，挎着包包去逛街，享受着自由自在的生活。此时她们却全都穿着清一色的迷彩，身上唯一的配饰是一支步枪。这些姑娘们每个人都参加过科巴尼保卫战，几乎每个人身上都有战争留下的疤痕，那就是她们青春的印迹。

她们大多来自中产家庭，战争爆发后，都义无反顾地换上了戎装，扛起了枪，奔赴前线。“这是我们的土地，我们不来保卫它，那谁来保卫？”问她们为何要参军，姑娘们如此回答。

叙利亚战争爆发初期，全国有近 8000 名女兵，几乎参加了叙利亚境内的各场大小型战役。我们眼前这支队伍成立于 2012 年，在科巴尼保卫战中伤亡惨重。

女兵自卫部队除了战场上的战斗力，对极端恐怖组织还有着别样的心理震慑力。在极端恐怖分子的认知里，如果死在女兵手下，那么死后是无法上天堂的。所以那些人在战场上特别害怕遭遇女兵。

同样的，如果女兵被极端恐怖组织俘获，也必将遭受非人的待遇。所以每一个女兵身上，都带着一颗“光荣弹”，当她们在战场上陷入绝境的时候，宁愿用上光荣弹，也决不束手就擒。

■ 舞蹈似乎成为拉近我们之间距离最好的语言。

■ 每个女兵的脸上都洋溢着青春、活力、可爱。

梁红和女孩儿们手挽着手，跳她们的民族舞蹈，聊着女孩儿们之间的事情。

我们记下了她们的名字：20 岁的娜娃·阿敏、18 岁的迪尔洛克·库尔蒂斯塔、19 岁的库卡·罗达，22 岁的巴哈尔·阿娜、19 岁的艾美·加苏尔、22 岁的苏珊·莎什、27 岁的队长萨莉亚·迪娃……

面对镜头，这些姑娘们在前线上说出了自己的心里话。

“我的梦想是成为一名自由的女性。”

“我的朋友阿赫因在科巴尼牺牲了，我想追随她的脚步，她一直活在我的心里，激励着我前进，战斗。”

“我的偶像是薇安，她是一名伟大的战士，伟大的女性。”

“我想完成安娜没能完成的任务，用生命来保卫科巴尼，保卫我的族人们的安全。”

“我想追随我们的烈士艾丽娅和奇兰的脚步，去完成我们的使命。”

“我以烈士莎什为榜样，她为我们付出了所有。”

“我想将来我的姐妹们会以我为荣。我们要保卫科巴尼，直到解放库区（库尔德自治区）。”

“我将用生命去追求女权解放。”

“这就是我们的价值观，我们将誓死追随烈士的脚步，沿着他们的道路前进，烈士永生。”

……

姑娘们的心里话听得人很振奋，也很震撼。她们才十几岁或二十出头而已，她们的偶像都是烈士和英雄，她们的奋斗目标是捍卫领土完整和族人安全，她们的人生目标是成为独立自由的女性，追求女权解放。

退伍多年，远远地，我立正，敬了个军礼。

5. 阵地上的茶叶

星夜返回伊拉克，我们去了驻防在摩苏尔边界线上的第七战区大本营。

战区人员知道我们在乌尔做的事情以及我们的亚述计划之后，对我们特别热情，派了一辆装甲车护送我们去前线。

那儿是正儿八经的第一线阵地，一队国民军在那儿驻防，和极端恐怖组织正面对垒。

通过瞭望孔，我可以看到大约就在600米开外，有一个极端恐怖组织的营地。两个阵地之间是一片空地和一座已经被炸毁的桥。

阵地和我们在科巴尼看到的差不多，很简陋。阵地上没有炮也没有坦克，这里唯一的大家伙——一挺轻机枪，还经常卡壳。那是一挺14.5毫米口径的机枪，已经很老旧了，那些子弹也不完全匹配，我看了看它们出兵工厂的年份，都是20世纪80年代初期的产品，年纪跟我差不多了。

而他们的对手，是已经攻占了巴士拉武器库、摩苏尔武器库和叙利亚的巴沙尔武器库，拿到了大量先进武器的极端恐怖组织。简而言之，这支部队拿着20世纪七八十年代的军备，打着2015年的现代化战争。

虽然装备简陋，但是阵地上的氛围却特别好。所有人都互称为“同志”，装备落后，但是有决心、有信仰，跟他们就是干，反正是很乐观。我们在阵地附近也驻扎了几天，很快和他们都混熟了，打成了一片。

他们没有人去过中国，但对中国都有一些了解：知道长城，知道大熊猫，知道我们曾在抗美援朝战争中打赢了美国人。

特别令人惊喜的是，他们还准备了茶叶，请我们上阵地喝茶去。在

我和梁红走上了真正的战场。

战场前线的阵地上席地而坐，摊开一面毯子，上面一边铺着军事地图，一边摆着几个铁杯子泡茶。这样的喝茶体验，我这辈子都不会忘记。

我们最后一次上阵地，发现气氛与往常不一样了，特别肃静，没有人像往常一样笑着打招呼了，还少了一些熟悉的面孔。

原来昨晚阵地受到袭击，一枚炸弹直接发射进阵地，爆炸了，7 名战士牺牲。这 7 个人前天都还在和我们一起喝茶。

闻此噩耗，我一时语塞。脑海里还全是那天他们端着茶杯和我们说说笑笑的样子。心里特别难受，前两天还好好的，一起喝茶、聊天，再回去，人就都不在了，牺牲了。

顾不上悲伤，一位将军上前，护送着我们下了阵地，他们要开始部署战斗了。今晚双方将会有一场激烈的炮战。

在离开的车里，我一直不肯开口说话。那些突然离去的朋友的影子，还在脑海里徘徊着。“侣行”路上最痛苦的事情，不是路途的艰险，不是任务的困难，除了伙伴受伤的痛苦外，最让人难以释怀的，是和路上认识的那些朋友、兄弟、姐妹们分别。

他们不幸地生活在战争国家，我们有幸在路上遇见并熟悉，但是分别之后就各自天涯，我们将奔赴前程，他们依然每天都被裹挟在战争的旋涡里。我时常会想念他们，期待着有再次见面的机会。然而很多人在我们当时的一次挥手告别之后，就再也没有机会见了。

阵地上的那些新朋友，仅仅过了两天就再也见不到了。还有很多人，我们离开之后就再也没有他们的音讯。在我们完成西行计划回国之后，2016 年底，我从互联网上看到消息：我们去过的那个女兵营，在叙利亚北部的一次战斗中全军覆没了。那些年轻美丽的姑娘，都成了烈士。

梁红当时在家里放声大哭。我只能搂着她，轻轻地拍着她的肩膀，

我想将这些战士英勇的表情永久地保留在我的记忆里。

我没法儿去安慰她，那一刻我也心如刀绞。

我们在旅途上认识，结下一段情缘，留下一段常在心间的回忆。我们又必须分手，或者去往别的方向，或者坚守在自己的生活里。战争总会无情地伸出魔爪，把这些分别变成生离死别，把这些活在彼此记忆里的人，变成阴阳两隔。

6. 军刀门：伊拉克近代史的见证

去巴格达不去军刀门，就像去北京没有爬长城。

但是向导听了连连摇头："不可能，不可能，军刀门在'绿区'内，现在是伊拉克陆航部队和美军的，我们不可能进去。"刚到巴格达的时候，我提到过"绿区"可能是巴格达最安全的一个地方，是这个战争之城中的世外桃源。

想进去那儿，获得许可和通过安检可能比通过全世界所有国家的海关都要困难。向导搞不定，我决定自己来搞定，正常申请程序确实走不通，我只能开始找关系：从安保公司到伊拉克政府相关部门，还找到了 FBI 在巴格达的分支，最终我们拿到了许可证。

六道安检，连车带人搜得特别仔细。还有许多其他的禁止事项：不要乱逛，不要靠近使馆区，不要进入政府工作区，不要采访"绿区"内的工作人员，除了军刀门，其他地方不准拍摄。

如果说外面是法外之地，这片桃源里则条例森严。

"绿区"就是战前巴格达的缩影，这里曾经是前总统萨达姆工作、生活的区域，也是伊拉克各个国家机关办公的地方。战争把城市毁了，这个地方被高墙保护了起来，除了那些后来兴建的建筑，它大部分保留了巴格达曾经的原貌。

宽敞的街道，整齐的房屋，清洁的商店，宽敞明亮的办公楼，还有星级酒店和绿化相当不错的社区。遗憾的是我们不能去逛逛，只能径直前往军刀门。

一条特别宽的马路，路旁伸出两只巨大的手腕，每只手握着一把军刀，两把军刀在空中相会，形成了整个军刀门。这个建筑有点儿像北京西长安街上的那道彩虹门，但是要比那个高大和威严许多。

两条探出的手臂足足有六七米高，各自握着的军刀则超过 20 米长，斜着刺向天空，在最高处相会，形成了这道全球独一无二的军刀门。前方大约 100 米处，还有一道一模一样的军刀门，是这个区域的终点。

军刀门是萨达姆时期修建的，象征着权力，象征着当时伊拉克在海湾地区的霸主地位。军刀门是伊拉克近代史的重要见证者。这个屹立在人类文明发祥地上的文明古国，经历了人类史上诸多灿烂的文明，曾经盛极一时，也曾经衰败颓唐。回顾历史，伊拉克从“一战”的泥沼中脱离出来，开始追寻独立；“二战”后经过了长久的抗争，才脱离了和英国的关系；经历了费萨尔王朝、卡塞姆执政时期和复兴党掌权时期，到 1979 年萨达姆上台，伊拉克进入了强人统治时代。

军刀门就在这个时期出现在了巴格达的土地上，静静地记录着这个国家近 40 年的历史进程。那之后是纷至沓来的战争：“两伊战争”、海湾战争。连绵不断的战争让伊拉克饱受摧残，也让伊拉克在一次次重建中走向强大。

谁也不曾想到，2003 年的伊拉克战争爆发后，阴影会覆盖这个国家如此之久，12 年过去，它还没有完全地复原，并且依然在经受着各种

逆光之下的军刀门“全家福”，在这里也有我们的祝愿：希望军刀永远落下，世界永远和平。

斗争和冲突的侵蚀。

军刀门会一直在这里，希望它能继续见证下去，看到伊拉克恢复到90年代中后期的繁荣强盛，恢复到战前的安宁祥和。

我站在军刀门下感慨万千，曾以为这次来伊拉克我会错过它，无缘得见，终于还是见到了。而且，这天是我的生日。在军刀门下，没有蛋糕、没有蜡烛，划破长空的军刀煞是庄严地给我庆了个生。

军刀门，也是我们在伊拉克境内的最后一站，马上，我们将要离开，进入土耳其。

我们的西行之路，终于将离开战区。前方的路会平坦很多，颜色也会丰富起来。我会期待前路的坦荡，但在此刻，更多的是依依不舍。

从红其拉甫出境已经四个多月了，巴基斯坦、阿富汗、伊拉克都留在了身后。伊斯兰堡、白沙瓦、喀布尔、贾拉拉巴德、巴米扬、巴格达、埃尔比勒、纳西里耶、纳杰夫、科巴尼等等，还有乌尔和巴比伦，以及遗憾错过的亚述。这几个月走过的这些地方，在这些地方见到的每一个人，尤其是每一个被采访者，每一个朋友，这会儿全在我脑海里轮番出现。

我很想念他们，更为他们的处境忐忑，为他们将要面对的生活担忧。我不是一个教徒，不知道我的祈祷能否为他们带来一些转机。我会一直为他们祝福。

好运，阿拉伯世界的朋友。愿你们期待的和平正在赶来。

ON THE ROAD

第十一章 PART 11

最好的时代，最坏的时代

1. 时空过境

我们将离开战争，前往和平。

从巴格达再次前往土、叙、伊三国交界的扎胡口岸，向导还会提醒我们注意车速和躲避堵车，袭击依然可能会发生。一路上我的内心都特别平静。这四个多月来，我们走了太多危机重重的路，跟时间赛跑，跟可能发生危机的概率博心态。

我们一路都走过来了，最后一段路我已经没了紧张，甚至从此时就开始怀念这刚刚走过的 2 万千米。我将告别这条路，也不知道是否还有机会重来，届时不知道亚述还在不在，那些路上的人们是否还活着。

离口岸愈来愈近，心情却愈来愈复杂。这一次出境，更像是在穿梭一个时空，穿越一个时代。我们将从战争时空进入和平时代。

在红其拉甫口岸出境，是我们这些年最愉快的海关之旅，解放军这边特别地客气，“巴铁”那边也是轻松加愉快。随后的每一次出境都像是一场费时费力的博弈：我们离开巴基斯坦的时候，在白沙瓦被困了 10 多天；从阿富汗到伊拉克，我们在喀布尔被困了 1 个月，最后还是租运输机连车带人捎上，才到达巴格达；到了巴格达之后，我们的车和装备又被扣押了 20 多天。

没让我们揣测和等待很久，两个小时的例行手续，我们顺利出了海关，入境土耳其。我们仍在亚洲，但是到达了一个欧洲国家。在海关，我们和安保部队告别，我们在伊拉克的 40 天，他们日夜陪伴，进入土耳其后我们将不再有安保团队。

一段风吹草低见牛羊的边境之路，透过窗户，我们能看到 200 米外的边境线，那边，科巴尼的影子在暮色中显现。对面是战争阴云笼罩下的废墟，这边是一片安宁与祥和。

远远看过去，我们似乎是在回望战争。两个世界的分界线，就是一条拉着铁丝网的边境线。

继续前行，我们接近土耳其的一个城市——马尔丁。离目的地越来越近了，一切都变得愈来愈熟悉，或者说愈来愈不熟悉。说熟悉是感觉回到了此前我们生活惯了的环境：琳琅满目的商铺、各种穿着打扮的人、人们脸上那种自由自在的表情；说不熟悉是因为过去的这四个月里，我们见过最多的颜色就是尘土的灰黄，见过最多的建筑是残迹和废墟，见过的人多是没有表情的迷茫，或者脸干脆藏在布卡之下，什么都看不见。

马尔丁是一座非常美丽的小山城，街上那些闲适的行人和巴格达街头消暑的人，状态完全不一样。在巴格达，人们是已经习惯了爆炸和危机，他们没有选择；在马尔丁，人们是那种完全放开的轻松状态，和家人、朋友出来，在街头度过这夜晚的美妙时光。

商店里人们在挑选着款式多样的衣服，街头大排档内几个汉子在碰杯畅饮，一个小贩骑着骡马背着小商品沿街兜售。

我们在马尔丁住了一宿，第二天继续往西走，朝着伊斯坦布尔进发。在路上的一家小饭馆里，大家给梁红过了个生日。我俩的生日其实只差五天，但完全是差别待遇，我在伊拉克过，她在土耳其过。

离伊斯坦布尔越来越近，路上的车辆开始增多，时不时还来场大堵车。原来我们赶上了土耳其的新年返程高峰，这会儿正是他们的“春运”。

漫步土耳其新皇宫大道，这是中东之行最轻松的一天。

在路边我们看到了很多妇女和孩子，他们朝着我们的车辆挥手，但是听不明白他们在说什么。

翻译说，这些都是难民，他们在说“我饿了，我想吃饭”。这些人都是叙利亚人，逃难来到了土耳其。我们留下了一些备用食品，继续往前走。路上这样的难民还特别多。

我们以为自己进入了和平时空，但战争的影响依然波及了这里。

2. 伊斯坦布尔的科巴尼女孩

伊斯坦布尔真的很美。和煦的阳光和柔和的大海，各种风格的建筑和著名的蓝色清真寺，色彩斑斓的霓虹和茂盛蒙络的街边绿植，都让这座国际大都市不负盛名。

在历史上伊斯坦布尔有个响当当的名字——君士坦丁堡，号称“史上最坚固的堡垒”，还有另外一个别称来证明这座城市的伟大：新罗马。

走在伊斯坦布尔的大街上，在地缘上我们从亚洲抵达了欧洲，而实际感受上我们更像是一群从旧时空穿越而来的原始人，竟有些不适。在这里不用再时刻担心周围的环境，不用警惕每一辆从身边驶过的车辆，不用揣测别人看我们的眼神里的用意，甚至，我和梁红终于可以手拉着手出门了。

在回酒店的时候，一个可爱的小女孩儿跑过来，伸手向我们乞讨。这个孩子七八岁的样子，不像我们见到的其他难民那样安静，性格比较活泼。我们和她聊了几句，她说自己是难民，家在叙利亚。我说：“科巴尼？”

小女孩听到这儿笑了，伸出手给我们比了个“V”：“科巴尼。”

■伊斯坦布尔的夜，灯火璀璨，让我深刻感受到和平是多么可贵。

这个手势一下子激起了许多的回忆，让我一下子想起了那个废墟之城，想起了那个城市里一个个笑着对我们比出“V”形手势的人。

看来小女孩的家也在科巴尼。我们给了她一些零钱，小女孩可爱地一笑，说她去给妈妈买吃的。我提出，是否可以去她家里看看。小女孩把手往旁边一指：不远处一个便捷超市门前的角落，半卧着一个穿着黑色裙纱的女人：“那是我妈妈，我妈妈就是家。”

这话特别让人心酸。梁红牵过小女孩的手，她带着我们往“家”走去。在角落里的妇女，见来了客人，面有歉色地坐起来打招呼。原来逃难的时候她受伤了，现在已经没法站立。

我们询问了她的一些情况，这位妈妈非常友好，向我们讲述了他们家的遭遇。他们一家原来就生活在科巴尼，在一次空袭中她的丈夫被炸死了，随后科巴尼全城都成了战场，她带着女儿和其他难民一起，逃到了土耳其。

“我们在土耳其两年了，我们没有身份，我自己行动不便，孩子还很小。两年里我们没有得到援助，也找不到工作，唯一能做的，就是靠乞讨活下去。”

母亲特别平静地讲述这些，不谙世事的小女孩也像在说一些平常事一样，给我们讲她和妈妈这两年的乞讨生涯。没有不平，没有哀伤，因为从她记事起，她的生活就是这般模样。

此时，另外一个牵着孩子的母亲叫嚷着走上前来，近前就开始抢我们的摄像机，情绪激动，嘴里一直在大声说着一些话，我们听不明白，翻译上来才知道，原来她也是一位来自叙利亚的难民，她在责问我们，为什么我们要采访这家人而不采访她，为什么要给她们钱而不给她。

翻译告诉我们，这个女人和坐在地上的那位认识，是一起从叙利亚过境来到土耳其的，也带着女孩儿待了两年了。她可能疯了。翻译让我们离开。

听完这些，我似乎理解了她刚才有些“神经质”的举动。失去了家园和家人，成为难民，来到别的国家，没有住的地方，没有食物吃，没有工作……这样的状况已经持续两年了，这么长的时间，她的精神已经崩溃了。

我们也给了她一些美金。拿到钱后，这个女人停止了喊叫，突然就安静了，然后蹲在地上哭了起来。

我不知道该怎么形容或者评价，我们所面对的生活是不同的情况，我尝试着站在他们的角度，用同理心来理解这一切。如此磨难的生活，有些人还在坚强地坚持着，等着孩子长大，等着局势变好；也有些人在如此悲惨的现实打击下，在这么长时间的无依无靠、无可奈何里，精神崩溃了，疯了。

此刻我们才开始发现，光鲜的伊斯坦布尔，在夜幕下，依然存在着如此多的艰难。

走完那条长街，我们发现了灯光照射不到的各个角落里，蜷缩着许许多多这样的难民“家庭”，一个女人带着一个或几个孩子，窝在角落里，无助地看着过往的行人。

他们或许在期待着一些食物，或许在期待着明天情况会好一些，或许在期待着来自祖国的好消息。他们都在等待明天，等待能够回到祖国和家乡的时候。他们很多人或许什么都等不到，随时可能会崩溃，随时可能会饿死。

3. 死亡海滩

小艾兰趴在海滩上的照片，相信许多人都在网络上看到过。那一刻，全世界的目光才开始关注叙利亚难民这个群体。

离开伊斯坦布尔，我们决定前往博德鲁姆海滩。那里正是“小艾兰”们的人生终点站。

这本该是一次很惬意的自驾之旅，土耳其境内的高速公路风景秀丽，远山葱翠，近水拍岸。车上的我们却都很沉默，昨夜的难民故事，手机里小艾伦的照片，都让我的情绪极度低落。

小艾兰全名艾兰·库尔迪，只有 3 岁，小小的身子趴在沙滩上，像一个在海边玩累了睡着了的孩子一样。一名警察将他从海滩上抱起时，他的手脚已经全部僵直。这张照片拍下来后，通过社交平台迅速传遍全世界，刺痛了无数人的心。死去的小艾兰让世人心痛了，但还有无数个和小艾兰同行的难民，死在了逃亡路上，无人知晓。

叙利亚内战爆发后，400 多万人流离失所，成为难民，逃往国外。加上一直未曾稳定的伊拉克、利比亚也输出了大量的难民，连接欧亚大陆的土耳其，是数以千万计难民通向新生活的大门，同样也可能是一条通往地狱的的道路。

涛声依旧，海浪规律地拍打着海岸线。博德鲁姆海滩曾经是一个旅游胜地，许多欧洲人闲暇时候，都会选择来这里度假。难民潮后，游人少了，难民多了。远处的度假村依然有游人，只是不像往常那么熙熙攘攘；穿着沙滩裤和比基尼的男女们，或浸泡在浅水里沐浴阳光，或躺在沙滩上享受海风，或在遮阳棚里啜饮果汁。而沙滩的这头，好风好景阳光下，却显得那么荒凉：沙滩上留下了许多难民的遗留物，或者是遗物。

散落的鞋子，不知道另外一只在哪里；被浸湿又被晒干的衣服，成人和小孩的都有；儿童玩具似的筏子，却承载着几个家庭漂洋过海；罐头盒子、背包、救生圈……都还在这片海滩上，它们的主人却生死未卜。

一位当地的工作人员和我们同行，小艾兰的尸体被从沙滩上抱起那天，他就在现场。他指着一个位置说："当时就是在这里发现他的，他在海上就被溺死了，是海浪把他冲过来的。"

难民潮以来，这位工作人员每天都会见证许多的生死，各种年龄、各种表情和姿势的尸体。说起小艾兰的时候，他的情绪并没有什么变化，死的人太多了。

"经常有难民的尸体被冲到海滩上，有的会被冲到这里，有的会被冲到对面的希腊。发现小艾兰的那天，我们在那里，"他抬手指着不远处的一片礁石说，"我们还发现了他的妈妈和哥哥的遗体。"

看来那一次，小艾兰一家搭乘的小船，在大海中被风浪给打翻了。他们一家人本来是一起去追逐新生活的，却一起去了天堂。

"蛇头公司用来搭载难民们的船都特别小，一些皮筏子就一张桌子大小，正常情况下只能容纳一个人，或者一个成人一个小孩儿，但是他们用来运难民的时候，通常会塞上去六七个人，甚至更多。蛇头们根本不管难民们的死活，他们收了钱就把人往船上赶，往海里运，不管天气和风浪，不管能不能到达彼岸。"

在海滩上我们发现了一只被冲上来的皮筏子，那根本没法称之为船，完全就是儿童戏水的玩具。如此的轻薄、脆弱，却被用来运送"希望"，漂洋过海。

可以说小艾兰是个英雄，他的死亡让世界的一些地方开始瞩目难民这一个群体，有些国家也缓缓打开了一扇接纳的门。一个小艾兰死了，但是发生在他们家园的战争依然没有停止；这片波涛里，还会有无数个小艾兰、大艾兰，为了活着，会前赴后继地投奔怒海。

运气好的会赶上一天风和日丽、风平浪静，到达这里或希腊，登上新大陆后，再前往欧洲寻找另外的可能；那些运气不好的，上了船，则是举家踏上了一条不归路：在海上他们的船被浪打翻，他们落到水里，在海里挣扎、溺毙。大海会带走他们的生命和所有的向往，随后海浪会把他们的遗体带往哪里，没人知道。

4. 伤心爱琴海

这片海在中文里有个很梦幻的名字：爱琴海。

海水湛蓝，偶有海浪也不似大洋里那样汹涌咆哮。曾经它记录的多是一些美好：一家人在游轮上的美好时光，情侣写着誓言、抛向大海的漂流瓶，在沙滩上悠哉放松的都市人。现在，它记录的是那些背井离乡的难民的求生路，不大的风浪吞没了难民们生前的最后一口呼吸，一滩水遮住了难民们看向天空的最后一眼。

我们在港口租了一艘帆船，打算出海看看，走一走难民们越海泅渡的路线。

爱琴海真的很美，只是我和梁红此时着实没有心境来欣赏这蓝天碧水。这片水域里沉了许许多多搭载难民的船筏，无数人命丧这汪湛蓝。帆船往前走了一个小时左右，船老大说只能到这儿了，前面就是希腊海域，我们没有拿到希腊签证，不能入境。

离岸已经不远，前面就是希腊的科斯岛，我们只能用摄像机的长焦镜头，来远远窥探那里的状况。科斯岛是爱琴海上最富盛名的度假岛屿，游人依然很多。此时镜头里的科斯岛，沿海边搭起了无数的各式帐篷，非常明显的，那不是旅人露营的帐篷，而是难民们的家。他们是那些成功活着抵达希腊的人，然后迎接他们的也不是想象中的新生活，而是没有护照、没有身份、没有落脚地，海边支起来的一个帐篷就是他们的家。

无论如何，他们活着上岸了。

突然响起了警报声，一艘希腊海岸警卫队的军舰靠近，并且示意我们停在原地接受检查。这种情况在当下难民潮的情势下应该挺常见，我们等候着军舰靠近、登船检查。

返回土耳其的时候，我们绕了点儿路。爱琴海上散落着许多小岛，我们就沿途去看看那些岛屿上的情况。

果然有收获。路过一个看起来挺荒凉的小岛，没有建筑也没有沙滩，只在山顶插了一面土耳其国旗。我们看到有一个人在山间快速穿梭，身上背着把枪。我让船老大喊了两嗓子，那大哥停下来回应船上的呼喊，他在岛上打猎呢。

绕到岛的另外一边，见着一个人提着个白色塑料袋，呆呆地站在一块巨大的岩石上看着大海。我们靠近，尝试和他对话。船老大和向导先后用了土耳其语、希腊语喊，他都没回应，最后切换成阿拉伯语的时候，他终于挥了挥手回话了。

他说自己是叙利亚人，逃难来到这儿的，被困在岛上了，可不可以上我们的船，带他离开。这事儿我们确实无能为力，那是蛇头的性质。我还是想力所能及地给他些帮助，让向导问问他需不需要淡水和食物。

怎么送上去成了个难题，岛上没有港口，我们的帆船根本没法儿泊岸。找了一圈也没有离岸较近的地方，再回到开始那位置的时候，发现那人边上站着一个戴着头巾的女人。我们想把物资给扔上岛去，距离实在太远，根本做不到，我们只能接着找靠岸点，寻而不得。再回来的时候，那两人不见了，消失在岛上的树林里。

这事儿有点怪异，我开始在想：岛上的树林里、山洞里，是不是生活着更多的难民，我得上岛看看。跟船老大协调，能不能放个小艇送我和梁红登陆，他有点儿为难，商量了一通之后他终于答应了：“这样不合规矩，你们坚持的话我可以送你们，但是你们必须快去快回，不能在岛上耽搁太久。”

“就五分钟，我们看看马上就回来。”

靠岸之后的光景证明我没猜错：有很多难民被海浪冲到这儿来了。滩头散落了一地难民的遗留物：衣服、鞋子、背包、罐头盒、皮筏、救生衣……还有小孩儿的伴手玩具和尿不湿、女人的化妆品。

一地狼藉。有些东西可能是溺亡难民的遗物，被冲上来的；有些可能是匆匆登岛的难民遗留下来的。有双鞋整齐地摆在一边，袜子塞在里面，可能是被困在岛上的一个难民，坚持不住了，决定下海找找机会，想游到大陆或者遇到救援船只什么的。鞋袜都是干燥的，不知道它的主人现在怎么样了。相比大概率会发生的结局，我更期望那个人能够回来穿走自己的鞋袜。

我们也不敢贸然再往深处走，岛上是什么情况，我们完全一无所知。将一些淡水和食物摆在一块石头上，我们上艇回到帆船上。

爱琴海上的夕阳特别美，海风吹拂，落日将沉，蓝色涟漪泛起，我却无心拍照留念。这个美丽的海湾，此刻就是一个天堑，阻隔生死。

■ 驶入爱琴海，我们希望能够遇到难民，给他们力所能及的帮助。

■ 爱琴海小岛上到处都是难民的遗留物，让人不寒而栗。

5. 烽火利比亚

当夜凌晨四点，我们又出了一次海。向导说蛇头们为了避开两国的海岸警卫队，大多会选择晚上去接难民出海。我们想碰碰运气，看能不能遇到难民船。

夜晚的爱琴海魅力依旧，灯火辉煌的土耳其和希腊隔海相望。午夜依然有军舰巡逻，这种情况下想遇到难民船不太可能了。我们船上的探照灯打到岛上，只惊起一些海鸟，什么也看不见。

在海上兜兜转转了一个多小时，我们悻悻返航。天将亮，我们又遇到了爱琴海上最美的日出。今天我们将离开这里，返回伊斯坦布尔。

沿途我们依然会遇到一些难民。在快进城的时候，检查站附近，有些难民会逐车敲窗。抱着孩子卖圆珠笔的大人，背着小包卖纸巾的小孩儿，他们很客气，不管你给多少钱，他们都会给你一支圆珠笔或一包纸巾。

刚抵达伊斯坦布尔，我们在博德鲁姆的向导发来信息：今天又有四具遗体被冲上了海滩。我不知道该回复什么。难民海滩走了这一遭，我印象最深刻的画面，是海岸边的一只鞋子、一个小救生圈，它们一会儿被海浪冲上沙滩，一会儿又被退潮裹挟进水里。

像极了那些难民们，他们的生死，全不由自己做主。

在伊斯坦布尔，我们将和团队里的五个成员以及“大白”“小白”分别。

下一站我们将前往利比亚。我们在那边的安保是没有配枪的，他们说无法保证我们全员的安全，只能保证最多五个人的安全。我们只得留下方鹏、球球、金星和健豪，他们从伊斯坦布尔坐飞机回北京。夏特、小权随我和梁红前往利比亚。“大白”“小白”也将从这里走海路托运回国。

我们从伊斯坦布尔在亚洲的旧城区开车到其处于欧洲的新城区，然后搭乘利比亚民航飞跃地中海，抵达北非，利比亚的首都的黎波里。这座城市曾和卡萨布兰卡并列为北非最耀眼的明珠。从城市上空俯瞰，这颗明珠灭了，整个城市都显得昏暗，夜晚只零星地点缀着一些灯火。

的黎波里国际机场被炸毁了，我们在一个军事基地着陆。基地机场乱糟糟的，像个菜市场，候机的、接待的全在一块儿。我们是外国人，出来的时候还被额外检查了一番。因为是在军事基地内，我们的摄像设备也全被要求收进去了，不准拍摄。

当夜没怎么在外面耽搁。利比亚并不安全，安保没有武器装备，我们直接奔了酒店落脚点。

安保和向导在我们房间里开了个会，制定这几天在的黎波里的行程和计划。“对比你们前面走过的几个战争国家，利比亚相对安全。这里没有恐怖分子，但是军阀特别多，在这里，不主动惹事儿，就不会有事儿。”

彼时的利比亚境内，有两个“政府”：班加西的临时过渡委员会和的黎波里的自治政府，两家政府各自背后又站着许许多多的军阀。这些军阀割据一方，互相之间也不太对付，擦枪走火的事儿时有发生。明天日子比较特殊，联合国在摩洛哥攒了个局，把两方代表约在那儿聊一聊。聊好了，利比亚可能出现一个新的政府来主控大局；谈不拢的话，意味着新一轮的内战将要爆发。

天亮后，我们去了酒店不远处的一条街：贾拉巴尔大街。以前这条街在的黎波里挺有名，就相当于王府井之于北京，各种高档用品商铺林立。如今再走在这条街上，已经丝毫寻觅不到它曾经繁华的影子了。

大街首尾的建筑遭受过袭击，垮塌了一半；街上大半的店铺闭门歇业，墙壁上被打得坑坑洼洼；剩下几家还开门营业的，几乎每一家的玻璃上都有弹坑。这有点儿骇人，不免让人担心进去逛着逛着，突然就不知道从哪儿飞来颗子弹。

沿途车窗外，能够看到街道两旁的许多危房，里面依然有人在居住，阳台上晾晒着床单和衣服；墙壁布满裂缝，窗户只剩空框，阳台摇摇欲坠。来一阵大风都担心这些屋子会倒掉。

路旁有很多被烧毁的车辆，也没有被清理，被烧焦的车壳丑陋地趴在路边。

这就是现在的的黎波里。这座城市曾经有多辉煌我未曾见过，但在新闻上也有所耳闻。它有个让人闻之欲往的名字：跳动着古老心脉的现代城市。一边是撒哈拉沙漠，一边是地中海。罗马人、汪达尔人、拜占庭人、阿拉伯人、西班牙人、土耳其人、意大利人和英国人先后占领这里，在这块土地上留下了各自的文明和印迹。许多风格各异的古建筑和文化遗产，一起拼接起了这座城市。

可惜的黎波里原来的模样，我只能自行在脑海里想象了；现在的它，破败、荒凉。

我的安保此前是一名军人，我问他，利比亚为什么会变成这样？

他摇头，说自己也不知道："我们曾经是一个强大的国家，但是很多人相信推翻卡扎菲我们会变得更好。结果就成了这样，一个卡扎菲下去了，站起来无数个军阀。我不知道利比亚还能不能回到以前，我只希望它不要永远停留在现在。"

6. 阿齐齐亚兵营，堡垒和坟墓

阿齐齐亚兵营，利比亚的心脏。然而，它在 4 年前被摧毁了。

在新闻里，阿齐齐亚兵营是一个特别传奇的存在。这是一块占地约 4 公顷的军营，准确地说，是利比亚前总统卡扎菲的行宫。阿齐齐亚在阿拉伯语中意思是“光荣之门”，20 世纪 70 年代建立，1986 年美国轰炸利比亚的时候把这儿给炸了。随后卡扎菲对这儿进行了大规模的重建，把它建成了一座坚不可摧的堡垒。

整个军营被 4 米高、半米厚的钢筋混凝土围墙圈了起来，上面有许多瞭望塔。围墙外部署着防备空袭的法国制响尾蛇防空导弹，围墙内装着厚厚的铁丝网，还部署着许多苏式坦克以防地面攻击。高墙之上，配备有传感器、警报器和红外线设备。除此之外，兵营内部也规划得像个迷宫，进出都有许多门；外人想进去不准开车，只能步行；不准携带通信设备，任何摄影器材都要分开检查，要经过多层严格的盘查；而且每次都走不同的路，没人领着绝对走丢。

兵营内部驻扎着卡扎菲自己的指挥部和利比亚国家的重要行政机关。卡扎菲个人习惯住帐篷，兵营内像曹操的“迷冢”一样搭了好几个一模一样的帐篷，任卡扎菲随机住。除此之外，营地地下还有复杂的地道，用来防空袭和紧急撤离。

如此坚固的一个堡垒，在现代战争下却是如此不堪一击。2011 年，利比亚内战爆发，“北约”多次派战机空袭阿齐齐亚兵营，随后“全国过渡委员会”的民兵开始全力进攻，花了 20 个小时，便拿下了这座的黎波里的堡垒。

卡扎菲大本营被攻破后，当时的反对派奉行的宗旨，是“毁灭卡扎菲拥有的一切东西”。所以在我们驱车前往阿齐齐亚兵营的时候，我心里一直在猜测，它现在会被“毁灭”成什么样了。

虽然脑海里拟刻过它被毁后的样子，但当它真出现在眼前了，我还是大吃一惊。怎么描述呢？阿齐齐亚兵营现在更像是一块被遗弃的战场：围墙没了，区域内所有的建筑全部垮塌或者被夷为平地，战车坦克被烧得熔成了铁疙瘩，地上到处是生锈了的弹壳。东一堆石块瓦砾，西一堆破铜烂铁。偌大的一片区域，一个人都没有，鸟飞绝，人踪灭。当年兵营被攻破后，好像除了尸体和没毁坏的东西被运走，这里就再也没人管过，无人清理，无人重建。这里唯一有生命力的东西，就是倔强地从废墟里冒出头的绿色。

一面垮塌的墙下，长出了一丛小草。我特别好奇它们是怎么冒出来的，因为它们的根茎处，没有沙土，全是渣滓和火药。

兵营内有片大空地，原来是卡扎菲的私人飞机停机场；如今空地上有好几个焚烧堆，是当年用来烧尸体和一些杂件的。这几年的风雨把烧后剩下的灰尘早就涤干净了，只剩下当年那些物件的金属部分。文件夹的铁环、办公椅的底座、办公用品上的螺丝……都已锈迹斑斑。

广场角的一片区域就很触目惊心了，是各种车的墓地。装甲车、越野车、坦克，已经看不出它们原来的样貌，只有躯壳还在；有的是被炸弹炸变了形，有的是在烈火中烧熔了。

看到一个地道的入口，我和梁红就钻了进去。隧道修得很齐整，但是内部设施都毁了，只剩下光秃秃的一个通道，墙壁上满是弹孔，地面布满弹壳和生锈的冲锋枪残骸。

这块地方会一直被这么荒置下去吗？向导告诉我们，在国内形势稳定之前，没人会管这儿。“现在这块区域就是用来抛尸和解决冲突的场所。”

城内时有武装冲突发生，冲突之后留下的尸体，就会被拉到这儿处理。除此之外，两派势力之间有什么矛盾，也经常约在这里决战；甚至个人之间的“决斗”，也会选在这里。打死了就地一扔就好，赢的人走出去，对于输的人，这里就是天然丧葬场。

阿齐齐亚沦陷前，卡扎菲声称：“我发誓我们会和‘北约’及反对武装奋战到底，直到牺牲或胜利。”随后阿齐齐亚城破，卡扎菲和一众官员转移，随后他本人在家乡苏尔特的一处下水道管道里被民兵找到，拉出来后一顿暴揍虐待，然后扔上吉普车枪毙。卡扎菲，这位曾在 2008 年被非洲各国元首和酋长授予“万王之王”称号的北非一代枭雄，就此和他“不可攻破”的堡垒一起消失了。

可以说阿齐齐亚已经死了，卡扎菲输在了这里，无数的士兵和民兵死在了这里，还有许多的无辜民众也死在了这里，现在和将来，依然会有很多人会死在这里。这里就是“阿齐齐亚墓地”。

离开的时候，我们发现了一堵还未被推倒的墙，它成了许多艺术家涂鸦的画板。各种风格的画作都有，但是有着一个相同的主题：悲伤。

帽檐下惊恐的眼神、女人流泪的眼睛、蒙着眼无声的控诉、冲锋枪上的骷髅、被撕裂的房屋、被封住的嘴巴、巨掌之下的呐喊……全是战争下的阴影，民不聊生，残酷和压抑得让人看不到希望。

斑驳脱落的墙壁，让画有些残缺，意境显得更加悲凉。

在火药堆上竟然生长出了小草，希望战事永息，小草绿遍大地。

曾经战争中的凶猛机器，如今成了一堆废铜烂铁，无人问津。

7. 末日的黎波里

“梁红，你见过末日吗？这里就是末日景象。”

我们到了的黎波里国际机场。抵达利比亚的时候，我们降落在了一个军事营地，所以怀着极大的好奇心来到这个国际机场，看看它到底惨成什么样，无法让航班降落。

末日，这是到了机场看到眼前满目疮痍的时候，我脑袋里蹦出的第一个词。偌大的国际机场，变成了飞机墓地：不同于我们之前去过的内华达或俄罗斯的飞机墓地，那里停放的是退役的飞机；而这里，停放的是真真正正的飞机“尸体”。

全是大型客机和运输机，都是上亿美金的稀罕装备，这会儿没有一架完好的，都被破坏得特别惨。掀翻在地的、拦腰炸断的、缺首失尾的，舱壁上满是弹痕。这些还是“死相”好看点儿的，至少还保留着它们曾是飞机的特征，有些完全就是一堆锈迹斑斑的烂铁，被烧得模样全无，只能凭半截儿尾翼或掉落的发动机隐约猜出它们曾是能够冲上云霄的庞然大物。

机场的跑道上，最多的不是信号灯，是散落的弹壳、炮筒和子弹箱。

给人最直观的末日感的场面，是机坪北侧的一个伊尔-76停机坪，一溜十几架飞机在那儿，都遭到了完全破坏。像是核弹爆炸后的现场，所有的物件都变形了，瘫在地上，溅起的水泥和铁块，让它们乱七八糟地缠在一块儿。爆炸后大火烧毁的飞机，熔化成钢水流开，给地面镀了层铁。

远处孤独矗立的塔台和出入境大楼，如果能忽略那些弹孔和破碎的玻璃，看上去还很新，可以想象这个国际机场曾经的繁荣。此刻站在这里，却什么声音都听不到。我去过全世界数百个机场，这儿是唯一一个安静如斯的。这种安静会让人感到不寒而栗，它像是一片遭遇空袭后的战场——但就算是战后废墟，也偶尔会有啼哭声、火烧木头的噼啪声。而这里一点儿动静都没有，风已经吹散了这里曾爆发冲突的气息，只留下了那场冲突后风吹不走的残迹。

我和梁红还是试图去寻找一些这个城市仍残存的风光，可惜下一个目的地也让我们失望了。

曾经坐拥地中海黄金海岸的的黎波里海滩，现在的样子会让人以为这儿是一个被废弃的垃圾场。以前的旅游胜地如今一个人都没有，海滩上的帐篷只剩下躯壳；金黄色的沙滩上，留下的不是脚印，而是各种生活垃圾：有的被海潮卷进水里，有的被海风吹得在沙滩上翻滚。

地中海是比爱琴海更为神奇的存在，然而这片海里埋葬的难民，也比爱琴海更多。不只是今年爆发的中东难民危机，许多年来，地中海一直是一条重要的难民偷渡路线。

在 2011 年利比亚内战爆发之后，大量利比亚难民就开始通过地中海寻求前往欧洲的逃生路。在这之前长达几个世纪的时间里，非洲大陆始终不曾宁静，每年都有大量的非洲难民离开故土，前往欧洲。来自刚果（金）、塞内加尔、尼日利亚、塞拉利昂、埃塞俄比亚、乍得、利比里亚等战乱国家的无数难民背井离乡，向北通过阿尔及利亚、摩洛哥、突尼斯或者利比亚，泅渡地中海，前往欧洲。

我特别想知道，这些越海的难民会遭遇怎样的危险，以及被救援后会受到怎样的安置。我们到了米苏拉塔，这儿不只是利比亚，甚至是整个非洲的难民通过地中海的中转港口。

这里的难民危机，要比土耳其的博德鲁姆严重得多，每年有成千上万的人在这里通过蛇头偷渡出海，然后命丧碧涛，再由海水把尸体冲回

的黎波里国际机场成为了名副其实的飞机“坟墓”，让人不禁扼腕叹息。

来。联合国把从利比亚经地中海抵欧洲的海上路线，称为“全球最危险偷渡路线”。

我们联系上了利比亚海岸警卫队，跟着他们的船只出海巡视。这天海浪有些大，我们没有遇到难民船只，悻悻而返。值得一提的是一个细节，我在船上发现了武器库，机枪、RPG 都有配备。船员解释说，这片海域存在的不止是难民，还有很多走私船；他们必须要配备武器，不是用来对付难民的，而是用来对付蛇头和走私团伙的。

回到海岸警卫队的办公大楼里，我想从他们那里了解一些情况。而他们告知我们的，就是每天都有尸体被冲上海岸，少的时候两三具，多的时候过百具。米苏拉塔，一个每天都会冲上来尸体的海滩，是名副其实的死亡海滩。

工作人员怎么处理这些尸体？这些难民几乎都是没有身份的，活着的时候没有，死了就更没有。工作人员把他们的遗体运回医院，录入 DNA、拍照，然后埋掉。他们无人认领，无人善后。

8. 死亡的天堂

返航上岸，回到的黎波里，我们去了一家难民中心。

虽然我很想，但是我没法把这儿形容成是一处监狱或者是一座难民营。因为这里的人都不是罪犯，他们也有生活吃住的基础条件。但是，他们被关在围墙里、铁栅栏里，不能出入，几十上百人挤在一起，没有自由。

进门就是一股恶臭，每个工作人员都戴着口罩，他们也建议我们戴上口罩再进去，而且千万不能和他们有身体接触。这些难民里，近 20% 的人身患艾滋；还有许多人感染了肺炎等呼吸道疾病。我和梁红拒绝了，来这儿我们是想去和难民们聊聊，我不想因为口罩，让难民对我们产生抵触感。

一间五六十平方米的房子，被一个铁栅栏锁着，像极了一间牢房。地上坐着 100 来个难民，大多数是黑人，还有几个穿白袍的阿拉伯人，可能来自中东，也可能来自北非其他几个国家。里面特别安静，无人出声，所有人都呆呆地坐着，低着头或者盯着正前方，目光呆滞。那一刻有种一切静止的错觉，幸好屋顶上挂着的电风扇在转动着。

我们进去后，大伙儿也只是抬头看了看，眼神依旧空洞，没有起任何的涟漪。“有人会说英语吗？”夏特开口问。

一个小伙儿站了起来和我们对话，他说希望我们能帮帮他。“我才到这里一个小时，我都不知道自己为什么来。”

“你不是难民吗？”我很好奇。

“不是，我是个出租车司机，在路上开车，就被他们拦停了，然后我就被抓到这儿来了。我不是难民，我在的黎波里有家人。”

“那你可以联系家人来证明，然后接走你啊。”

小伙子摆摆手：“我没法通知他们，我的手机被他们没收了。”

这让人很奇怪，我问难民中心的工作人员怎么回事儿。他们只是说，有的人会撒谎，想离开或者找机会联系外面。

这时候另外一个小伙子靠过来，试探着问：“你们能帮帮我吗？我在这里待了太久了，我想出去。”

他 22 岁，来自索马里的首都摩加迪沙，我和梁红 2012 年去过的一个城市。在战乱中他的家人都被打死了，只有他活了下来。摩加迪沙的局势完全失控了，所以他卖了房子和所有家当，凑了5000美金就跑出来了。他穿过了沙漠，好不容易到了这里，蛇头答应帮他偷渡到意大利，但是要6000美金。他交了定金，剩下的钱还没凑齐，就被抓到了这里。他没法联系外面，外面也没有家人朋友可以联系。

“你为什么不去索马里兰呢？那里的局势比摩加迪沙，甚至比利比亚都好很多，而且有很多工作机会。或者就留在摩加迪沙，你也可以买把枪去当民兵啊。”我问。

他摇头：“我不知道，我生在摩加迪沙，长在摩加迪沙，那里那么多军阀，总是在杀人，打仗，我的家人都死了，我买把枪也无济于事，我改变不了任何局面，我只想逃跑，去欧洲寻找生活。”

现在的情况就是，他已经无家可归，欧洲又去不了。小伙子自己也完全不知道怎么办，只是不停地对我们说：“希望你们能帮帮我，我要绝望了。”

面对这种情况，我没法点头也没法摇头，完全无能为力。

那天我们和屋子里的很多难民对话，他们真的是来自五湖四海，但无一例外的，是各自的家园里都在发生着战争或冲突，他们只能跑出来寻找活路，结果落到现在这种与世隔绝的境地。被问及如果可以再选一次会怎样，所有人都不约而同地选择了回家，回到自己的国家，哪怕家里的情况再糟糕，至少一家人还能在一起。去不去欧洲已经不重要了，他们只想离开这里，想回家。

当天一个尼日利亚年轻人给我的印象很深刻。他叫乔森，刚20岁出头，还是个大学生，想凑学费，就来利比亚找工作，结果就成了难民。

利比亚在内乱以及和“北约”掐起来之前，经济上算得上是整个非洲最强大的，确实有很多周边国家的人来这里谋生。乔森就这么稀里糊

■ 的黎波里难民中心，在外放风的沉默难民们，犹如行尸走肉一般。

■ 的黎波里难民中心里的难民，活动不自由，唯一能做的就是等待。

■ 沦为难民的尼日利亚小伙子，战争带给他的不仅是失去自由，更多的是失去前途的渺茫。

涂地被当作难民抓进来了，这很无稽，但是通过乔森的表情和状态，我觉得他不像在说谎。

“我已被关在这里五个月了，联系不上我妈妈，她或许以为我已经死了。”小伙子说着说着就哭了起来，他用大巴掌挡住眼睛说，“我想告诉爸爸和妈妈我还活着，我很好，让他们不要担心。希望你们能帮帮我，让我回到尼日利亚，只要回去了，我愿意为你们做任何事情。”

今天我们听到了太多寻求帮助的话，可是我们谁也答应不了，这不是我们在利比亚能够做到的事情。乔森没有等到我们的回答，掩面抽泣：“我想回家，回不去的话去欧洲也行，去哪里都行，我只想离开这里，可以给家里打个电话。”

无法帮他离开，但是我想帮他完成这个愿望：给家里报一声平安，告知他们自己还活着。我出来找难民中心的工作人员商议，这里的领导马上就过来了，态度很客气，但是依然否决了我们的想法：“不可以，不合规矩，也不合法。”

没辙我们只能退一步，说不让乔森亲自打电话，我们代打告知一声。得到的答案依然是那三个“No”。这也不是他们能决定的事情。

乔森知道我们尝试失败后，咬着嘴唇说不出话来，然后用双手挡住眼睛、挡住脸，坐在地上不知所措，绝望痛哭。他这五个月里一定做了很多次尝试，或许他早就绝望了，今天我们的到来可能让他又燃起了一丝希望，然后又迅速破灭，我完全能理解他那时的痛苦和绝望。

我悄悄地跟乔森要了他家里的号码，决定离开难民中心后，代他拨一个电话，告知那边的母亲，她的儿子还活着。

我听到了电话那边收到儿子消息时的喜极而泣，放下电话后为自己对此无能为力而感觉沮丧不已。

“这些难民们要被关在这里多久？为什么不能离开？”在难民中心的时候，我问了他们的负责人这些问题。

“我们也不知道，我们这里只负责收容他们，然后大使馆会联系他们各自的国家，让他们出机票把自己的人领回去。但是大多没有得到回复，有的给回复了，但是结果是一样的，譬如索马里政府说，他们也没钱。”

“所以，情况就这样僵住了，他们被留在这里，不能回去也不能离开，是吗？”我问。

“是的，这对我们来说也很无奈。难民们留在这里，我们还要不断地投入经费，供他们吃喝。”

“那，为什么不能让他们和外界联系呢？”

难民中心没有人给我答案，出来后我们的向导才说出了真相。

这几年极端恐怖组织在中东地区肆虐，大量难民涌入欧洲，那些恐怖组织就打起了难民的主意。他们找到了各个蛇头，要求平分难民偷渡的利益。对他们来说，这是一条不可错过的敛财途径。除此之外，他们还会将一些恐怖组织的士兵乔装，使其混入难民队伍，让蛇头送入欧洲。进入欧洲后，这些人可以执行各种任务，或寻求地下资金支持，或制造恐怖袭击。

也正是这些原因，使得难民中心无法确认在羁难民的身份，无法让他们在利比亚境内自由行走，而只能滞留在这儿；也不敢让他们随意接触外界，因为这极可能引来蛇头和恐怖组织的袭击报复。

同样也因为此，欧洲各国才会对难民潮感到头痛。如何调配资源、协调民意、消除安全隐患，以及应对潜在的恐怖分子混入其中的威胁……这些事情，我们没法单方面来评价对错。

时代洪流里，我们实在太过渺小。我们无法改变任何局势，无法挽救一条生命，甚至无法代打一个电话。这里面各种错综复杂的关系，我们甚至都无法找到一个可行的办法。

我们唯一能确认的事情，就是没有战争就没有难民，难民是无辜的。

除此之外，我们对一切都无能为力。我不想对他们表达同情，而是愿站在他们的角度，去理解他们的境遇。

我们不是生活在一个和平的时代，只是很幸运地生活在一个和平的国家。而他们每个人，都无法选择自己的出身。有些人出生在阿富汗、伊拉克、叙利亚、利比亚、尼日利亚……他们出生的时候，国家是安宁祥和的；而当他们长大后，面对的却是山河破碎和自己完全无法阻挡的洪水猛兽一般的战争。小一些的孩子，就出生在战争的旋涡里，这个世界给他们的第一印象，就是爆炸、死亡和逃难。

没有人愿意离开故国家园，但是为了活下去，他们只能踏上逃亡这条路；留在战争中他们可能会死；离开家园，偷渡去欧洲，他们也可能会死。但未知的生的可能，永远比坐以待毙的吸引力要大一些。

哪怕他们需要穿越战火、穿越沙漠、穿越大海，还有各国的海岸警卫队封锁，这条路可能比待在家里期待和平的明天更加难走。但是对于这些人来说，他们知道，是战乱让他们一直生活在黑暗里，所以当眼前透过来一缕希望的阳光，哪怕危险，他们也愿意搏命去追逐那可能存在的天堂。

后记

世界并不和平，我们还在路上

我们不是生活在一个和平的年代，只是很幸运地生活在一个和平的国家。

战争的伤害远比我们想象的严重。这种切肤之痛不是我们通过战争影视作品、战地新闻画面、报道，或者是一些朋友圈的文章能够体会到的。

被无情裹挟进战争的每一个无辜的人，身上都发生着各种文字和镜头根本无法描述的悲惨故事。那种生活、那种情绪、那种苦难，全是无法被书写出来的，无法被镜头展现出来的。

中东这一路走下来，我感受到的冲击和触动，甚至比 2008 年在汶川现场的还要大。那是天灾，人们避无可避。废墟过后地面平静，强大的中国和国人们，会勇敢地从裂缝里站起来，希望不灭，重建家园，重建心灵，告慰亡灵。

我们这一路走过的许多地区，都被笼罩在战火里。战乱祸起于人，是我们触摸不到的阶层的、精神的、宗教的冲突。然后它们裹挟千年历史文明，裹挟万里大好江山，裹挟亿万民众，一起在铁与血的泥沼里挣扎。

那些流淌的血是真实的，有温度、有味道的；那些伤疤是无法痊愈的，会刺痛终生的；那些梦魇是无法治愈的，会萦绕至死的。

我们曾想去帮助一些人，改变一些局面；我们曾为他们的故事悲伤、同情甚至暴怒。走到最后，我却已经不会言语、没有表情，无能为力，无可奈何。

对于那些无辜亲历者的故事，我不知道怎么发声，不知道怎么安慰，不知道怎么伸手帮助。对于他们，对于他们的战争，我不愿意只做一个旁观者，却也做不了参与者。我对他们没有同情心，而全是同理心。我站到了他们的身边，站在了他们的生活里：抬头仰望，是一样的战争阴霾；扭头回望，是一样的刻骨铭心；低头探望，是一样的遍体鳞伤。

离开中东、回到北京之后很久，我依然走不出心中的战场。我们在路上的那些朋友们，他们还在战火里，而我的心和他们在一起。

身处战争才能看清战争的真相。发起战争的人不会置身战场，就算会，这些嗜血的种类或许会享受其中。那捍卫者们、反抗者们、无辜者们，他们的生命和生活该如何安放？

愿世界和平。曾经这五个字说出来很容易，在实地战争的背景下，我才知道这五个字的千钧重量。它需要这个世界不再有坏人、不再有信仰和种族冲突、不再有派别、不再有强弱。

而我们都知道这不可能实现，那么这是否在告诉我们，世界永远都无法和平？

至少我们可以努力，让战争不那么轻易地发生。哪怕和平维系得很艰难，我们也要坚持下去。旁人无法感同身受：当导火索被点燃、炸药引线着了火、子弹上了膛之后，压下来的战争乌云到底会牵连多少人，到底有多么的残酷。

曾经我不认可“关注就是帮助”，但是现在我相信了，人类的目光是有温度的，更多人的关心和关注，真的可以改变一些事情。我们一个个个体的声音很微弱，但我们一起呐喊或许可以震开阴霾；一缕目光或许无足轻重，但万众瞩目或许可以拨云见日。

我们还在路上，我期待着。